내 이름은 군대

내 이름은 군대

우울한 성소수자의 삽화

정미소

《내 이름은 군대》를 기획하며

정미소 김민섭

저자인 이상문 작가는 성소수자이고, 우울증을 앓는 데다가, 군대에서는 불명예제대를 했다. 《내 이름은 군대》는 그만큼 자극적인 한 개인의 서사다. 그러나 그가 자신이 그러한 폭력에 얼마나 상처받았는지, 그래서 자신이 얼마나 분노하는지, 결국 자신이 얼마나 정의로운 사람인지 하는 내용으로만 그 서사를 구성했다면, 나는 책의 출간을 고민하지 않았을 것이다.

그는 특유의 섬세함으로 군대라는 조직을 응시하면서 또한 거기에 존재했던 자신을 담담하게 고백해냈다. 글을 읽으면서 나는 불과 몇 년 전에 내가 대학에서 대학원생이자 시간강사로서 겪었던 구조적이자 사적인 여러 폭력과도 다시 마주했다. 한 개인은 군대든 대학이든 또한 어느 노동의 공간에서든 그 구조와 시스템, 문화와 제도, 언어와 구호 등에 매몰되고 순응을 강요받는다. 그 문법과 생태계에 자신의 몸과 자존감을 동일화해가는 것이다. 나는 현대사회의 개인들이 '유령'이나 '대리인간'으로 존재하게 됨을 지난 몇 권의 책에서 꾸준히 말해왔다. 단순히 물리적이거나 언어적인, 눈에 보이는 1차적인 폭력만 개인에게 가서 닿는 게 아니다. 오히려 제도화하고 세련됨을 덧입은 폭력들이 더 큰 영향을 끼친다.

이상문 작가는 이상문이라는 개인이 아닌 군대라는 이름으로만 존재해야 했던 그 구조적인 폭력에 대해 자신을 기초로 사유하며 고백의 글쓰기를 완성해냈다. 특히 이 글들이 군대에서 병장이라는 계급장에 이르기까지의 긴 시간을 버텨내며 써온 현장의 수기라는 데서는 그의 작업에 조용히 "고생하셨습니다" 하고 마음으로 등을 조심스럽게 토닥여줄 수밖에 없었다.

그는 담담함을 미덕으로 삼다가도 어느 순간 통제되지 않는 자아가 되기도 하고 자신의 논리를 다소 과격하게 우리 앞에 드러내기도 한다. 사실 나는 '이상문의 군대'에 어느 정도 동의하면서도 다소간의 불편함을 느낄 때가 많았다. 말하자면 그건 '김민섭의 군대'라고 할 수 있겠는데, 나는 이제 막 민방위에 막 접어든, 국방의 의무라는 것을 남들처럼 그럭저럭 성실하게 해낸 대한민국의 30대다. 민방위 교육을 받으러 마포구청에 가는 동안에도 대단한 애국자가 되는 것은 아니지만 필요한 일이라고, 정확하게는 필요한 일이려니 여기는 것이다. 그런 나와 닮은 30대와 40대 남성들이 함께 횡단보도를 건너 구청 대강당으로 꾸역꾸역 들어간다. 그런 그들에게도 '저마다의 군대'가 있을 것이다.

군복을 벗고 사회로 나와 각자의 명함과 이름표를 가진 지금도 저마다의 몸에는 그 군대라는 이름이 깊게 새겨져 있다. 불과 십수 년 전의 그 순간을 회고하고 나면 김민섭이라는 개인보다는 군복을 입고 매뉴얼을 외우고 그에 따라 몸이 움직이던 군인으로서의 내가 먼저 떠오른다. 솔직히 그때의 나를 별로 추억하고 싶지도 않다. 전역한 뒤 선배들과 함께한 연배들과 함께한 술자리에서 군대 이야기, 군대에서 잘나갔던 이야기, 결국 축구대회에서 자신 덕분에 우승했던 이야기 따위를 듣다가 "저 속이 안 좋아서 먼저 일어나겠습니다" 하고 밖으로 나온 적도 있다. 그들에게 군대라는 이름은 무엇이었을까, 어째서 기억이라든가 기록이 아닌 추억의 대상마저 되는 것일까, 나로서는 지금도 잘 알 길이 없다.

나는 이상문 작가를 처음 만난 자리에서 위로와 공감과 격려 같은 감정을 우선 보내고는, 두 가지를 요구했다. ①함께 군복무한 이들을 조금 더 따뜻한 시선으로 회고할 수 있으면 좋겠다, 그들 역시 어느 구조 안에서 자신의 이름을 잃은 이들이다, 라는 것이었고 ②입소해서 밥은 잘 먹었는지 궁금하다, 첫 식사는 무엇이었고 맛은 어땠는지 써주면 좋겠다, 사랑하는 사람을 군대에 보낸 사람들은 모두 그가 그날 무엇을 먹고 있을까 걱정한다 하는 것이었다.

이상문 작가는 그에 대해 동의하면서 ①함께 생활했던 분들 대부분은 저에게 잘 대해주셨어요, 가끔은 이해할 수 없는 사람들도 많았지만요, 개인과 구조의 관계에 대해 최대한 써보겠습니다, ②밥은 정말 잘 나왔어요, 첫날 뭘 먹었는지까지 다 기억이 나요, 그게 필요할까 싶었는데 추가하겠습니다 하고 답했다. 그는 한 달 정도 조용히 원고 교정에 매달리더니 그 두 가지에 더해 조금은 더 담담해진 문체로 돌아왔다.

도서출판 정미소는 한 작가가 자신의 세계를 고백하고 새로운 개인으로 태어나는 일을 응원한다. 내가 《나는 지방대 시간강사다》라는 책을 통해 고백한 이후 유일한 강의실과 연구실이라고 믿었던 대학이라는 세계에서 나온 것처럼, 이상문 작가도 이 책을 통해 새로운 세계로 들어서게 될 것이다. 정미소를 만든 까닭은 내가 쓰지 못하는 빛나는 글을 쓰는 작가들을 계속해서 찾아다니고 싶은 마음에 더해, 여러 개인의 고백을 응원하고 싶어서이기도 하다. 한 톨의 볍씨가 정미소에서 도정을 거쳐 우리가 아는 흰 쌀이 되는 것처럼 그들의 도정과 함께하고 싶다.

이상문 작가가 잘되면 좋겠다. 그것은 반드시 책이 잘되고 어느 한 작가와 출판사가 잘되면 좋겠다는 뜻이 아니라, 그가 이 책으로 인해 새로운 이상문이라는 개인과 만나고 그 세계를 확장할 수 있으면 좋겠다는 뜻이다. 그의 고백을 응원한다. 이 책을 읽는 것으로 그 도정에 함께해주시기를 바란다.

※ 이상문 작가를 소개해 준 '백림서사'의 김현우 씨에게도 깊이 감사드린다.

프롤로그

나는 한국에 사는 동성애자다. 또한 내게는 군 면제자라는 꼬리표가 추가로 붙는다. 군대에 다녀오지 않은 게 뭐가 어떠냐고 할지 모르지만, 한국에서는 중요하다.

한국에서는 징병제가 한국전쟁 시기에 즈음하여 본격적으로 시행되었다. 국가는 특정 나이를 넘긴 성인 남성의 신체를 검사해 여러 등급으로 나눈다. 이 중 1급부터 3급까지는 최소 21개월에서 최대 24개월까지 군대에서 복무해야 한다. (이 원고를 탈고한 뒤인 2018년, 문재인 정부는 사병 복무 기간을 2020년까지 최소 18개월에서 최대 21개월까지 단축하기로 결정했다.) 4급은 4주간의 기초 군사훈련만 받고 관공서 같은 곳에서 현역과 같은 기간을 복무한다. 5급과 나머지 등급은 전시에 하는 역할이 없는 건 아니지만, 사실상 면제다.

나는 이 가운데 5급이어서, 군대에 가지 않아도 된다. 한국인들은 대개 군대에 다녀와야 사람구실을 한다고 생각하기 때문에, 나는 종종 이질적인 사람으로 여겨진다.

내가 왜 5급을 받았는지에 관해서는 조금 긴 이야기가 필요하다. 간단히 말하면, 나는 표준적인 한국인의 삶을 걸어왔다. 한국특유의 치열한 의무교육을 거쳐 경쟁에서 살아남은 나는 한국의 많은 고등학생들이 원하는 서울권 대학에 진학했다. 공부에 엄격했던 부모님이 내가 대학에 들어가자마자 풀어진 덕분에 나는 그동안 누리지 못했던 자유에 찌들어 살았다. 매일 마음대로 해도 된다는 자유에 취해 있을 때 한 장의 편지를 받았다. 병무청에서 보낸 것으로, 징병신체검사를 받으러 오라는 내용이었다.

그때까지만 해도 나는 안일하게 생각하고서 적당한 날짜를 잡아 병무청으로 향했다. 키를 재고, 시력을 검사하고, 심리검사를하고, 여러 과정을 거친 끝에 나는 판정 결과를 바로 보게 되었다. 2급이었다. 나는 이제 이리저리 도망치지 못하고 군대에 가야 할 처지가 되었다. 한국 남성들이 겪는 고난에 드디어 나도 동참하게 된 것이다.

나는 조금이라도 덜 고생하고 싶은 마음에 여러 곳을 알아본끝에 공군 병사에 지원해 입대했다. 그러다가 모종의 일들을 겪으면서 재판정 기회를 얻었고, 결국 5급을 받아 군대에서 쫓겨났다. 이것이 지금까지 내 삶의 간략한 발자취다. 그중에서 나를 좀더 잘 설명할 수 있는 점에 대해서 이야기를 이어가보자.

한국에서는 한 개인이 태어나자마자 국가가 번호를 매긴다. 그리고 대부분이 이미 만들어진 길을 걸어간다. 마치 공산품 같다.

세세한 내용까지 같지는 않지만 한국인에게는 이미 정해진 운명의 길이 있다. 나도 그런 한국인들 중 하나다. 크게 다를 바 없었고, 짜여진 길에서 크게 벗어나지 않은 삶을 살리라는 기대도 받았다. 그래서 나는 초등학교, 중학교, 고등학교를 성실하게 마치고 서울에 있는 대학교에 들어갔다. 크게 성공한 건 아니지만, 적어도 그럭저럭 성공한 한국인이었다.

그런데 정신을 차려보니 나는 표준적인 한국인과는 조금 다른 사람이었다. 사람들이 생각하는 특이한 범주와는 약간 거리가 있는 나는 미묘하게 고장 난 물건이었다. 제대로 쓰기에는 부족하지만, 그렇다고 당장 버리기에도 아까운 물건, 하지만 언젠가 버려질 게 분명한 그런 물건이 바로 나였다.

왜 그랬을까?

나는 동성애자다. 그 사실 하나만으로도 벌써 나는 자기가 평범하다고 굳게 믿는 한국인들과 구분된다. 그렇지만 '동성애자라서 나는 이러이러하다'는 것은 잘 느끼지 못한다. 성적 지향을 동성애라고 명확하게 한 지 5년이 넘어가지만, 나는 그쪽 문화와 제대로 어울리지 못한다. 그렇다고 대다수 이성애자들의 문화에 녹아든 것도 아니다. 그래서 여기에도 저기에도 잘 어울리지 못하고 방황한다. 커밍아웃하지 않으면 조용히 묻어갈 수 있는 문제다. 나만 잠자코 있으면 된다. 한국 사회에서는 개인이 침묵하면 만사형통이다. 그저 혐오에 가슴 아파하기만 하면 된다. 그냥 조용히 죽은 듯이 지내면 그럭저럭 잘 살아갈 수 있다.

그러나 군대 문제와 관련해서는 결코 그렇지 못하다. 나는 군 면제자다. 이에 대해 내가 공식적으로 받는 차별은 없다. 그럼에도 꽤 기이한 존재가 된다. 한국에서는 면제 등급을 받았다는 사실이 어딘가 문제 있는 사람으로 여겨지기 때문이다. 요즘에는 그 수가 꽤 돼서 희소한 경우는 아니지만, 사람들은 내가 5급이라고 하면 신기한 사람으로 본다. 그리고 곧 그들의 수술대에 눕혀 나에게 어떤 문제가 있는지 알아내려고 부단히 애를 쓴다. 그럴 때 내가 할 수 있는 일은 그저 받아들이는 것뿐이다. 한국에는 병역을 이행했는지 안 했는지를 인간이 되었나 되지 않았나의 기준으로 삼는 풍토가 남아 있기 때문에 그러려니 하고 이해하는 수밖에 없다.

그렇다고 면제 등급을 받은 사람들과 잘 섞일 수 있는가 하면, 그에 대해서는 또 '아니요'라고 대답한다. 면제 등급이지만 군생활을 2년 가까이 했기 때문이다. 복잡한 사정이 있는데, 여하튼 나는 군대에 적응하지 못해 사실상 쫓겨났다. 그리하여 나는 군 생활 경력이 있는 군 면제자가 되었다. 전역자나 면제자들 속에 살 섞이지 못하는 이유가 바로 그 때문이다.

나는 이런 주변인이라는 독특함을 지니고 있다. 주류에도 비주류에도 끼지 못하는 기이한 특성을 지녔다. 양자 사이에서 겹치는 점이 많기 때문에 일단 사람들과 같이 있을 수는 있지만, 나는 이내 위화감에 휩싸여 벗어나고 싶어 할 때가 많으며, 실제로 벗어나는 경우가 많다. 하지만 나는 모두에게 버림받고 싶지 않다. 거리를 둘 필요가 있다고는 생각하지만, 적당히 교류하고 친하게 지내고 싶다. 그래서 두 집단을 오가며 계속 신음한다. 차라리 어느 한쪽에 적합한 사람이었다면 모를까, 나는 이도 저도 아닌 위치에 서 있다. 그래서 오늘도 나는 여기에 가서 고통받고 저기에 가서 고통받는다. 미련한 짓임을 잘 안다. 그렇지만 지금 나에게는 공허함을 채울 수 있는 방법이 그것뿐이다. 애매하지만 각 집단에 가서 자신의 정체성을 조금이라도 확인해보려는 것. 이것이 지금의 내 삶이다.

너무 큰 의미를 부여한 것일 수도 있다. 하지만 나는 꾸준히 나에 대한 확신을 얻었으면 좋겠다. 중간에서 괴로워하지 않았으면 좋겠다. 내가 어떤 사람인지 명확하게 알고 싶다. 그래서 글을 쓴다. 해답은 보이지 않지만, 전진하기 위해 글을 쓴다.

소개를 한다면 이 정도다. 굳이 인생사를 구구절절 늘어놓을 필요는 없다고 생각한다. 표면적인 인생사는 대다수 한국인과 다를 게 없다. 동성애와 군대라는 키워드를 제거하면 나에게 남는 건 별로 없다. 무난한 길을 걸어왔기 때문에 내가 애매한 공산품이라는 사실을 한국인들이 알아차리는 데 조금 시간이 걸리긴 했다. 이제 그런 점이 더 부각될 것이다. 그렇게 되면 주변인으로 살아가기도 점점 어려워진다. 정체가 드러난 까닭에, 주류에서는 나를 비주류라고 여기기 때문이다. 한국인들이 비주류라고 일컫는 그룹에서 나는 좀 더 환대를 받겠지만, 스스로 여전히 위화감을 해소하지 못했기 때문에 또다시 나는 새로운 '사이'를 찾으러 떠난다.

그런 인생이다. 나는 아무도 찾지 않는 '사이'로 도망쳐서 방황하고 있다. 그게 이상문이라는 사람의 전부다.

차례

3장 선고

4장 입감

5장 가석방

1
장

구
속

01

프롤로그

20××.××.××

나는 총구를 입에 넣었다 뺐다. 아무도 찾지 않는 야간초소에서 배가 고파왔기 때문이다. 아무래도 저녁 반찬이 별로여서 조금만 먹은 탓일 거다. 그렇다고 초소에 과자를 들고 올 짬도 되지 않았다. 난 이제 막 신병에서 벗어난 일병이었다. 뭐 좀 없을까 잠시 고민하는데 총이 눈에 띄었다. 그걸 본 순간 어떤 충동에 사로잡혔다. 실탄이 든 총은 아니지만, 공포탄 정도로도 나는 충분히 불구가 될 가능성이 높았다.

그런 상황에서도 졸고 있는 선임 앞에서 나는 차갑고 쓴 맛을 음미했다. 누가 보면 총이 아니라 사탕을 먹는 줄 알았을 것이다.

저 멀리서 교대하러 오는 다음 근무자를 확인할 때까지 나는 미친 듯이 새콤한 맛을 갈구했다. 딱히 죽고 싶다는 생각에 시작한 일은 아니었다. 배가 고팠고, 머리가 공허한 느낌으로 가득 찼을 뿐이다. 그걸 채우기 위해 어떤 일을 해야만 한다고 생각했다. 그러나 구멍은 더 커졌고, 결국 나는 마음의 방아쇠를 당겨버렸다. 그리고 내 군생활은 꼬이기 시작했다.

일병 진급 3개월 차였다. 이전까지 나는 부대의 속도에 맞춰 얼른 적응하려고 애쓰는 평범한 신병이었다. 매일 전역 날짜를 바라보며 아직 멀기만 한 사회에서의 생활을 계획하는 그런 병사였다. 낭만적으로, 전역할 때 추억을 아는 사람끼리 공유하면 좋겠다고 시나브로 수기를 쓰기 시작한 때이기도 하다.

그러나 위 사건 이후로 나는 어딘가 변했다. 상담에서 자살 위험군으로 분류되었고, 관심병사가 되었다. 정신과에 내원했으며, 일병인데도 말년병장과 같은 특혜를 받았다. 평소 안고 있던 우울과 공허함, 그리고 주변의 시선이 더해져 내 마음의 상처는 복구할 수 없을 정도로 커져만 갔다. 그러다 보니 수기의 내용도 점점 변했다. 역경에도 굽히지 않고 일어나던 나는 사라지고, 늪에 빠져 허우적거리는 나만 남았다. 끔찍한 나날이 이어졌다. 매일매일 무언가를 잃어가는 것만 같았다. 하지만 군대에서 보내는 생활이 아무리 끔찍하다고 해도, 나는 무언가를 잃지 않았다. 오히려 얻었다. 다만 안타깝게도 좋은 변화는 아니었다.

나는 수기를 다시 쓰기로 했다. 군대에서 지낸 날들을 곱씹어 보기로 했다. 그래서 이 기록은 20××년 ××월 ××일부터 시작한다. 입대 하루 전날이다. 복잡한 심경을 감추지 못하던 그날, 빠르게도 지나가는 시간을 원망했다. 그러는 동안에도 시간은 흘러 ××월 ××일이 되어 나는 입대했다. 어찌 됐든 그 뒤 나는 군인 신분으로 '개조'되기 시작했고, 그 생활을 점차 나의 일부로 받아들여야만 했다. 656일이라는 군복무 기간 동안 나는 어떻게 생각하고 행동했나. 그리고 지금 와서 다시 무엇을 느끼나. 이것이 이 수기의 출발점이다. 그때 나는 노트에 이렇게 적었다.

22개월, 결코 짧지 않은 기간 동안 어쩔 수 없이 군대에서 많은 영향을 받게 된다. 그 속에 있는 나는 마치 소설 『1984』의 주인공 윈스턴 같다. 그는 체제에 의문을 품고 있었다. 그리고 자유의 일탈을 행했다. 결국 사상경찰에 잡힌 그는, 끔찍한 과정을 거쳐 다시 '개조'된다. 나도 그와 비슷한 과정을 걷고 있다. 군대는 애정부 건물 속 101호실과 같다. 다른 점이 있다면, 윈스턴은 최후에 항복했지만 나는 그렇지 않다는 점이다. 일단 여전히 버티고 있다. 그리고 그들을 비웃으며, 꾸준히 일탈을 행하고 있다. 그 일탈이란 바로 글을 쓰는 일이다. 글을 통해 내가 군대에서 겪은 여러 가지 좋지 못했던 일을 폭로하는 것. 이것이 내가 한국의 101호실에서 살아가는 방식이다. 그들은 나를 끊임없이 세뇌하려 노력하지만, 결코 성공하지 못할 것이다. 나는 승리하지는 못하겠지만, 적어도 패배하지는 않을 것이다.

그러나 하느님은 자꾸 나의 소망을 무시하곤 한다. 더 괜찮아지기는커녕, 밑바닥이 어디인지 헤아려야 할 처지에서 하루하루를 보내고 있다. 그럼에도 나는 살아 있다. 난파 직전이지만, 어찌 되었든 배는 앞으로 나아가고 있다. 본래 형태로 돌아가는 것은 어쩌면 더 힘들지도 모른다. 최대한 살아나려고 노력하고 있다. 이 글도 그 시도 중 하나다. 한동안은 포기할까 생각도 해봤다. 왜냐하면 글을 씀으로써 더 비참해진다고 여겼기 때문이다. 그래서 치료에 도움이 되기보다 방해가 되는 것 같아 거의 펜을 들지 않을 때도 있었다. 그럼에도 다시 키보드를 두드리는 데에는 이유가 있다. 기록은 꼭 해야겠다고 생각했다. 이 비참하고도 끔찍한 군생활을 반드시 적어야 한다고 느꼈다. 그러지 않으면 훗날 추억의 법정에서 나를 변론할 증거가 남지 않는다.

그리고 무엇보다, 이건 내 인생이다. 내 인생에서 빼먹을 수 없는 하나의 이 순간을, 기억하기 싫다는 이유만으로 내 인생에서 배제할 수는 없다. 그러면 안 된다. 결국 나는 이것들을 끌어안고 가야 할 운명이다. 이런 이유에서 수기 작성을 포기할 수 없었다. 이 이야기의 의의는 단지 그것뿐이다. 내 인생, 내가 말한다는 사실 말이다.

02

도마에 오른 생선

1

내가 고등학교 3학년 때, 육군 병사가 선임병에게 폭행당해 사망하는 사건이 있었다. 이전과 달리 악폐습이 줄었다고 자신 있게 말하던 당국의 선전이 무색해졌다. 사람들의 불신은 심해졌고, 나도 마찬가지였다. 나는 가뜩이나 군대를 두려워했는데, 이 사건을 접한 뒤로는 군대를 더 두려워하게 되었다. 그래서 육군에는 절대 가지 말아야겠다고 다짐할 정도였다. 그런 이유로 나는 군대에 갈 시기가 되자 공군을 선택했다.

물론, 한국이 모병제 국가였다면 하지 않았을 고민이다. 그렇지만 나는 똥을 먹어야 했다. 그러니 이왕 먹을 거 모양이라도 괜찮게 생긴 걸 먹자고 생각했다. 면접까지 통과하고 나는 이제 입영식만 기다리는 처지가 되었다. 끔찍했지만 어쩔 수 있나. 나는 국가의 부름을 거부할 배짱 따위가 없었다. 그저 살려나 주십사 하고 고개를 숙이는 게 고작이었다.

2

부모님은 훈련소가 있는 진주 부근에 펜션을 예약했다. 조금이라도 더 같이 있고 싶어서 그랬다고 한다. 하지만 나는 마음에 들지 않았다. 1초라도 내 정겨운 집과 떨어지기 싫었기 때문이다. 그래서 은근히 가지 말자는 의견을 피력해봤지만 소용없었다. 나는 진주에서 하루를 묵게 되었다.

가족끼리 조촐하게 입대 전 마지막 외식을 했다. 부모님은 들어가기 전에 많이 먹으라고 했지만, 이튿날 입영식만 생각하면 속이 울렁거리는 바람에 평소보다 더 적은 양을 먹고도 체할 뻔했다. 식당을 나와 음료수라도 사자면서 작은 마트에 들렀는데, 그 무렵 제법 인기가 있던 〈진짜 사나이〉가 방영되고 있었다. 부모님은 나도 곧 저럴 거라면서 참고하면 좋지 않겠느냐고 말했다. 하지만 사형수에게 사형 집행하는 비디오를 보여주는 게 무슨 소용인가.

그러잖아도 울렁이던 속이 더 울렁거렸다. 다행히 토하지는 않았지만, 마음속에서는 계속 토사물을 쏟아냈다. 그러는 동안 시간은 계속 흘렀다. 더는 토할 게 없던 마음은 헛구역질을 하고 있었다. 내가 할 수 있는 건, 그저 멍하니 창밖을 내다보면서 사회의 평화로운 풍경을 눈에 담아 기억하는 것뿐이었다. 이제 나에게는 한 달 동안은 보지 못할 소중한 풍경이었다.

××월의 밤은 깊고도 깊었다. 하지만 닭의 목을 비틀어도 새벽은 온다고, 결국 날이 밝고 아침이 찾아왔다. 나는 이제 공군 훈련소에 들어가야만 했다. 그 상황이 너무나도 억울했다. 무슨 이유로 그곳에 들어가서 군인이 되어야만 하는 걸까.

아직 본격적으로 굴려지기 전이었지만, 나는 똥을 한 무더기 먹은 느낌이었다. 많은 생각이 들었다. 남들이 일으킨 전쟁에 왜 내가 책임을 져야 하는가. 전 국민이 간다면 차라리 욕이라도 덜하겠다. 그러나 이 나라의 높으신 분들은 입으로는 신성한 병역의 의무를 외치면서 대다수가 자신이나 자식들의 군 복무는 면제받기 위해 노력한다. 국민들은 그런 파렴치한 행동을 지탄하지만, 그들은 멈추지 않는다. 결국 자신들도 아는 것이다. 신성한 국방의 의무는 개나 주라지!

누구라도 가기 싫은 게 군대다. 아니, 개한테 준다 한들 쳐다보지도 않고 짖어대기만 할 것이다. 그만큼 군대에 가는 건 끔찍한 일이다. 그러나 투덜거리는 동안에도 시간은 속절없이 흘러, 짧은 머리를 한 나는 집합 장소에 가야만 했다.

3

입영식장으로 가는 도중, 저 멀리서 훈련병들이 훈련 후 복귀하는 모습이 보였다. 나는 긴장했다. '저들이 내 선임이 될 사람들이구나' 하는 생각도 들고, 나도 저런 훈련을 언젠가는 해야 한다는 압박감도 들었다. 그 무리가 점점 이쪽으로 오더니 내 옆을 지나가게 되었다. 그들은 "앞으로 고생 많이 할 거다"라는 말을 하며 지나갔다. 숨을 가쁘게 쉬면서, 추운 날씨에도 땀이 얼굴을 타고 줄줄 흘러내렸지만 그들은 상쾌하게 웃기까지 하는 여유가 있었다. 나는 이제 훈련소에 막 들어온 신입인데, 그들은 며칠만 더 있으면 훈련을 마치고 이등병 마크를 달게 될 훈련소 고참이었다. 무엇보다 나는 이제 훈련소에 감금되지만, 그들은 수료식 이후 잠깐이라도 집에 간다. 공군은 육군과 달리 훈련을 마치면 2박 3일 동안 집에 가기 때문이다.

나는 그들을 부러워하면서, 마음속에 있던 안도감이 끊어지는 소리를 들었다. 어차피 겪을 일이었지만 불안감이 최고조로 높아졌다. 오만가지 생각이 다 들었다. 훈련 도중 실수하는 바람에 조교가 나에게 기합을 주는 것부터 시작해서, 결국은 미쳐서 사방에 총기를 난사하는 건 아닐까 하는 걱정까지. 그만큼 나는 훈련소 생활에 자신이 없었다. 체력도 약했고, 고압적인 태도를 보이는 사람들 밑에서 훈련을 받아야 한다는 게 참기 힘들었다. 그러나 나는 해야만 했다. 도망치기에는 이미 늦었다. 어찌 되었든 앞으로 거기서 살아야 하므로 최선을 다하자고, 조금 못 미덥지만 스스로에게 맹세했다. 그리고 이 맹세는 적어도 훈련소까지는 효과가 있었다.

4

"입대 장병과 가족 친지들을 분리해주십시오." 정확하게는 기억나지 않지만, 대강 이런 내용의 안내 방송이 흘러나왔다. 방송이 나오자마자, 배웅 나온 가족들과 곧 헤어져야 했다. 순간 울음이 터져 나왔지만 가능하면 보이고 싶지 않았다. 그러나 숨기기는 어려웠다. 가족들도 똑같은 심정이었는지 눈물을 흘렸다. 나는 그 모습을 보면서 더 눈물을 흘렸다.

그렇게 나는 입대했다. 그때는 이런 순간이 다가오면 누구나 흘리는 눈물이라고 생각했다. 그러나 이것은 군생활 동안 내가 흘리게 될 눈물 중 하나에 불과했다.

방송에서 나오는 대로 경례를 하고 큰절을 올린 다음, 조교의 지시에 따라 행사장을 떠나 야외 천막 안으로 들어갔다. 나처럼 짧은 머리를 한 청년들이 줄을 맞춰 앉아 있었다. 사람은 많았지만 천막에서는 몇몇 조교와 부사관들 외에는 아무도 말을 하지 않았다. 기껏해야 조교가 물어보는 말에 작은 목소리로 대답할 뿐이었다. 나를 비롯한 훈련병 무리는 언제 요리될지 모르는 생선처럼 도마 위에서 조금씩 꿈틀거리고만 있었다.

그 천막에서 훈련병으로 등록하는 행정 절차를 밟았다. 나는 다른 훈련병들을 관찰했다. 그들은 자기 차례가 되면 병사에게 신분증을 보여준다. 그러면 병사는 등록된 정보와 일치하는지 확인하고, 일치하면 다시 제자리로 가라고 명령한다. 이미 정리된 목록을 꼼꼼하게 확인하는 치밀함에 놀랐지만, 내 차례까지는 오래 걸렸기 때문에 약간 지루하기도 했다.

하지만 앞으로 어떻게 될 것인가 하는 걱정과 불안감에 마음이 도무지 진정되지 않았다. 나는 벌써 군대에서 길을 잃은 기분이었다. 과연 내가 군대라는 길을 무사히 걸어 모든 이들의 축복 속에 전역할 수 있을까. 아직 모르는 일이었다. 일단은 하라는 대로 할 수밖에 없었다.

03

첫 짬밥

입영식 직후 거대한 천막 안에서 나를 포함한 짧은 머리를 한 사내들이 행정 절차를 밟았다. 많은 사람들이 움직이다 보니까 부산스러웠지만, 말소리는 잘 들리지 않았다. 가끔 군복을 입은 사람들이 "나라사랑카드 꺼내주세요"라고 말하면 짐을 뒤적거리거나 "○○○에 해당하는 사람, 이리 오세요"라고 하면 굳은 표정으로 "네"라고 크게 대답하면서 달려나갈 뿐이었다. 간혹 붙임성 좋은 사람은 중년의 군인과 벌써 대화하기도 했지만, 그런 사람은 예외라고 해도 좋을 만큼 적었다.

나는 앞을 보며 여전히 눈물을 흘리고 있었다. 군대라는 현실에 들어왔다는 게 믿기지 않았다. 들어온 지 한 시간도 안 됐는데 벌써 나가고 싶어졌다. 그렇지만 너무 심하게 울면 관심을 받을까 봐 혼자 조용히 훌쩍거리면서, 어서 시간이 흘러 집에 가게 되었으면 좋겠다는 생각만 했다.

한참 고개를 숙이고 울다가 문득 밖을 보니 어느새 어두워졌고, 배에서는 계속 꼬르륵 소리가 났다. 한창 배고플 시간이었고, 시간 맞춰야 한다고 점심을 먹지 않은 탓에 배고픔의 정도는 더해졌다. 울면서도 배가 고프니 참으로 우스웠다. 너무 울어서 지친 것이든, 배고플 시간이어서 그런 것이든, 생리적인 현상만큼은 군대에 자연스럽게 적응한 기분이 들었기 때문이다. 그런 내 공복을 훈련소도 알았는지, 빨간 모자를 쓴 사람이 천막 끝에 있는 무리부터 일으켜 세워 식당으로 데리고 갔다.

"밥이다!"

나는 작게 외쳤다. 비록 군대는 싫었지만, 일단 배가 고프니 저녁이라도 먹고 슬퍼하자고 마음먹었다. 물론 당시에는 군대 식단이 소문대로 너무 형편없어서 더 우울해질 가능성이 크다고 판단해, 그저 먹는다는 사실에만 의의를 두기로 했다.

줄을 지어 식당으로 들어가서 식판을 들었다. 식판이야 초등학교 때부터 들어왔기 때문에 익숙했지만, 문제는 젓가락이었다. 숟가락과 포크가 결합한 물건은 있는데 젓가락이 보이지 않았다. 어리둥절해서 헤매고 있자 뒤에 있던 사람이 "군대에서는 젓가락 안 쓰는 거로 안다"고 말해줘서 단념하고 음식을 받으러 갔다. 밥 먹을 때 시간을 정해서 빨리 먹으라고 강요한다는 사실은 들었다. 하지만 그걸 위해서 젓가락마저 아예 치워버린 것을 보니 참으로 대단하다는 생각이 들었고, 동시에 앞으로 내가 지낼 훈련소에 대한 부정적인 감정이 더 쌓여갔다.

밥을 받고 반찬을 받으러 향했다. 반찬은 우리보다 더 짧은 머리를 한 훈련병들이 나눠주었는데, 그들은 뭐가 그리 좋은지 실실 웃으면서 반찬을 나눠주었다. 갓 입대한 장정들이 한 명씩 지나갈 때마다 "다음 주만 참으면 할 만합니다" 하면서 힘내라고 격려해주기도 했다. 나중에 알았지만, 새로운 훈련병이 들어왔다는 것은 기존의 훈련병들이 훈련소를 나가 잠시 집으로 돌아가는 수료외박이 곧 다가온다는 뜻이었기에, 그들은 이제 막 들어온 장정들과는 달리 싱글벙글 웃을 수 있었던 것이다.

반찬을 받아서 자리를 잡으러 가는데 뒤에 있던 사람이 나를 부르며 "이거 가져가요"라고 말했다. 그쪽을 보고 나는 놀랐다. 다름 아닌 '오예스'라는 초콜릿 과자가 있었기 때문이다. 보통 군대 하면 오리온 '초코파이'를 떠올리고 그것이 군대에서 먹을 수 있는 가장 맛있는 단것이라고 여기곤 한다. 그래서 나도 군대에서는 초코파이만 받아도 감지덕지일 줄 알았는데, 첫 끼부터 초코파이보다 한 수 위라고 쳐주는 오예스가 나왔다! 게다가 전혀 기대하지 않았는데 반찬들도 생각보다 맛이 훌륭했다. 군대 짬밥이라는 것이 아주 구린 줄만 알았더니 먹을 만하구나. 그런 생각에 조금 마음이 놓였다. 대부분을 남기리라 예상했는데 뜻밖에도 그릇을 싹싹 비웠다.

기존의 편견과는 정말 다른 맛이었다. 훈련 기간 내내 밥이 의외로 먹을 만하고 맛있다는 생각을 자주 했다. 물론 갑자기 터지는 지뢰처럼 차라리 안 먹는 편이 낫겠다 싶을 정도로 맛없는 반찬도 자주 나왔지만, 개인적으로는 몹시 나쁜 수준은 아니었다고 본다. 주기적으로 콘 아이스크림이나 탄산음료가 후식으로 나와서 별미로 즐기기도 했다. 아이스크림은 자주 나오다 보니 "다른 것 먹고 싶다"면서 조용히 웃는 훈련병도 있었다.

그래도 훈련병들이 훈련소를 나가면 가장 먼저 하고 싶은 일 중 하나가 자신이 좋아하는 음식을 실컷 먹는 것이라는 사실은 변하지 않았다. 아무리 먹어도 배고팠고, 군대 짬밥이 예상보다 맛있다고 해도 사회에서 먹던 것과는 달랐기 때문이다. 그런 까닭에 처음에는 종교 활동 시간에 성당이나 교회, 법당에서 뭔가 얻어먹지 않을까 하고 기대했는데, 공군에서는 종교기관에서 먹을 것을 주지 않아 다들 적잖이 실망하기도 했다.

그러다 보니 자기 기준에서 유난히 맛있는 반찬이 나오면 더 많이 받으려고 할 때가 종종 있었다. 받으려는 쪽에서는 배식 봉사를 하는 훈련병에게 "더 많이 주십시오"라고 하는데, 문제는 배식 봉사 훈련병이 그렇게 주다가는 한정된 반찬의 양이 금방 동나기 쉽다는 것이다. 담당 훈련병은 배운 대로 "정량입니다"

하고 단호하게 말했다. 그러면 보통 훈련병 대부분은 툴툴거리면서 포기하지만, 오기가 생겼는지 배식 훈련병과 실랑이를 벌이는 훈련병도 간혹 있었다. 나는 그들을 보며 먹을 것을 향한 인간의 끊임없는 욕심에 대해서 생각하고는 했다.

결국 '정량충'이라는 신조어까지 생겼다. 훈련병들은 "정량입니다"라는 말을 우스운 말투로 흉내 내면서 서로 웃었지만, 막상 자기들이 배식 봉사를 할 차례가 되면 정색을 하며 "정량입니다"라고 했다. 물론 자신이 말한 것도 있고 하니 정량을 무시하고 맛있는 반찬을 양껏 퍼주는 훈련병도 분명 있었다. 그러면 마지막에 온 훈련병들이 먹을 것이 없어서, 훈련병들이 가장 싫어하는 '육고기 비빔소스'나 '해물 비빔소스'라는 이름의 통조림을 받는 참사가 일어났다.

그런 우리를 달래주는 것이, 저녁때 생활관에 있으면 담당 훈련병이 가끔 가져다주는 부식이었다. 건빵을 비롯해 각종 과자를 먹을 수 있었다. 어느 날 도넛이 나오자, 나는 허겁지겁 먹느라 맛도 제대로 음미하지 못한 채 나에게 배분된 양을 금세 해치우고 말았다. 다 먹고서 손에 묻은 크림이나 빨고 있었더니, 옆에서 같이 먹던 훈련병이 배가 부르다며 자기 도넛을 선뜻 내게 주는 것이 아닌가. 나는 고맙다면서 넙죽 받아 들고 그가 준 도넛을 흡입했다.

고된 훈련으로 몸도 마음도 지친 상황에서 가끔 나오는 부식은 나를 이렇게 먹을 것에 환장하도록 만들어버리곤 했다. 이따금 내 몸은 작작 좀 처먹으라는 듯 먹던 것을 내보낼 뻔한 적도 있었지만, 나는 아랑곳하지 않고 자꾸만 입에 뭔가를 넣었다. 그렇게 하면 훈련받을 때와 달리 몸속에 뭔가 꽉 차는 기분이 들고 전혀 허전하지 않았다. 허전하지 않으면 나도 무언가를 몸에 채울 수 있는 인간이라는 생각에 감격스럽기도 했고, 아직 내 안의 뭔가가 빠져나가지 않아 다행이라고 여기기도 했다. 이렇게 워낙 먹을 것에 탐닉하다 보니, 군대 들어가면 빠진다는 체중이 전혀 줄지 않고 오히려 약간 늘어버렸다.

훈련소 수료 후에도 그랬다. 진주 버스 터미널에 설치된 간이 매점에서 나는 어묵 꼬치 열 개를 한꺼번에 해치웠다. 허겁지겁 꼬치 하나를 먹으면서 꼬치를 하나 더 입에 넣었다. 입에 어묵이 가득 차는 바람에 일곱 개째를 먹기 시작했을 때는 말도 제대로 하지 못할 지경이었다. 오죽하면 매점 아주머니가 조용히 어묵 국물을 떠주면서 천천히 먹으라고 했을까.

훈련소에서는 참으로 먹을 것을 많이 탐했고, 실제로도 먹을 수 있는 만큼 먹었다. 그런데도 늘 배가 고팠다. 먹을 것을 아무리 많이 넣어도 배가 채워지지 않는 시절이었다. 나중에는 허기지는 것이 단지 배만은 아니게 되었지만, 그 당시에 생각할 수 있는 일은 아니었다.

04

입감

가입단 기간이란, 아직 정식 훈련병이 아닌 입대 장병 신분상 태에서 공군 병사 선발 3차 전형을 진행하는 시기다. 일주일이라는 긴 시간 동안 진행한다. 그래서 예비역들 사이에서는 정말 시간이 가지 않는 기간으로 유명하다. 이때만 잘 버티면 훈련병 기간은 잘 마무리한 셈이라는 말이 있을 정도다. 나는 이 말에 동의한다. 인생에서 가장 지루한 시기였기 때문이다.

많은 인원이 한꺼번에 검사받아야 하기 때문에 대기시간이 길었다. 그래서 옆 사람에게 말이라도 걸어보려 하면 조교가 눈을 부라리며 조용히 하라고 외치곤 했다. 조교의 말투는 언제나 터지기 직전의 풍선 같았다. 우리는 의도치 않게 계속 그 풍선이 터지도록 바람을 불어넣었지만, 그때는 인지하기 어려웠다. 아무튼 말을 할 수 없으니 글이라도 적어보려 해도 종이와 펜이 주어지지 않았다. 이 정도를 제외하면 딱히 이 기간에 대해서 할 말은 없다. 무슨 극적인 일이라도 일어났으면 모를까. 다만 내가 이 기간에 목격한 한 가지 풍경은 꼭 기록으로 남기고 싶다.

가입단 기간에는 체력단련복을 공식적으로 받지 않기 때문에, 훈련소 관물함에 걸린 구형 체련복을 입고서 훈련단 곳곳을 이리저리 돌아다녔다. 그 옷은 색깔이 어두운 편이었고, 그 체련복을 입은 입대 장병들의 머리는 빡빡 밀려 있었다. 그들은 오와 열을 맞춰 어설프게 앞으로 걸었다. 나는 거의 매번 대열 뒤에 있는 편이어서, 행진 대열을 전체적으로 파악할 수 있었다. 나는 그 모습을 볼 때마다 항상 감옥 같다는 생각을 했다.

누가 군대라고 설명하지 않는다면, 우리는 교도관에게 통제당하는 죄수 무리처럼 보였을 것이다. 물론 우리는 죄를 지은 적이 없다. 그러나 가만히 생각해보면 뭐가 다른지 잘 구분이 가지 않는다. 형기가 정해져 있고, 지정된 구역에서 지정된 일을 하고, 바깥과의 접촉은 제한적이다. 시간이 지나면 휴가도 가고 인터넷도 쓰는 등 제약이 줄어든다지만, 당장 그렇게 제한된 삶을 살게 되면 감옥과 비슷하다고 느낄 수밖에 없다. 도대체 내가 무슨 잘못을 한 걸까. 내가 한 일이라고는, 국가가 불러서 신체검사를 받고, 국가가 가라고 해서 군대에 온 것뿐이다. 죄가 있다면 나는 조국이 명령한 바를 충실히 따랐다는 것밖에 없다.

한국은 1987년 이후 민주화를 이루었지만, 아직도 많은 이들의 기억 속에서 군대란 민주주의의 적용을 받지 않는 치외법권 지역이다. 이 기억은 끊임없이 갱신된다. 사회가 발전함에 따라 군대는 더 좋아진다고 선전하지만 본질은 바뀌지 않았다. 개인은 없고, 오직 군중만이 있다. 공군의 일원이 되기 위해서 나도 그 군중과 함께 움직였다. 나도 그들도 죄인이 아니지만 살아남으려면 그곳에서는 죄인이 되어야 했다.

무자비한 군사정권이 남긴 공포 분위기가 사회에서는 사라졌지만, 이곳에서는 여전히 활기차게 사람들을 괴롭혔다. 어느 날부터 군가를 계속 틀었고, 조교는 군가 수첩을 보면서 앞으로 외워야 하니 숙지하라고 했다. 그것을 외우는 내 모습은 마치 국민교육헌장을 외우려고 애쓰는 '국민학교' 학생 같았다. 국민교육헌장은 박정희 정권이 자신들의 교육이념을 담아 만든 선언문인데, 당시 국민학교 학생들은 의미도 제대로 모르고 무조건 외워야 했다. 그러면서 박정희 정권이 추구하는 것을 자연스럽게 체득해갔다. 군가도 내게 비슷한 기능을 했다. 그래서 이따금 나는 "지금 내가 유신시절에 있는 건가"라고 조용히 중얼거렸다.

가입단 기간에는 독한 훈련도, 윽박지르는 조교도 없었다. 그저 계속 대기하고 검사받는 생활의 연속이었다. 하지만 그저 무리가 걸어가는 모습만 봐도 오들오들 떠는 나를 발견할 때면, 군대가 정말 그렇게 두려운 곳인지 아니면 내가 너무 예민한 것인지 헷갈리곤 했다. 어느 쪽이 되었든 이때의 감상은 오래 남았으며, 내 정신에는 작은 금이 생기기 시작했다. 그리고 나는 조금씩 여느 훈련병들과는 다른 군생활을 하게 되었다.

금요일이 되었다. 이때만 해도 입대 장병이어서, 조교나 소대장은 우리를 크게 건드리지 않았다. 물론 대다수가 3차 전형을 통과하기 때문에 최소한의 주의는 주는 편이었다. 일주일 동안 그런 상황이 이어지다 보니 입대 장병들은 긴장이 조금 풀어졌다. 그러나 금요일 오전에 탈락자들이 집에 가면서 분위기가 점차 바뀌었다.

그날 저녁, 소대장 한 명이 생활관 앞에 입대 장병들을 모아놓고 "이제 너희들 신분은 훈련병으로 전환되었다"고 선언했다. 판사가 나의 유죄를 선언하고, 그 순간 나는 피의자에서 수형자가 된 것이다. 이제 고난이 다가온다. 신은 나를 고난 속에서 꺼내주지 못할 것이다. 그럼에도 나는 하느님에게 빌었다. 당신이 나를 보고 있다면 부디 정신만이라도 살려달라고. 그러지 못하겠다면 금이라도 가지 않게 해달라고.

그러나 세상 모든 일에 그렇듯이 하느님은 이번에도 응답하지 않았고, 나는 첫 고행길에 올랐다. 나의 교도소, 아니 훈련소 시계는 이제야 서서히 움직이기 시작했다.

05

인간개조론

1

분단시대에 징병제는 필수다. 징병의 목적은 단 하나다. 바로 유사시에 국민을 전장에 배치하고 훌륭한 군인으로서 임무를 수행하게 하는 것. 이를 위해서는 '군인화'가 필요하다. 그 방법을 두고 많은 책임자가 걱정한다. 어떻게 개인보다 사회와 국가를 우선시하게 하는가. 이는 어려워 보이지만 실제로는 쉬운 일이다. 지금부터 이에 관해 논설하겠다. 참고로, 여기에 나온 생각은 그렇게 독창적이지 않다. 선배 전우들의 생각을 빌렸을 뿐이다.

사람은 본래 자유로운 존재이며 그 자유는 중구난방이었다. 최초의 인류에게는 질서가 없었다. 일부 사람들은 그것이 이상적이라고 주장하지만 전혀 아니다. 자유가 지나치게 많아서 사회는 혼란스러웠다. 자유는 오직 강자들만의 전리품이었다. 이를 타파하기 위해 사회가 구성되고 국가가 만들어졌다. 일부 자유가 사라졌지만, 강력한 힘이 작용하기 때문에 오히려 국가 속에서 사람은 자유로워졌다. 이것이 현재 사회에서 자유라고 일컫는 것의 토대다. 자유를 누리려면 자유를 반납하라. 인류는 이 원칙에 따라 자유사회를 건설했다.

군인화의 첫 번째 원칙도 이와 동일하다. 자유를 위해 자유를 포기하라는 것. 그렇게 함으로써 사회에서 자유로울 수 있다는 점을 훈련병들이 알게 해야 한다. 그리하여 자유가 억압된 상황을 스스로 해방으로 여기게 만들어야 한다. 그러나 이에 동의하지 않고 완전한 자유를 추구하는 돌연변이가 있기 마련이다. 또는 머리로는 이해해도 심정적으로는 받아들이기 어려워하는 사람들도 많다. 여기서 군은 본격적으로 국민을 군인으로 개조해야 한다.

그 개조 작업이란 무엇인가. 권위에 대한 절대적인 복종을 강제로 이해시키는 것이다. 복종은 어떻게 가능한가? 간단하다. 누가 명령권자인지 확실하게 하면 된다. 신체를 끊임없이 굴려라. 정신력을 벼랑 끝으로 몰아붙여라. 군대에서 누구에게 우위가 있는지 확실히 알게 하라. 군이 수호하는 것은 국민이고 국민은 서로 평등하다. 그러나 국가를 유지하기 위해, 자유를 위해, 국민의 자유는 파괴될 수 있다. 자유는 억눌러야 비로소 지켜진다. 이 사실을 명확하게 주입해야 한다. 또한 믿음의 영역으로 바꾸어야 한다. 이렇게 하여 군인화의 두 번째 원칙을 습득하게 된다. 자유를 위해 절대 복종하게 하라.

그래도 반항하는 멍청이들이 있다. 그러면 다른 사람들이 피해를 보게 하라. 연대책임을 물어라. 국민은 국민들과 함께 살아가야 한다. 자유에 취한 국민은 국가에 해가 될 뿐이다. 이것이 세 번째 원칙이다. 훈련병들은 개인보다 전체를 우선해야 한다. 하나는 전체를 위해야 한다. 개인의 존재는 그저 생물학적인 연구 대상일 뿐이다. 한 명의 훈련병이 실존하는 순간은 오직 군대에 있을 때뿐이다. 군대는 이렇게 군인화 과정을 거쳐 국민을 군인으로 개조한다.

이런 과정을 거치지 않고 징병제를 한다는 것은 국가 멸망의 지름길이다. 군대에 필요 없는 개인이라는 존재가 바이러스처럼 퍼지게 된다. 인권을 남발하며 어떻게든 전력을 약화한다. 하나로 뭉쳐야 할 국민을 분열시키고 혼란을 가중한다. 정치권은 여론을 핑계로 군대를 탄압하게 된다. 그러면 주적과 어떻게 싸우겠는가? 따라서 징병제가 존재하는 이 순간, 우리는 더 철저하게 개인을 지워야 한다. 훈련소는 개인의 무덤이 되어야 한다. 지휘관은 개인의 장의사가 되어야 한다. 그것이 조국의 자유를 위한 단 하나의 길이다.

2

이광수는 「민족개조론」이라는 글에서 '조선인의 민족성은 타락했으며' 그 때문에 '개조'되어야 한다고 주장한다. 그럴듯하게 들리던 이 주장은 결국 일본에 동화하자는 주장을 향해 나아감으로써 크나큰 비판을 받는다. 군대 이야기를 하다가 갑자기 왜 이런 이야기를 하는가. 본질에 별 차이가 없다고 생각하기 때문이다. 그리하여 제목도 '민족개조론'을 따서 '인간개조론'으로 정했다.

내가 생각하는 군대의 성격이란 그런 것이다. 훈련소는 '당신들의 인간성은 타락했으며' 그 때문에 '군인'으로 '개조'되어야 한다고 우리에게 당당히 선언한다. 애초에 그들이 우리의 인간성이 어떠하다고 판단하는 것도 웃기지만, 어쩌겠는가. 징병제라는 제도 아래 군대는 그런 권위를 부여받았다.

그들에게 단 하나 필요한 것은 강력한 군대를 유지하기 위한 영혼 없는 군인이다. 그 밖의 것은 부차적이거나 심지어 쓸데없기까지 하다. 군인 개조의 과정이 가장 강력하게 기능하는 시기는 바로 훈련소 때다. 그중에서도 훈련 1주차 기간인 특별 병영(이하 특병) 생활 기간이 가장 심하다. 그래서 지금부터 할 이야기는 특병에 대해서다. 특병 기간을 거치면서 나는 군대라는 체제와 어떻게 마주했으며, 또한 어떤 생각을 품었나. 이것이 이 글

「인간개조론」의 주제다.

특병 기간은 육체와 정신이 모두 혹사당하는 시기였다. 왜냐하면 특병은 훈련소에 처음 들어온 장병들을 적응시키기 위해 만든 것으로, 군인화 과정이 가장 강력하게 진행되기 때문이다. 그런 만큼 훈련소 기간 중 가장 살기 넘치는 시기이기도 했다. 훈련병들의 두려움과 긴장감이 고조되다 못해 흘러넘쳐 바다를 만든다. 걸을 때도 정해진 팔의 각도가 있고, 처음에는 어느 쪽 발을 내밀어야 하는지, 방향을 바꿀 때는 어떻게 해야 하는지까지 강제당했다.

나는 이 시기에 가장 숨이 막혔다. 조교들은 군기를 확실하게 잡는다며 우리를 더 무섭게 대했다. 그래서 지금도 이 시기를 떠올리면 가슴이 답답해진다. 훈련소 생활이 끝나고 나서도 한동안은 빨간 모자를 보면 두려움에 휩싸이곤 했다.

특병 기간이 아닌 시기의 점호는 대대 근무라고 하여 훈련병 중 한 명을 뽑아서 했지만, 그때는 조교나 소대장들이 진행했기 때문에 여간 고충이 크지 않았다. 그런데 이것은 정말 특병 기간의 사소한 불만에 지나지 않는다. 특병 기간 막바지에 일어난 그 일을 생각해보면, 이건 고충이 아닐지도 모른다는 생각이 든다.

그 일이란 무엇인가? 이 이야기를 꺼낼라치면 가슴이 턱 막힌다. 그만큼 끔찍했다. 특병 막바지를 향해 달려가던 어느 날 밤이었다. 이 지옥 같은 날이 끝난다고 생각하니 무척 기뻤다. 수료까지는 아직 한참 남았지만 말이다. 그래서 '오늘만 잘 버티자'고 생각했다. 그러나 사건이 터지고 말았다.

맹세하건대, 나는 그날 밉보일 짓을 한 적도 없었다. 그 일주일 동안 어리바리하고 느려터지긴 했어도 나름 최선을 다했다. 다른 사람들도 분명 그랬다. 동기부여(얼차려)를 피하고자 모두 최선을 다했으니까. 그런데도 지휘관들 눈에는 썩 좋아 보이지 않았나 보다. 가입단 기간에 담배 피우다 걸린 사람들이 있었던 탓에, 아무리 잘해도 찍힌 신세였던 걸까.

우리는 그날 소연병장에 집합했다. 밤에 도대체 무슨 일일까 생각할 겨를도 없이 연단 앞에 소대장이 나와 우리의 정신 상태를 지적했다. 정해진 명칭을 쓰지 않고 서로 호형호제한다든가, 가르쳐준 걸음걸이를 지키지 않는다든가, 군인으로서의 자각이 없다는 이유였다. 그리고 그동안의 개조과정이 응축된 궁극적인 개조를 우리에게 선사했다.

앉았다가 일어나거나, 뒤로 누웠다가 앞으로 엎드렸다. 그 밖에도 팔 벌려 높이뛰기를 하고, 누워서 다리를 수직으로 뻗어 흔드는 얼차려 동작들이 끊임없이 이어졌다. 깜깜한 밤, 모래에서 구르는 훈련병들은 서로 부딪히면서 다치는 줄도 모르고 오직 얼차려를 피하기 위해 대열을 만들었다 흩어지기 위해 계속해서 달리고 또 달렸다. 빠르게 명령대로 움직였지만 입대한 지 한 달도 안 된 훈련병들이 뭘 제대로 하겠는가? 무엇을 하든 엉성한 훈련병들은 끊임없이 불호령을 듣고 얼차려를 받았다. 그러다 넘어져서 다친 사람도 많았다. 본격적인 훈련은 별로 하지도 않았는데 부상자가 속출했다. 나도 얼차려를 받다가 앞사람과 부딪혀 다리가 까졌다. 그래서 부상자 그룹에 들어가 상대적으로 쉬운 얼차려를 받았는데, 그제야 비로소 내가 있던 현장을 자세히 볼 수 있었다. 큰 소리로 윽박지르는 상관들과 조교들. 마치 그들을 피하는 것처럼 달리는 훈련병들. 가로등 불빛에 비친 그들의 모습은 지옥으로 끌려온 죄인들과 악마들 같았다.

그 속에서 나는 몸을 힘겹게 이리저리 움직이며 눈물을 흘렸다. 처음에는 '도대체 내가 무얼 잘못했나?' 고민했고, 그다음에는 '가족들이 보고 싶다'고 생각했고, 마지막에는 '무엇이든지 할 테니 나를 살려달라'고 속으로 애원했다. 최대한 자신을 잃지 않으리라고 다짐한 정신은, 그 밤의 극한 고통을 경험하고 나서 잠식당했다. 그들은 개조과정을 통해 내 마음속에 복종해야 한다는 생각을 심는 데 성공했다. '특별 훈련'이라 부르고 '지옥'이라 읽는 끔찍함이 끝난 뒤 나는 순간적으로 인간이 아닌 훈련병으로서의 나 자신을 설정했고, 그에 맞추려고 발버둥 치기 시작했다. 그들은 이제 나를 소유하지는 못해도 적어도 통제할 수 있었다.

이것이 내가 훈련소 기간에 겪은 인간 개조의 현장이다. 그러나 이는 시작에 불과했다. 형태와 강도만 달랐을 뿐, 그 뒤로도 개조 작업은 계속 이어졌다. 이후의 훈련에서 그들이 넣고자 하는 것을 꾸역꾸역 주입당해야 할 처지가 되었다. 이런 기초적인 개조과정 속에서 눈앞이 캄캄해진 나는, 앞으로의 생활이 어떻게 진행될지, 또 어떻게 개조당할지 두려움에 떨 뿐이었다.

06

연애는 고통이다

나는 살면서 연애를 해본 적이 없다. 그래서일까? 그런 나를 불쌍히 여겼는지 군대에서는 자꾸 총과 나를 엮으려고 했다. 훈련소에서 총기 이론을 교육할 때 교관이 "총기는 애인과 같으니 소중히 하라"고 말했다. 그러고는 지금 내가 들고 있는 총을 어떻게 다루어야 하는지 상세히 설명했다. 나는 멍하게 들고 있던 총을 그제야 인식했다. 총과 나는 그렇게 서로를 처음 마주 보았다. 교관의 중개로 소개팅을 하게 된 것이다.

국가라는 부모는 나를 총기와 이어주려고 부단히 압박했지만, 나는 결코 넘어가지 않았다. 그러나 총기는 나를 떠나지 않고 한동안 계속 옆에 붙어 있었다. 남자를 사랑하지만, 남성성을 상징하는 총기와의 연애는 불편하기만 했다.

한국 군대에서는 '총기를 애인처럼 사랑하라'는 말이 자주 쓰이는데, 나는 그 살상 도구를 왜 그렇게 여겨야 하는지 지금도 잘 이해가 가지 않는다. 총은 애초에 사람을 죽이라고 만든 도구 아니던가. 그것을 열렬히 사랑하라는 것은 '총의 본래 목적까지도 사랑하라'는 말이나 마찬가지라고 느껴졌다. 그러나 과연 누가 사람 죽이는 도구를 사랑하라는 말에 찬성하겠는가. 설사 그 도구 자체는 사랑한다 해도, 본래 목적을 실현하는 일은 크게 망설일 수밖에 없다.

내 마음이 이렇다 보니 총기와의 동거는 불편함 그 자체였다. 군대에 있는 동안 사람들은 나와 총을 자꾸 동침시켰지만, 나는 아무런 흥분도 느끼지 못했다. 그러기는커녕 총과 함께 있을 때 나는 커다란 검은 개를 옆에 두고 살아가는 느낌을 받고는 했다. 하지만 국가는 나와 총기를 강제로 결혼시키고, 혼인신고까지 해버렸다.

총기수여식이라는 의식이 결혼식을 대체했다. 국가는 높은 계급 위에 서 있는 상관들을 대리인으로 내세워 부모 행세를 했다. 하객은 없고 수많은 남성들이 열과 오를 맞추고 서서 총과의 미래를 서약했다. 혼인 반지는 멜빵끈이 되었고, 박수 소리 대신 힘찬 경례 소리만이 연병장에 가득했다. 결혼식과 한 가지 다른 점이 있다면, 어떤 병사도 총을 원하지 않았으며 만남과 동시에 헤어짐을 바란다는 것. 그리고 나는 누구보다도 정도가 심했다.

강요된 사랑, 진실하지 않은 사랑. 그 사랑에 나는 괴로워했다. 그 어떤 사랑의 감정도 총기와 공유하지 못했다. 사랑의 행위를 한다고 해도 그랬다. 모포를 바닥에 깔고 총기 청소도구를 준비한 다음 장갑을 낀다. 총기는 내 손길을 거쳐 내부가 적나라하게 분해되어 사람들 앞에 드러난다. 그러면 기름칠을 하고 먼지를 제거한다. 생활관 안에서 모든 훈련병이 저마다 자기만의 방식으로 총기를 사랑하는 장면이 눈앞에 보인다. 어떤 훈련병은 부드럽고 꼼꼼하게 닦고, 어떤 훈련병은 눈에 보이는 것만 대충 닦으면서 총기와의 사랑을 연기한다. 나 또한 연인들이 서로 애무하는 것처럼 열심히 광을 냈다. 잔혹한 쇠붙이를 깨끗하게 하고 다시 조립한다. 이제 총기는 본래 모습으로 돌아오고, 총기 보관함에 자리 잡음으로써 사람들로 하여금 자신을 우러러보게 만드는 공포감을 조성한다.

총과의 사랑에 보상 따위는 없다. 연애란 서로 주고받으며 사랑의 감정을 보상받는 것인데, 나와 총기 사이에는 그런 게 전혀 없었다. 나에게 고통을 주는 동시에 고통을 끝낼 수 있는 유일한 수단이라는 것, 총기란 나에게 그런 의미밖에 없었다.

내가 총기를 왜 그렇게 무력하게 받아들였는지 가만히 생각해 봤다. 우선 훈련소에서 훈련병들을 강력히 통제하는 모든 것을 떠올려보자. 훈련병의 눈앞에는 소리를 고래고래 지르는 사람들이 있다. 걷는 것도, 먹는 것도, 모두 규격에 맞춰서 해야 한다. 심지어 화장실 갈 때조차 정해진 말로 가겠다고 하지 않으면 벌을 받았다. 모든 것이 통제되었다. 내 마음대로 할 수 있는 게 하나도 없었다. 살고 죽는 것마저 내가 함부로 결정할 수 없었다. 그래서 나는 공포에 짓눌려 그들의 가랑이 사이로 기어 다녔다. 오로지 그것만이 내가 살 수 있는 방법이었다. 나는 아무것도 하지 못했다. 그러다 보니 이러다가 영원히 종속적인 인간으로 살아가는 건 아닐까 하는 생각이 들었다.

강요된 권위에, 원하지 않는 권위에 억지로 고개 숙이며 명을 이어나가는 삶. 아무도 그런 삶을 원하지 않겠지만, 이 나라에서는 필연적으로 그런 삶을 살아가야 한다. 나는 도저히 참을 수 없었다. 영혼이 서서히 빨려나가는 듯한 기분이 들었다. 그러나 내가 할 수 있는 일은 아무것도 없었다. 총과 사랑할 때마다 그것이 나를 비웃는다고 느꼈다. 비웃지 말라고 대구해야 했지만 그러지 못했다. 나는 이미 겁에 질려 있었고, 벌벌 떨면서 총을 열심히 사랑할 수밖에 없었다. 정말이지 끔찍한 연애담 아닌가. 다시는 경험하고 싶지 않다. 결국 나는 총에게 보상받기를 원했고, 국가는 총과 나를 이혼시켰다.

07

180초

3분. 180초. 이 시간이 사람들에게는 어떤 의미가 있을까. 라면 끓이는 시간? 즉석 카레가 만들어지는 시간? 아니면 양치질하는 시간? 대부분의 사람들에게 3분은 그저 평범한 시간일지 모른다. 그러나 나는 그 3분이 특별하게 느껴지는 여러 순간을 겪었다. 그 3분은 효孝전화와 관련이 있다.

효전화. 훈련병들에게 일주일에 한 번, 단 한 번, 집에 전화할 기회가 주어진다. 그것을 효전화라고 한다. 군이 전화 앞에 효孝자를 붙인 이유는, 부모님에게만 전화하도록 강제했기 때문이다. 사람마다 사정이 다르고 더 간절하게 전화하고 싶은 사람들이 있을 텐데, 왜 그렇게까지 효전화를 강조했을까. 그 이유는 아직도 모른다. 아무튼, 어떻게든 여자 친구나 친구들에게 전화하려고 애쓰는 훈련병들을 보면 정말 안쓰럽고 화까지 났다. 단 한 번의 전화 기회마저 이렇게 제한받은 채 사용해야 한다니 참으로 끔찍했다. 그럼에도 그 기회는 매우 소중했다. 그리운 목소리를 들을 수 있고 세상과 연결되는 유일한 시간이었으니까. 그래서 모두들 그 시간을 간절히 기다렸다.

훈련 첫째 주 토요일, 첫 번째 효전화 시간이 왔다. 내가 소속된 소대를 호출하는 방송이 나왔다. 나는 아주 빠른 속도로 효전화실을 향해 달렸다. 체력이 약해 평소에는 느린 편이었지만, 그때만큼은 토끼처럼 달렸다. 그 정도로 전화를 하고 싶었다. 그리고 군기 잡힌 모습으로 가만히 앉아서 기다렸다. 조교는 우리에게 집에만 전화하라고 신신당부한 다음 안으로 들여보냈다.

효전화실 안에는 독서실 책상처럼 나뉜 칸마다 전화기가 한 대씩 있었고, 도우미 훈련병들이 서 있었다. 그들은 정확히 3분만 통화하게 하려고 감시하는 훈련병들이었다. 잠시 투덜댔지만, 자리를 잡고 앉으니 더는 투덜거릴 여유가 없었다. 나는 수화기를 들었다. 수신자 부담 전화로 연결한 다음 어머니의 휴대전화 번호를 눌렀다. 그와 동시에 옆에서 스톱워치가 작동하는 소리가 들렸다. 긴장감과 기대감이 주위를 맴돌았다. 전화 발신음이 정말 길게 들렸다. 발신음이 몇 번 반복되고서 어떤 목소리가 흘러나왔는데, 그것은 나에게 이렇게 말했다.

"지금 상대방이 전화를 받지 않아……."

순간, 주위의 모든 것이 무너져 내리는 기분이었다. 이성적으로 생각하면, 내가 전화하는 시간에 반드시 어머니가 받을 수는 없는 노릇이다. 내가 언제 걸화를 걸지 어머니는 알 길이 없지 않은가. 나만 해도 토요일에 전화할 수 있다는 사실만 알았지, 몇 시에 할 수 있는지 구체적으로 알지는 못했다. 하지만 그때는 감정이 앞서는 때였다.

군대라는 철심이 내 가슴에 박힐 때, 나는 남들과 마찬가지로 가족에게 의지하는 편이었다. 훈련 때마다 집과 가족을 그리워하면서 행복을 추억하고 되찾기를 바랐다. 그 시절의 나에게, 내 정신을 균열 내던 군대에서, 거의 유일한 위안이었다. 그래서 머리로는 사정을 이해하면서도 실제로는 서럽게 울 수밖에 없었다. 입대한 순간부터 맨 처음 효전화까지, 그리고 이후의 군생활에서도 나는 가족 때문에 많이 울었다.

'왜 전화를 받지 않을까' 생각하면서, 전화 통화를 하지 못했다고 조교한테 말하고 생활관으로 내려왔다. 내려오면서 조금씩 눈물을 흘렸다. 생활관은 전화하고 온 사람들로 인해 눈물바다가 되어 있었는데, 나는 전화를 하지 못해서 울었다. 수건으로 눈물을 훔치고 있으니, 주위에서 나한테 전화한 소감을 물었다. "못했다"고 짤막하게 대답하자 그들은 다음에는 성공할 거라고 위로해주었다. 나도 분명 그렇게 생각했다. 정말 특별한 일이 아니면 전화를 받지 않을 분들이 아니니까. 하지만 그 당시에는 정말 서러웠다. 전화를 받지 않는 가족들이 원망스러웠다. 원망하는 마음은 곧 사라졌지만 아쉬움은 여전했다. 생활관에는 나와 상황이 같은 사람들이 몇 명 있었는데, 그들의 얼굴은 정말 어두웠다. 외부와 소통할 수 있는 몇 안 되는 방법이 실패한다면 누구든 그런 분위기를 뿜어낼 수밖에 없을 것이다.

시간이 흘러 다시 방송이 나왔다. 전화하지 못한 훈련병들은 모이라는 것이었다. 나는 다시 열심히 달렸다. 조금 전의 슬픔 따위는 없었다는 듯이 힘차게 달려 효전화실로 올라갔다. 나는 긴장된 마음으로, 그리고 간절한 마음으로 전화기의 버튼을 눌렀다. 발신음이 몇 번 반복되었다. 그 순간이 너무나 길게 느껴져서 나는 '또 받지 않는 건가' 하며 절망에 빠졌다. 그런데 바로 그 순간, 드디어 집에서 전화를 받았다. 나는 그제야 집과 연결되었다.

어머니는 전화를 받지 않아 미안하다고 했다. 그러나 나는 조금 전까지 서러웠던 마음은 싹 잊고서, 그저 전화를 받아준 사실만을 몹시도 고마워했다. 아직도 그 순간을 잊을 수 없다. 그러고는 어머니와 속사포처럼 대화를 나누었다. 시간은 한정되어 있고, 하고 싶은 이야기는 많았으니까. 훈련소에 들어온 뒤로 가장 기쁜 순간 중 하나였다. 그동안 특별 병영 생활 기간 등을 거치면서 많이 힘들었는데, 보고 싶은 사람들의 목소리를 들으니 정말 힘이 났다. 이런 기회가 없었다면 나는 훈련소에서 버티지 못했을 것이다. 그런데 이제 통화를 마무리하라는 소리가 들려왔다. 1분도 채 지나지 않은 것 같은데 벌써 3분이 됐다니 너무나 아쉬웠다. 서둘러 통화를 마무리하면서 나는 몹시도 울먹였다.

생활관으로 내려와서 다시 눈물을 쏟아냈다. 조금 전과 달리 기쁨의 눈물이었다. 그러나 앞 차례의 눈물과 공유하는 감정이 하나 있었다. 바로 그리움이었다. 일상에 대한 그리움 말이다. 그날은 주말이니, 사회에 있었다면 집에서 편히 쉬며 여유를 즐겼을 것이다. 그런 날에 머리가 빡빡 밀리고, 모래 위를 구르면서 힘겹게 훈련을 받고 있다니. 그래서 집에 대한 그리움이 더 간절해졌다. 어서 여기를 나가고 싶다는 생각만 머릿속에 가득했다.

그 뒤로 효전화를 할 때마다 들뜨고 기쁜 마음이었다. 훈련 후반으로 갈수록 소재가 떨어져서 무슨 이야기를 해야 할지 몰랐지만, 가족들의 목소리를 들을 때마다 기쁘고 마음이 놓였다. 나를 기다리는 사람들이 있다는 것, 내가 앞으로 살아서 봐야 할 사람들이 있다는 것을 확인하는 시간이었기 때문이다.

그래서 나에게 3분은 정말 소중했다. 누군가에게는 하찮을지 몰라도, 당시의 나에게는 금과도 바꿀 수 없는 시간이었다. 지금도 훈련소에서는 수많은 훈련병이 이 시간을 기다리며 일주일을 버티고 있을 것이다. 또한 그때의 나처럼 눈물을 흘리며 수화기를 들 것이다. 그렇다고 생각하니 참으로 눈물겹다. 군대에 억지로 끌려와서, 행복마저도 제한된 상태에서 누려야 한다니. 그러나 이런 생각은 잠시 치워두고, 지금의 훈련병들이 누리기를 기다리고 또한 반드시 누려야 하는 3분 동안에, 통화하고픈 사람들과 조금이라도 더 많은 이야기를 나눌 수 있기를 기도하려고 한다. 3분. 180초. 그 순간만이라도 그들이 행복해질 수 있다면, 지금 상황에서는 의미가 있으니까.

08

총 든 어부

강론 때 신부님이 자기가 총기 훈련을 받는다면서, 자신도 군복을 입고 총을 쏜다는 사실을 자랑스럽게 이야기했다. 순간 나는 알 수 없는 위화감에 휩싸였다. 그날 밤 훈련병들은 종교 활동을 화두로 꺼냈다. 한 훈련병이 "신부님이 영관급 장교라는 사실을 아느냐"고 말했다. 성당에서 예수의 피를 담은 성작을 드는 신부님이 밖에서는 사람의 피를 흘리게 하는 총을 든다. 하느님께 자비를 베풀어달라고 기도했더니만, 오히려 의문을 던져주시고 말았다. 천주교는 평화의 종교가 아닌가?

종교 활동은 훈련병들이 수료식을 제외하고 가장 좋아하는 활동이었다. 매주 일요일 종교 시설로 향했다. 평소에는 조교가 소리를 크게 내라고 해도 만족스럽게 하지 않던 훈련병들이 그 순간만큼은 아주 우렁차게 소리를 내질렀다. 교육사령부의 종교시설은 성당과 교회, 그리고 절이 한곳에 모여 있는 덕분에 경건함이 가득했다. 덕분에 조교도 그곳에 가면 소리 지르지 않을 정도였다. 우리는 종교 시설에서만큼은 훈련소의 압박에서 조금이라도 해방될 수 있다는 사실만으로 행복해했다. 어떤 훈련병은 배우 김태희의 사진이 있는 교리집을 받으러 간다고 흥분할 정도였다.

나는 평소 염두에 두고 있던 가톨릭 세례를 받기로 했다. 한국 가톨릭에서는 보통 세례를 받으려면 몇 달에 걸쳐 교리 교육을 받아야 하지만, 군대에서는 한 달도 안 되어 속성으로 받을 수 있었다. 한국에는 동양 최대의 가톨릭 성당이 있다. 바로 육군 논산 훈련소에 위치한 연무대성당이다. 이 성당에서 세례받는 사람은 해마다 8천 명~1만 명 정도다. 한 달에 천 명이나 되는 병사들이 하느님의 자식이 되는 것이다. 한국에서는 매달 25만 명 정도의 인원이 입대를 한다.

그래서 각 종교마다 훈련소 내에서 신도 수를 급격하게 불리려고 애쓰기 때문에 세례를 위한 교리 교육도 짧은 편이 아닐까 추측한다. 그러나 교육 시간에 대부분 졸았던 탓에, 내가 기억하는 건 성체성사를 어떻게 받는지 정도밖에 없다. 세례를 받고 성체성사를 한다는 건 수료가 가까워진다는 뜻인지라 흥분했기 때문에 잘 기억한다. 수녀님이 연습해보자며 밀떡과 보리차를 가지고 우리에게 성체성사 리허설을 시키기도 했다.

그리고 나는 성인사전을 보면서 세례명을 정했다. 스테파노라는 이름이 보였다. 김수환 추기경의 세례명이라고는 익히 들어 알았지만, 누구인지는 잘 몰랐다. 억압에 맞선 최초의 순교자. 성서에서는 스테파노의 최후를 이렇게 묘사하고 있다.

사람들이 돌을 던질 때에 스테파노는, "주예수님, 제 영을 받아 주십시오" 하고 기도하였다. 그리고 무릎을 꿇고 큰 소리로, "주님, 이 죄를 저 사람들에게 돌리지 마십시오" 하고 외쳤다. 스테파노는 이 말을 하고 잠들었다.

사도 7, 59-60

군대가 나에게 돌을 던질 때 나도 저렇게 말하면서 나 자신과 저들을 지킬 수 있을까 생각하며 나는 스테파노를 세례명으로 정했다.

세례식 당일, 나를 포함한 새로운 신자 훈련병들은 가슴에 꽃을 달고 작은 촛불을 들었다. 그러고는 가장 가까운 신부님 근처로 향했다. 나는 사제 앞에서 고개를 숙였고, 사제는 내 이마에 물을 조금 뿌리면서 말했다.

"나는 성부와 성자와 성령의 이름으로 스테파노에게 세례를 줍니다."

그 순간 나는 편안함을 느꼈다. 이전에는 군대에서 나를 지켜줄 게 없다고 생각했는데, 종교 공동체의 일원으로 받아들여지니 이제 나도 뭔가가 보호해준다는 안도감이 들었다. 그것은 첫 영성체에서 절정을 이루었다. 왼손을 오른손에 얹고 사제 앞에 다시 섰다. 사제가 성체를 나눠주며 말했다.

"그리스도의 몸."

"아멘."

나는 이렇게 대답한 다음, 옆에서 잔을 들고 있는 수녀 앞으로 갔다. 수녀가 내 쪽으로 잔을 조금 기울이면서 말했다.

"그리스도의 피."

"아멘."

나는 성체를 잔에 있는 포도주에 살짝 찍고 자리로 돌아가면서 성체와 성혈을 입에 넣었다. 나는 자리에 앉아 입을 오물거렸다. 그러자 포도주가 찍힌 밀떡이 내 몸 사방으로 퍼져나가는 기분이 느껴졌다. 몸 구석구석까지 이들이 내 몸을 감싸주었다. 나는 팔을 크게 벌리고 있는 예수를 상상했다. 그의 팔이 나를 안았다. 그러자 내 눈에서 눈물이 조금 흘렀다. 그동안 군대에서 아무도 나를 안아주지 않았는데, 그런 경험이 없었는데, 처음으로 안겼다. 그 포근함에 나는 잠시 사회로 돌아간 느낌을 받았다. 나는 열렬히 감사 기도를 올렸다.

이렇게 훈련소 생활에서 종교 활동은 마음의 안정을 안겨준 중요한 행사였다. 종교 활동이 없었으면 아마 훈련소도 수료하지 못했을 것이다. 군대라는 바다에서 허우적거리던 나는 종교라는 동아줄로 생명을 연장해갔다. 군대에서 유일하게 내 마음을 알아주고 이해해준 사람들은 성직자들이었다. 만약 하느님이 내 기도를 들어주었다면, 그것은 내가 자비를 경험한 하나의 사례일 것이다.

나는 미사를 마치고 나오는 길에 성당에서 나눠준 소책자를 펼쳐보았다. 여러 기도문이 적혀 있었는데, 내 눈에 가장 먼저 띈 것은 바로 '민족의 화해와 일치를 위한 기도'였다. 거기에는 이렇게 적혀 있었다. "서로 존중하고 사랑하며/평화 통일을 이룩하게 하소서." 그런데 바로 옆 '군인의 기도'에는 이렇게 적혀 있었다. "군무에 충실하며/참된 군인으로서 전우애를 나누고/조국과 세계의 평화를 위하여 헌신하게 하소서."

서로 존중하고 사랑하면 적과 싸움을 할 수나 있을까? 존중과 사랑이 있다면 군인이 필요는 하겠는가? 이런 의문은 곧 사제를 향했다. 사제는 존중과 사랑을 가르쳐 평화를 이룩하면 되는데, 어째서 군복을 입고 전쟁 작전에 참여하는 걸까? 가톨릭이 사랑과 존중으로 평화를 추구한다면 군종 사제로 참여할 이유가 없지 않을까?

그때 나는 마땅한 결론을 내리지 못했다. 그러나 의문은 점점 커졌고, 군대에서 미사를 드릴 때마다 나는 이 문제를 놓고 고민했다. 어째서 성직자가 군복을 입고 계급장을 달고 다니는가?

개신교, 불교, 원불교도 자유롭지 않다. 한국군 내에는 군종병과라는 게 있다. 가톨릭 사제, 개신교 목사, 불교 법사, 원불교 교무는 장교로 임관하여 장병들의 종교 활동을 지도한다. 물론 종교 활동을 할 때는 군복을 벗지만, 그들도 엄연한 군인으로 총을 들고 훈련을 한다. 도대체 왜 그러는 걸까? 장병들의 종교 활동을 지원하기 위해서라고 하지만, 그렇다면 민간인 성직자가 와서 종교 활동을 하면 그만이다. 애초에 군복을 입고 총을 들 필요가 없다.

한국은 종전이 아니라 휴전 중이기 때문에 성직자도 총을 들어야 하는 특수한 상황이라고 할지 모르겠다. 그러나 한국에는 평화를 위해서, 종교적 양심에 따라 총 대신 감옥을 선택하는 양심적 병역거부자들이 존재한다. (이 원고를 탈고한 이후인 2018년, 헌법재판소는 양심적 병역거부자를 위한 대체복무제를 마련하라고 판시했다. 이후 정부는 대체복무제안을 신설해 시행했다.)

어떤 사람은 군대가 선교 황금어장이라고 말한다. 황금어장! 한국 군대에서 활동하는 종교의 목적을 이보다 잘 표현한 말이 있을까? 훈련소를 마치면 대다수의 훈련병들이 세례나 수계를 받는다. 종교 없는 훈련병이 드물 정도다. 훈련소에서 우리는 그저 각 교단에서 뿌린 미끼를 문 물고기에 불과했다. 사람을 낚는 어부가 되라더니, 과연 문자 그대로 훈련병을 물고기로 봤나 보다.

선교를 위해 자신들의 종교에서 이야기하는 평화를 버려가며 징병제에 이바지한다. 이렇게 해서 성도를 늘리면 좋은 것인가? 하지만 그렇게 얻은 성도는 큰 의미가 없다. 신념을 버린 교단이 이 새로운 신도들에게 무슨 감화를 줄 수 있나? 한국 종교들이 군 선교에 열을 올리며 늘어나는 교인 수에 행복한 비명을 지르는 것은 교리를 배신한 대가일 뿐이다.

양심적 병역거부자들, 이 사람들이 지금 군대에 있는 성직자들보다 더 종교적이다. 성직자들은 이들을 보며 부끄러워해야 한다. 그렇다고 감옥에 갈 필요는 없다. 그저 군대를 빌려 선교하지 말고, 군대에서 고통받는 사람들을 위해 조금 더 기도하고 종교적인 활동을 실천하기를 바랄 뿐이다. 그러기 위해서는 스스로 군대에서 벗어나야 한다.

성직자들은 스스로 군대를 포기하고, 민간으로 돌아가 군인들에게 종교 정신을 나눠주어야 한다. 성직자들은 군대에 동화하여 무조건 따르지 말고, 군대 밖에서 장병들의 고통을 바라보고 같이 울어주며 지옥의 구렁텅이에서 그들을 꺼내야 한다.

한국의 종교들은 분명 할 수 있다. 나는 그런 성직자들을 군대에서 많이 만났다. 모두가 내 탓이라고 비난할 때, 앞에서 돌을 막아주던 몇 안 되는 사람들이 성직자들이었다. 그들과의 만남은 소중하고 잊을 수 없는 경험이다. 그래서 나는 아직 희망이 있다고 믿는다. 판도라의 상자에 마지막으로 남은 희망이 인류를 구원한 것처럼, 내 희망이 헛된 게 아니었다는 사실을 그들이 증명해주기를 바란다.

09

소용돌이

소용돌이는 모든 것을 빨려 들어가게 만든다. 걸리면 아무도 헤어날 수 없다. 그러나 알고서도 피할 수 없는 경우가 종종 있다. 징병제 아래에서 입대도 그런 종류 중 하나다. 그것은 신체와 정신을 모두 군대라는 소용돌이 안에서 갈아버린다. 그리고 그 모든 것을 통일된 모양으로 빚어놓고는 다시 밖으로 꺼낸다. 거기에 길들기 시작하면 끝이 없다. 그중에서도 내게 압권은 바로 정훈교육이었다.

정훈교육. 도대체 뭐 하는 것일까? 먼저 '정훈'에 대한 사전적인 정의를 살펴보는 것이 좋겠다. 정훈政訓이란 "군인을 대상으로 한 교양, 이념 교육 및 군사 선전, 대외 보도 따위에 관한 일을 통틀어 이르는 말"이다. 간단히 말해서 '군인에게 행해지는 선전 행위'라고 할 수 있겠다. 총검술·화생방·사격 등등이 군인을 신체적으로 개조하기 위한 과정이라면, 정훈교육은 군인을 정신적으로 개조하기 위한 과정이다.

어느 날, 훈련병들은 극장처럼 생긴 강당에 모여 등받이에서 허리를 떼고 꼿꼿한 자세로 앉았다. 교관이 "쉬어"라고 할 때까지 그들은 긴장의 끈을 놓지 못했다. "쉬어"라는 말과 동시에 훈련병들은 조금 편안한 마음이 되었다. 물론 도중에 질문 형식 등이 잘못되면 얼차려를 받을 수도 있어서 불편한 것은 여전했지만. 교관은 훈련 받느라 수고한다면서 강의를 시작했다. 그래도 교관은 훈련병들에게서 긴장의 표정이 가시지 않자 일찍 끝나면 최신 걸그룹 뮤직비디오를 틀어주겠다고 했다. 그제야 비로소 훈련병들은 마음을 풀었다. 나는 걸그룹 뮤직비디오를 좋아하지는 않았지만, 마음 한구석에서 안도의 한숨을 내쉬었다.

조교는 여기저기 돌아다니면서 집중하지 않는 사람을 불러내 얼차려를 시켰고, 훈련병들은 나눠준 필기구가 부러질 정도로 열심히 공책을 채워갔다. 교관은 수시로 훈련병들에게 질문을 던졌는데, 답을 알면서도 답변 형식을 제대로 지키지 않아 불려 나가는 훈련병들이 많았다. 훈련병들은 모두 빡빡이라서 얼굴을 구분하기가 쉽지 않은데도 조교들은 자세가 불량한 훈련병들을 귀신같이 찾아내 벌을 주고 질문을 던졌다. 신체 훈련이 워낙 고된 탓에 용감하게 잠자는 사람도 있었지만, 살아남은 사람은 소수였다.

필기하는 소리와 조교의 군홧발 소리, 그리고 교관이 강의하는 소리만이 강당을 가득 채웠다. 마치 합주하는 것처럼 그 소리는 잘 어우러졌다. 소리만 들으면 훈련소가 아니라 수재들이 모여 있는 대학 강의실이라고 믿을 정도였다. 그러나 그 소리들과 필기하는 훈련병들의 숨소리가 합쳐지면서 엄청난 압박이 되어 내 심장을 파고들어갔다. 숨을 쉬기 어려울 정도의 경쟁과 감시. 왜 정훈교육을 받다 사망한 사람이 없는지 궁금할 정도였다.

그날 주제는 선배 전우들의 정신력을 본받자는 것이었다. 육탄 10용사 이야기가 나왔다. 육탄 10용사는 한국전쟁 때 폭탄을 들고 적진으로 돌격해 공을 세운 사람들이었다. 한마디로 자폭작전의 희생자들이었다. 이전 강의에서 나는 우리 국군이 독립군에서 이어져온 군대이며 일본군에 맞서 싸운 사람들이라고 들었다. 그런데 한국을 파괴한 잔악한 일본군의 전술인 가미카제와 비슷한 것을 한국군에서 찬양하고 있었다. 나는 이 모순된 상황에 혼란스러워졌다. 그러나 이내 강의 내용을 열심히 받아 적으면서 나도 모르게 동화해갔다.

정훈교육에는 오직 단 하나의 진실만이 있었다. 교관들은 북한 사람들이 독재자의 말을 무조건 옳다고 믿는다며 동정을 보냈는데, 그와 다를 바 없는 행동을 하고 있었다. 남들의 구속복을 비웃었지만, 사실은 우리도 입고 있었던 것이다. 나는 내 지식으로써 그걸 부정해보려고 최대한 노력했지만, 자꾸 들어오는 편향된 지식을 막을 수 없었다. 질문을 하기도 힘들었다. 정해진 형식으로 질문하지 않으면 얼차려를 받는다는 두려움, 그리고 요주의 인물로 찍혀 군대에서 배척당하리라는 공포감. 나는 그런 감정들에 휩싸여 그저 묵묵히 강의를 듣고 노트를 정리했다.

정훈교육은 국군이 스스로에게 부여하는 훈장이다. 북한과 달리 정통성 있는 국가 대한민국에서, 강한 체력과 정신력을 갖춘 국군. 그들은 조국 근대화에 기여했고, 지금도 국민을 안전하게 지킨다. 과오는 결코 없다. 그들은 보고 싶은 것만 본다. 4·3항쟁이나 광주항쟁처럼 군인이 민간인을 학살한 사건은 언급조차 하지 않으며, 독재에 동원되었다는 사실은 무시한다. 철저하게 국군의, 국군에 의한, 국군을 위한 교육이다.

입대 전부터 그 어떤 훈련보다 주의하려고 했지만, 내 정신 속으로 정훈교육의 내용이 점점 파고드는 것을 발견할 수 있었다. 소용돌이에 빠져든 것이다. 자대 결정을 위한 시험에 나왔기 때문에 아무리 힘들어도, 의미 없어도, 계속해서 정훈교육의 내용을 받아 적었다. 그러자 교육 내용이 정제되지 않은 그대로 머릿속에 들어왔다. '아, 우리 군이 이렇게 훌륭한 일을 했었구나' '아, 군인이라면 이렇게 해야 하는구나' 하는 생각들이 당연하게 받아들여지기 시작했다.

이미 정신이 죽은 상황이었을지도 모른다. 그것은 탈출하기 어려운 소용돌이의 중심이기 때문에 사람의 정신이 갈려 가루가 되었다고 해도 충분히 믿을 만했다. 빠져나올 수 없었다. 그렇지만 발버둥 치는 훈련병은 별로 없었다. 오히려 정훈교육에 열성적이기까지 했다. 훈련소에서 치르는 시험 성적이 좋으면 자기가 원하는 부대에 갈 수 있다. 그래서 훈련소에서 나눠준 노트가 금방 너덜너덜해지곤 했다. 부대에서도 공부시간을 따로 주었는데, 그럴 때면 훈련병들은 조교 눈치를 보면서 공부 내용을 속닥거렸다. 그들은 자연스럽게 군대가 원하는 면만 보여주는 지식을 자신들의 것으로 만들어나갔다. 아무도 이의를 제기하거나 이상하다고 느끼지 않았다.

나 또한 편향된 정보를 얻고 있다는 사실을 알면서도 반박하지 못하고 그저 받아들이기만 했다. 그렇게 세 번째 정훈교육이 끝나자, 드디어 나는 내가 군인이라고 자각하게 되었다. 아무리 조교가 윽박지르고 단체 기합을 주어도 '나는 군인이 아니다'라고 생각했던 내가 본격적으로 '나는 군인이니까 이렇게 해야겠다'며 나름의 지침까지 세웠다. 군인복무규율의 내용 일부를 외우고, 한국전쟁 때의 사례를 보면서 적의를 불태우고, 국군 미화를 듣고서 나 자신이 군인이라는 사실에 뿌듯해했다. 어떤 훈련을 받으면서도 군대에 와서 좋다고 생각하지 않았는데, 그때 처음으로 그런 망상에 빠졌다.

나는 점점 군인으로 빚어졌다. 결국 그 순간부터 정신은 서서히 죽어갔다. 입대 전 목표로 삼았던 '군대에서 살아남기'가 무너지던 순간이었다. 그러나 탈출할 수 없는 소용돌이의 압박 속에서 나는 아무것도 할 수 없었다.

나는 군대가 사람의 정신을 어떻게 바꾸는지 알게 되었다. 좋은 자대 배치라는 미끼를 통해, 자신들의 목표와 정신을 강제로 주입하는 것이다. 시험을 이용한다는 점에서 학교와 비슷하지만, 학교보다 더 강제적이다. 이를테면 학교는 머리 뒤에 아무것도 없고 언제든 책상을 박차고 교실을 나올 수 있지만 군대는 다르다. 정신적인 총구가 모든 훈련병 뒤에 버티고 있다. 그것은 누가 반발하고 탈출하려 하는 순간 발사되어, 사람을 완전히 불구로 만들어버린다. 이런 상황에서 그 위험을 무릅쓰고 박차고 일어날 수 있는 사람이 몇이나 되겠는가.

그런데 참으로 아이러니한 것은, 이러나저러나 정신적으로 사망 선고를 받는 건 마찬가지라는 사실이다. 물론 정훈교육이 심정지心停止라면, 박차고 일어나는 경우는 뇌사에 가깝지만.

10

누구를 위하여 총성은 울리나

나는 나를 죽였다. 표적은 사람 모양이 아니었지만, 나는 그것이 내 모습이라고 생각했다. 총을 쏘면 쏠수록 내 심장의 구멍은 점점 더 커져갔다. 아무것도 할 수 없었다. 나는 나를 끊임없이 죽이면서 내 사격점수를 높여야만 했다. 내가 더 많이 쓰러지면 쓰러질수록 나는 우수한 훈련병이 되는 것이었다. 훌륭한 훈련병이 된다는 것은 심장의 구멍이 그만큼 크다는 뜻이다.

당장이라도 나는 그 행위를 멈추고 싶었지만, 조교는 그 어느 때보다도 소리를 크게 질렀다. 평소라면 넘어갈 행동에도 혼을 내곤 했다. 사격이 생각보다 잘되지 않자 대기소에서 총알이 없는 상태로 연습하라는 지시를 받았는데, 다른 상관이 와서 뭐 하는 짓이냐고 혼낸 적도 있었다. 사격장에서는 사람의 목숨을 빼앗을 수 있는 사고가 자주 일어나기 때문에 당연한 일이었다. 그런 환경에서 나는 내 정신에 총구를 겨누었고, 그렇게 내 목숨은 누더기가 되었다.

총은 애초에 무언가를 죽이기 위해 발명되었다. 처음부터 살상용 도구였던 셈이다. 그 점은 지금도 변함이 없다. 그래서 비록 지금 군인이라서 총을 쏘는 것일지라도, 훈련일지라도, 사격을 하는 것이 너무나도 떨렸다. 사람을 죽일 수 있는 도구를 내가 사용하다니. 아니, 사용해야 한다니.

물론 모든 도구가 사람을 살상할 수 있다는 사실을 나는 알고 있었다. 비록 유머 영상이었지만, 숟가락으로도 얼마든지 가능하다는 사실을 보았다. 그러나 총은 너무나 명확한 살상 도구다. 앞에서도 말했듯이 존재 자체가 살상을 위한 것이고, 그 이외의 용도는 없다.

떨리는 손으로 사격장에 들어갔다. 그다음에는 어떻게 했는지 기억이 나지 않는다. 통제 방송과 옆에서 고래고래 소리 지르는 조교들의 모습, 그리고 다른 훈련병들의 긴장한 모습만 기억할 뿐이다. 다만, 장전하고 나서 방아쇠를 당기던 순간과 그 후에 느낀 감정은 아직도 잊을 수 없다. 방아쇠를 당기자 '탕' 하는 큰 소리가 나면서 총알이 발사되었다. 그리고 표적에 명중했다. 표적지를 가져왔는데, 내가 총으로 무언가를 파괴했다는 느낌을 받왔다. 이 손으로. 총으로. 군복을 입고.

나의 그런 감상을 무시하듯이 사격 훈련은 계속되었다. 처음보다는 덜 떨렸지만 손은 여전히 떨려서, 하마터면 탄알집을 내팽개칠 뻔했다. 그래도 계속하다 보니 사격에 익숙해지면서 긴장감이 많이 완화되었다. 하지만 내 머릿속에서 절대 사라지지 않는 생각이 하나 있었다. '절대로 그럴 일은 없겠지만(또한 일어나서도 안 되겠지만), 만약에 정말로 전쟁이 난다면, 나는 이것으로 사람을 쏘아야 하는가.'

한국은 1953년 이래 북한과 전쟁을 쉬고 있는 상태다. 최근에 이르러 종전을 논의하고 있지만, 사실 언제 전쟁이 일어나도 전혀 이상하지 않다고 할 수 있다. 따라서 당시 군인 신분이었던 나는 전쟁이 나면 투입되어야만 했다. 공군이지만, 상황이 나빠지면 언제든 최전선으로 끌려갈 수 있었다. 전선에 끌려가지 않더라도 적과 마주한다면 나는 총을 들어야 할 것이다. 그런데 그 순간에 나는 적을 쏠 수 있을까. 다시 말하자. 그 적이라고 불리는 '사람'을 쏠 수 있을까. 아마 쏘게 될 것이다. 망설임 없이. 그러지 않으면 살 수 없기 때문이다. 적도 내게 총구를 보일 것이다. 망설이면 죽음밖에 없다. 살기 위해서라면 나도 총구를 겨누고 방아쇠를 당겨야 한다. 무섭고 끔찍하지만, 그래야만 한다.

나는 그런 상황을 너무나도 끔찍하게 여겼기 때문에 군대에서 더 열렬한 전쟁 반대자가 되고 말았다. 전쟁을 생각하면 우리는 흔히 물질적인 파괴와 죽어가는 사람들을 먼저 떠올린다. 그런 이유로 전쟁을 끔찍하게 여긴다. 당연하다. 그러나 좀 더 파고들면, 전쟁이 진정 끔찍한 이유는 사람의 정신을 완전히 파괴한다는 데 있다. 특히 군인들. 그들은 사람을 죽여야 한다. 아무리 시대가 달라져도 전쟁에서 이 철칙은 절대 바뀌지 않을 것이다. 사람이 사람을 죽이는 것은 분명한 목적과 살의가 없으면 어려운 일이다. 또한 엄청난 죄책감을 수반하기 때문에 더더욱 어려운 일이다.

그러나 전쟁이라는 상황은 모든 것을 단순화한다. 적에 대해 '저 사람들은, 죽여도 되는 사람'이라고 간단히 정리한다. (어떤 경우에는 '그들은 사람이 아니다'라는 괴상망측한 논리까지 등장한다.) 그리하여 전쟁은 군인들에게 자신들이 죽을 수 있다는 공포심과 사람을 죽이면서 발생하는 죄책감을 많이 희석한다. 이와 같은 이성의 파괴, 생명 경시는 전쟁이 일으키는 그 어떤 파괴보다 끔찍하다.

도대체 우리는 누구를 위하여 총성을 울려야 하는가? 형제? 자매? 부모? 국민? 군대에서는 그렇게 가르친다. 우리는 국가의 구성원들을 지키고, 우리의 희생이 5천만 명의 국민과 우리의 가족과 친구 같은 사람들을 수호하는 것이라고. 그러나 전쟁이란 도대체 왜 일어나는가. 전쟁은 대다수의 의지보다는 소수의 의지에 따라 일어난다. 그 소수는 주로 높은 자리에서 자신들의 이익을 목적으로 전쟁을 일으킨다. 이를 위해 명분을 만들고 많은 사람들을 선동한다. 그 순간 소수는 다수의 의지가 이렇게 자발적으로 표출되고 있다면서 국민들이 전쟁 수행에 박차를 가하게 만든다. 그리하여 끝내 전쟁이 일어나고, 이 땅 위에는 비극만이 남는다.

소수의 이익을 위하여 다수가 선동당하며, 자신들의 목숨을 바치게 되고, 살아남더라도 정신이 거세된 상태로 남는다. 애초에 그 소수가 평화를 추구한다면, 기득권이 조금 위협받더라도 전쟁 같은 극단적인 선택을 하지 않는다면, 그런 끔찍한 일은 일어나지도 않을 것이다. 자신의 사람들을 지키기 위해 총을 들라고 말하지만, 그것은 전쟁의 본질을 흐리는 말이다. 그들이 만약 솔직하다면, "우리 소수의 이익을 위해 총을 들라"고 말할 것이다. 가족을 지키라는 말 따위, 기만적인 선동에 불과하다.

이런 이유에서 나는, 국가의 의무 중 국토 수호도 중요하지만, 전쟁이라는 사건을 일으키지 않고 평화를 유지하는 의무가 더 중요하다고 생각한다. 국방력이 평화를 유지하는 주요한 수단이라고 하지만, 평화를 추구하는 의식과 행동이야말로 주요한 수단이다. 이를 위해서는 전쟁을 선동할 가능성이 큰 소수의 생각이 바뀌어야 하는데, 지금 세계 각지에서 일어나는 분쟁들을 보면 절망적이다.

그런 소수의 의견을 강제로 바꿀 수 있게끔 행동에 나서야 한다. 대다수가 일어나 평화를 외쳐야 한다. 한 나라의 국민만이 아니라 전 세계 사람들이 그래야 한다. 우리는 전쟁을 원하지 않는다는 메시지를 그들에게 분명히 각인시켜야 한다. 평화가 중요하다고 강력하게 주장해야 한다. 그래서 평화라는 탈을 쓰고 진행되는 기만책을 중단시켜야 한다. 그리하여 사람들이 사람을 죽이기 위한 훈련을 하지 않게, 총을 들 일이 아예 없게 해야 한다. 내가 사격 훈련이라는 경험에서 얻은 결론이다.

11

공군(工軍)

깊은 밤, 한 건물에 불이 켜져 있다. 사람들은 자기 자리에서 조용히 공부하는 중이다. 조는 사람도 있지만 그들은 곧 감독자에게 걸릴 것이다. 시간은 흘러가고 시험은 다가온다. 지체할 시간이 없다. 그들에게는 오직 공부뿐이다. 치열한 경쟁을 뚫고 책상 앞에 앉았더니, 기다리는 건 또 시험뿐이다.

그들에게 주어진 필기도구는 볼펜 하나가 전부다. 노트도 한 권밖에 없다. 교재도 넉넉지 않다. 그래서 그들은 빽빽하게 노트를 채우는데, 심한 경우 글씨가 너무 작아서 노트에 필기한 것인지 색칠공부를 한 것인지 알 수 없을 정도다. 보이지 않을 정도로 작은 글씨들이 노트에 적혀 있었는데, 그게 여러 줄로 나뉘어 있다 보니 마치 벽돌처럼 보였다. 그래서 나는 그들의 공책을 벽돌 공책이라고 불렀다.

그것만으로도 부족한지, 필기를 마친 사람들이 중얼거리며 시험 내용을 암송한다. 조금이라도 떠들면 벌 받을 수 있는 상황에서도 용감하게 소리 내어 외운다. 그들의 말에 따르면, 벌 받는 것보다 시험 점수가 나쁜 게 더 참기 힘들다고 한다. 이런 공부가 취침 시간까지 계속된다. 하지만 취침 시간이 되었다고 해서 공부가 끝난 건 아니다. 내 옆에 있는 사람은 꿈나라로 가기 전까지도 오늘 공부한 내용을 읊조렸다. 덕분에 나는 그날 처음으로 꿈에서도 공부를 했다. 이것은 공군 훈련소에서 볼 수 있는 흔한 풍경이다.

더 좋은 곳으로 향하기 위해 사람들은 오늘도 공부한다. 그들 생각에는 시험이 인생을 결정하며, 시험이 인생의 전부다. 고된 하루이지만, 미래를 위한 투자를 게을리하는 자에게 미래는 없다. 시험이 다가올 때까지 그들의 몸은 그들 스스로 통제하는 게 아니다. 오로지 시험 일정에 맞춰 기계처럼 움직일 뿐이다. 한국인으로 태어나면 시험은 일종의 숙명이다. 수능, 취업 등등 모든 것이 시험이다. 하다못해 의무적으로 군대에 들어가서도 시험을 봐야 할 때가 종종 있다. 시험은 입대 이후에도 계속된다.

무슨 일이 일어나고 있는 걸까. 훈련병들이 시험을 쳐야 하기 때문이었다. 훈련소 측도 이때는 관대해져서, 공부하는 시간을 늘려줄 정도였다. 한국인의 입시 열기는 군대도 피해갈 수 없다. 그래서 나는 공군空軍을 하늘을 지키는 군대가 아니라, 공부하는 군대라고 해서 공군工軍이라 칭하곤 했다. 고된 훈련으로 몸이 피곤한데도 다들 시험을 잘 봐야 한다고 최대한 열심이었다. 나도 열심히 한다고 했지만 안타깝게도 점수는 좋은 편이 아니었다. 그런데 왜 훈련병들은 공부에 이렇게 열을 내는 걸까?

공군 훈련소에서는 3개의 시험을 치러야 한다. 하나는 병영생활과 관련된 시험이고, 다른 하나는 특기를 분류하기 위한 적성시험이다. 마지막은 그동안 훈련소에서 배운 것을 평가하는 이론시험인 종합이론평가(이하 종평)다. 병영생활과 관련된 시험은 쉬웠다. 경례는 어떻게 해야 하는지, 이불은 어떤 식으로 정리해야 하는지 따위를 물었다. 훈련소에서 얼차려로 익힌 일상적인 내용이라 가볍게 통과했다.

떨어지는 사람이 적은 시험인데도 두어 명 정도 떨어졌다. 다른 훈련병들은 그렇게 쉬운 실험에 떨어지는 게 이해가 가지 않는다고 말했지만, 나는 그렇게 생각하지 않았다. 사회에서 군대로 들어온 지 얼마 안 되었다. 군생활에서 일정한 생활양식을 강요받아도, 익숙하지 않으면 쉽게 받아들이지 못한다. 그렇기 때문에 오히려 떨어지는 게 자연스럽다. 그들은 아직 사회에서의 자신을 지켰다. 그래서 나는 그들을 동정하거나 이상하게 여기지 않고 오히려 아직 군대의 때가 묻지 않았다며 부러워했다.

문제는 다음 2개의 시험이었다. 적성시험은 앞으로의 특기를 정하는 시험이다. 헌병 같은 힘든 특기에 걸리면 2년 내내 고생할 수 있다. 또한 종평에서 높은 점수를 받을수록 원하는 부대로 갈 수 있는 확률이 높다. 그래서 모든 훈련병들이 시험공부에 전념했다. 교육 시간 내내 졸던 사람도 교관이 "이건 시험에 나옵니다"고 할 때만큼은 깨어 있을 정도였다.

단 몇 번의 시험으로 군생활이 좌우된다. 마치 수능을 보는 듯한 기분이었다. 원하는 대학에 가지 않으면 인생을 망칠 것 같은 두려움. 훈련병 신분에서는 당장 전역이 보이지 않는다. 그래서 자대와 특기 결정이 마치 자기 인생의 전부처럼 느껴진다. 훈련병들은 이 시험들에 큰 의미를 부여했다. 훈련소 쪽에서도 성과가 좋게 나오는 게 중요하다고 여겨서 공부시간 등의 편의를 제공해주고는 했다.

육체적인 폭력만으로 군인화 과정이 이루어진다고 생각하기 쉽지만, 반드시 그렇지만은 않다. 정신적인 폭력도 있다. 그것은 다름 아닌 시험이라는 대상과 큰 연관이 있다. 시험이란 무엇인가? 지식을 측정하는 하나의 방법이다. 점수를 좋게 받으면 지식이 많은 것이고, 점수를 나쁘게 받으면 지식이 적은 것이다. 물론지금은 시험이 모든 지식을 측정하는 것이 아니라는 사실을 많은 사람들이 잘 알고 있다. 그런데도 우리는 시험 점수라는 결과에 몹시 신경 쓰며 의존한다. 시험은 지금 한국 사회에 가장 강력하게 남아 있는 기준이다. 중간고사, 기말고사, 대학수학능력시험, 토익, 토플, 한국사 능력검정 등등, 우리는 살아가면서 수많은 시험을 마주하게 된다. 군대에서도 그렇다.

시험은 군대가 자신의 사상을 확실하게 주입하는 방법이다. 우리는 군대의 특성을 잘 알고 있다. 그곳에는 철저한 상명하복이 존재한다. 한국은 징병제 국가다. 군대에 강제로 들어가서, 군대가 원하는 인간상에 자신을 강제로 맞춰야 한다. 그 어떤 체제보다도 더 강력하게 사람들의 개성을 파괴한다. 그러기 위해서 신체적으로 강한 압박을 주고 정훈교육 등을 통해 정신까지 잠식하지만, 뭔가 부족하다고 여기는 듯하다. 그리하여 공군에서는 시험을 사용한다. 어떤 군인을 만들 것인가, 그리고 어떻게 사람들을 군인으로 만들 것인가. 훈련소는 시험이라는 수단을 이용해 군인정신을 머리에 박아버린다. 군인화라는 상륙 작전의 마지막이 시험이다. 기존의 훈련들이 상륙 시도였다면, 시험은 깃발을 걸고 점령을 선언하는 것이다.

그런 과정을 거쳐 나는 군대에 대해서 여러 가지를 학습하고 서서히 동화해갔다. 정신을 점점 점령당하고 있었다. 시험 결과에 따라 군생활이 정해진다는 생각으로 시험에 집중하게 만듦으로써 자신들의 이념을 병사들에게 자연스럽게 주입하는 공군 훈련소의 계략은 지금 생각해도 놀랍다. 지금은 군대 내 시험이라는 폭력에서 벗어났지만, 그때를 생각하면 여전히 끔찍하다.

신체적으로 고통받는 것도 힘들지만, 나는 정신적으로 고통받는 것이 더 힘들다고 본다. 군인답지 못하다는 비난의 목소리가 머릿속에서 자꾸만 울려 퍼진다. 증상이 심할 때는 공군가 같은 군가가 머릿속에 계속 재생되는 탓에 정신과 약을 몰래 빼돌려 한꺼번에 복용한 적도 있다. 군대에서 소중하다고 숭배하는 태극기가 나를 휘감아 죽이려 한다는 환각에 휩싸여 태극기를 태워버릴 뻔한 적도 있었다. 무엇보다도, 유일하게 도피할 수 있는 꿈속에서마저 군대라는 귀신이 내 옆을 떠나지 않는 사실이 가장 고통스러웠다. 그 귀신은 별을 단 장군의 모습을 하고 있었는데, 사람들은 지나가면서 우습다고 했지만 나는 두려워서 계속 도망 다니고 있었다. 피하면 피할수록 장군의 크기는 커졌고, 그가 나를 군홧발로 짓이길 때 나는 잠에서 깨곤 했다. 육체적인 고통보다 이런 압박감이 더 견디기 힘들었다. 그때 시험을 치르려고 외운 지식들이 조각으로 남아 지금도 나를 괴롭힌다.

국가는 여전히 자신의 목적에 맞는 사람들을 생산하기 위해 어떤 기준을 제시한다. 그러나 예전보다는 그런 시도가 꽤 약화하고 있다. 아직은 많이 부족하지만, 적어도 한국이라는 나라가 그동안 거쳐온 어떤 시기보다도 개성을 잘 드러낼 수 있는 시대라는 점에는 대다수가 동의할 것이다. 그런데 군대는 그렇지 않다. 한국은 진보하는 중이지만, 군대는 여전히 그대로이거나 후퇴하고 있다.

12

강철의 오케스트라

전우의 시체를 넘고 넘지는 않았지만 나는 앞으로 걸어가고 있었다. 기수의 깃발이 펄럭이고, 훈련병들이 멘 총은 덜그럭거리고, 군화는 착착착 소리를 냈다. 우리는 가는 길마다 작은 교향곡을 연주했다. 교향곡은 유쾌했지만 연주자들은 그렇지 못했다. 처음에는 소풍 가듯이 연주를 시작한 훈련병들은 갈수록 지쳐 걸음에 힘이 없어졌다. 사방에서 헉헉거리는 소리가 들렸다. 그 소리는 우리의 연주를 풍성하게 만들어주었다.

이 연주는 도대체 언제 끝날까? 훈련병들이 만드는 행군가는 도저히 끝날 기미가 보이지 않는다. 훈련 막바지, 훈련병들이 행군이라는 연주를 하고 있다.

놀랍게도 내가 고대하던 훈련이 하나 정도는 있었다. 바로 행군이다. 지금까지 내가 보고 들어온 공군 훈련소의 행군이란 그나마 가장 자유로운 분위기 속에서 진행되는 훈련이었다. 병사들끼리 이야기꽃을 피우며 친목을 다지고, 그 무서운 조교와도 서로 장난치며 그동안 쌓인 감정을 풀어내는 시간이라고 들었다. 그동안 서로를 욕하면서 얼마나 살벌하게 지내왔던가. 묵힌 감정을 날려버리면서 사람 대 사람으로 고충을 나눌 수 있다는 것은 아무리 군대라고 해도 멋진 일이다.

그런 일이 가능한 이유는 행군이 훈련소 일정의 거의 막바지에 배치되었기 때문이다. 이제 헤어질 시간이 됐으니, 서로 얼굴 붉힐 일 없게 하자는 거다. 공군은 삼군 중에서 복무기간이 가장 긴 대신에 훈련을 마치고 2박 3일의 휴가가 주어지는 특전이 있다. 그래서 훈련을 마치면 잠깐 집으로 가는데, 그런 상황에서 굳이 기분 나쁜 경험이 추가될 필요는 없지 않은가.

행군이 다가오자 각종 안전 교육을 진행했다. 많은 인원이 긴 거리를 움직이는지라 훈련소에서도 각별히 신경 쓰는 듯했다. 그러나 훈련은 훈련이라고, 총을 분해해서 부속품을 빼고 군장을 싸는 등 꼼수를 쓰지 말라는 경고도 했다. 무거운 군장에 총까지 메고 돌아다녀야 해서 어깨와 허리에 대한 걱정이 이만저만 아니었지만, 꼼수를 부리면 혼날 것 같아 정직하게 군장을 싸기로 했다. 힘들긴 해도 위에서 말한 장점을 경험하게 된다면 손해

보지는 않을 것 같다고 생각했기 때문이다.

교육을 마친 뒤 훈련병들은 당일 먹을 전투식량과 간식, 그리고 음료수를 지급받았다. 조교는 그걸 나눠주면서 "지금 먹으면 절대 안 된다"고 신신당부했다. 바깥 사회에서 먹는 간식을 주기적으로 먹을 수는 있었지만, 활동량이 많은 탓에 항상 배고픈 훈련병들에게 그 경고는 참기 어려웠다. 바로 눈앞에 먹을거리가 있고 그것이 내 것이라는데, 당장 먹지를 못한다니. 인내심 테스트에도 다양한 종류가 있겠지만, 이건 정말 난이도가 높았다. 나는 며칠 전부터 잘 때마다 간식의 맛을 상상했다. 그리고 일어나서 잠깐 시간이 남을 때면 관물함에 들어 있는 간식을 보며 명상을 하기도 했다.

훈련소 식단에 아무리 맛있는 음식이 나와도 간식을 보면 다시 배가 고파졌다. 간식은 나를 향해 손짓하기를 주저하지 않았다. 그때마다 덜컥 그 손을 잡을 뻔했다. 그렇지만 행여 조교한테 걸리면 더 큰일이니 그저 간식을 몇 번 만져보는 게 전부였다. 어떤 초코바는 얼마나 주물렀는지, 막상 행군 때 먹으려고 봉지를 뜯자 부스러기가 비처럼 쏟아졌다. 어떤 훈련병은 도저히 참을 수 없었는지 그걸 몰래 다 먹었는데, 그때 그가 행복하게 웃던 표정은 지금도 잊히지 않는다. 머리가 짧은 덕에 그의 웃음은 마치 보리수나무 아래에서 해탈한 스님처럼 보였다. 나도 차라리 지금 먹고 행복해지면 좋지 않을까 생각했지만, 고민만 하다가 행군 훈련 당일까지 먹지 못했다.

그렇게 고통의 시간이 지나고 행군 날 아침이 밝았다. 훈련병들은 지금까지 싼 군장을 다시 확인했다. 몇몇 훈련병들은 너무 무겁다고 생각해 군장을 쏟아버리고 급하게 다시 싸기도 했다. 그래 봤자 겨우 몇백 그램 줄어들거나 아무 효과도 없었지만, 행군 훈련을 조금이라도 편하게 하고 싶다는 그들의 의지에 감탄했다.

너무 심하게 꼼수를 부린 훈련병들은 처음에는 자랑스러워했지만, 행군을 떠나기 직전 연병장에 모여서 실시한 짐 검사에 걸려 꿈을 이루지 못했다. 얼차려는 기본이고, 생활관에 들어가서 빠진 내용물을 모두 챙겨 나와 짐을 다시 싸야 했다. 시간이 좀 더 충분했다면 모를까, 훈련 시간에 맞춰야만 했기 때문에 이 과정은 아주 빠르게 진행되었다. 그 훈련병은 엎드려뻗쳐를 하다가 달려가서 무거운 부속품들을 가져오고, 그 부속품들을 정리해서 다시 군장을 꾸리는 과정을, 내 기억으로는 10분도 안 되어 완료했다. 내가 본 훈련병은 한 번에 성공했지만, 어떤 훈련병은 아무리 해도 소대장 마음에 들지 않았는지 이 과정을 끊임없이 반복했다. 행군 출발 직전 그 훈련병을 잠깐 다시 볼 수 있었는데, 훈련을 시작도 하지 않았지만 그는 이미 훈련을 마친 것처럼 몹시 지친 얼굴이었다.

짐 검사를 마친 훈련병들은 대오를 맞추어 서서 높으신 분들의 격려사를 들었다. 나는 그 말이 뭐였는지는 기억나지 않지만 분위기만큼은 기억한다. 평소 같으면 혼나지 않으려고 눈치를 보던 훈련병들이 막바지 훈련이라는 이유로 들떠 있었다. 마치 훈련병으로 개조되기 전의 입대 장병들 같았다. 다만, 입대 장병들은 이제 어떤 일이 벌어질지 모르는 천진난만함에서 산만함을 보였다면, 행군 훈련 직전의 훈련병들은 이제 끝이니 힘들어도 참아준다는 생각에서 여유로운 태도를 보인 점이 달랐다.

출발 명령이 떨어지고, 내 앞에 있던 대열이 움직이기 시작했다. 깃발이 펄럭이고, 군모가 반짝였다. 날씨는 행군하기에 최고였다. 몇몇 훈련병은 소풍 느낌을 낸다며 조용히 군가를 흥얼거리기도 했다. 나도 속으로 따라 부르면서 즐거운 행군을 시작했다. 이제 내가 원하는 훈련 모습만 그려지면 행복한 행군이 완성될 것이다.

하지만 그러지 못했다. 운이 없었는지, 내 옆에는 조교가 아니라 소대장이 있었다. 소대장은 조교보다 더 무섭게 여기던 인물이었는데, 우리 소대상은 특히 바빠서 우리와 잘 만나지도 못했기 때문에 할 말이 전혀 없었다. 소대장과 대화도 못하고, 눈치가 보여 앞에 있는 훈련병과 속닥거리지도 못했다.

나는 속으로 툴툴거렸다. 그래도 기분은 평소 훈련 때보다 좋았다. 가장 큰 이유는 발을 맞춰 걷지 않아도 된다는 점 때문이었다. 훈련소에서는 걸음걸이에도 일정한 규칙이 있었다. 움직일 때마다 조교가 걸음걸이를 점검하고, 제대로 하지 않으면 얼차려를 주었다. 나는 그 얼차려의 단골이었다. 그렇지만 오늘은 걱정하지 않아도 된다. 그냥 자유롭게 걸어도 된다. 그래서 행군 훈련 내내 웃음이 떠나지 않았다.

그렇게 걸어가는데 갑자기 세상이 뒤집어졌다. 정신을 차려보니 내가 빙판길에 미끄러져 넘어져 있었다. 조교와 소대장이 와서 괜찮으냐고 물어보기에 나는 괜찮다고 대답하고는 행군을 계속했다. 다리가 조금 아팠지만 그래도 웃음이 나왔다. 걸음걸이가 자유로워지니 아픔 따위는 아무것도 아니었다. 나는 계속해서 웃었다. 가파른 언덕에서 헉헉거리면서도 나는 웃음을 잃지 않았다. 행군 체질이라는 칭찬까지 들었다. 군대에서 유일하게 훈련으로 칭찬받은 순간이었다. 물론 행군 훈련을 잘한 게 아니라, 그저 걸음걸이가 해방되니 다리가 욱신거리는 것마저 잊을 정도로 행복한 상황이어서 그렇게 보였을 뿐이지만.

교육사령부 외곽을 두 바퀴 돌았다. 예전에는 사령부 바깥으로 나가서 행군했다는데, 외곽 두 바퀴 도는 것으로 대체해도 훈련이 되는 걸 보면 교육사령부 규모가 꽤나 큰 게 분명하다. 나는 교육사령부 내에 있는 훈련소를 나를 구속하는 작은 감옥이라고 생각했는데, 그 순간 내 생각이 잘못되었다는 것을 깨달았다. 정말 큰 집이었다. 아직 큰 집에 묶여 있고, 앞으로 2년 동안은 다른 큰 집에 묶여 지내겠지…….

그렇지만 이 훈련이 끝나고 며칠만 지나면 잠깐이라도 집에 갈 수 있다. 해리 포터 시리즈에 나오는 집요정이 주인에게 양말을 선물 받아 자유의 몸이 되는 수준의 해방감은 아니겠지만, 그래도 일시적으로나마 압제에서 해방된다. 그러기 전에 행군이라는 마지막 절차를 거치고 있다. 그래서 많은 훈련병들이 겉으로는 찡그리고 속으로는 웃었다.

강철군화는 훈련소에서 나를 짓밟았지만, 행군 훈련 순간만큼은 자유의 상징과 비슷해졌다. 강철군화가 앞으로 나아가면 갈수록 집으로 가는 길이 가까워진다. 이 훈련만 끝나고 얼마 안 있으면 집으로 간다. 그리운 집에서 누릴 자유를 위해 훈련병들은 군화 끈을 조이고, 강철군홧발을 내딛는다. 큰 집에서 자신들의 집을 향해 훈련병들이 행군한다.

13

악마의 발

셜록 홈스 시리즈를 현대적으로 각색한 드라마 〈셜록〉에 대해서 들어본 적이 있을 것이다. 이 시리즈의 영향 덕분에 최근 전 세계적으로 홈시언Holmesian(셜록 홈스의 팬들을 뜻하는 말로, 홈시언은 영국식 표현이다. 미국에서는 셜로키언Sherlockian이라고 한다)이 늘어나고 있다. 베네딕트 컴버배치의 셜록을 드라마로 먼저 접한 사람들은 캐릭터의 매력에 빠지면서, 아서 코넌 도일은 원작에서 셜록을 어떻게 표현했을지 궁금해한다. 그래서 원작을 펼쳐보는 사람들이 많아지고 있다.

원작에는 드라마와 다른 매력이 있다. 빅토리아 시대라는 배경도 있지만, 셜록 홈스의 인간적인 면모와 다양한 사건을 살펴볼 수 있기 때문이다. 나도 그런 이유로 열렬한 홈시언이 되었다.

군대 이야기에 왜 갑자기 셜록 홈스가 나오는지 의아해할 수도 있겠다. 이 글의 제목인 '악마의 발'을 셜록 홈스의 단편에서 따왔기 때문이다.

셜록 홈스의 후반부 활약상이 나오는 『마지막 인사』 시리즈 가운데 「악마의 발」은 요양하러 간 홈스와 왓슨이 살인사건에 휘말리면서 일어나는 일을 기록한 내용이다. 이 단편에서 홈스는 왓슨에게 작은 실험을 하자고 제안한다. 실험을 시작하고 잠시 뒤 홈스는 거의 죽을 뻔하고, 아직 의식을 잃지 않은 왓슨이 홈스를 구한다. 홈스는 자신을 책망하며 왓슨에게 고맙다고 말한다. 이 부분은 홈스와 왓슨의 우정을 보여주는 이야기로, 우정과 관련해서는 「세 명의 게리뎁」과 어깨를 나란히 한다고 할 수 있겠다.

아무튼 홈스는 작지만 위험했던 이 실험을 통해 범인을 잡는다. 도대체 무슨 실험이었을까. 다름 아닌 독가스 실험이었다. 범인이 이렇게 사람을 죽였는지 알아보기 위해 자신과 왓슨이 직접 실험 대상이 되었던 것이다. 아무리 홈스가 대단한 캐릭터라고 해도, 결국에는 사람이다. 독가스 앞에서는 그저 무기력하게 죽어갔다. 왓슨이 아니었으면 홈스는 저승에 갔을지도 모른다.

나도 훈련소에서 비슷한 경험을 했다. 바로 화생방이다. 화생방이라는 악마의 발 때문에 죽을 것 같은 기분을 느꼈다. 공군의 주요 목적 가운데 하나는 비행기지를 지키는 것이기 때문에, 이리저리 옮겨 다니는 육군과 달리 계속해서 그 자리에 있는 것이 중요하다. 만약 적이 화생방 공격을 해온다면 오래 버텨야만 한다. 그래서 화생방 훈련 시간이 3분으로 다른 군보다 길다.

화생방 훈련에서는 대오를 맞추어 선 훈련병들이 창고 같은 곳에 들어간다. 그러면 평소 훈련을 담당하는 병사가 CS탄을 터뜨린다. 훈련병들은 잠깐 CS탄의 위력을 체험하다가, 조교가 말을 하면 재빨리 방독면을 장착한다. 그런 다음 방독면에 있는 정화통을 갈아 끼우는 간단한 훈련을 마치고 다시 대오를 맞춰 퇴장하면 된다.

이렇게 보면 별것 아니라고 생각하기 쉽다. 나도 훈련소에서 그 내용을 처음 들었을 때는 그렇게 여겼다. 그냥 방독면만 빨리 쓰면 되는 거 아닌가? 그런데 점점 불안감이 엄습해왔다. 처음에는 쉽다고 생각했던 훈련이 막상 겪고 보니 힘들었기 때문이다. 총검술은 그저 총만 획획 휘두르면 되는 줄 알았는데, 총의 무게와 나의 저질 체력을 고려하지 못해 첫 총검술 훈련이 끝나자마자 기진맥진했었다.

본격적인 화생방 훈련에 들어가기 전에 재빨리 방독면 쓰는 연습을 여러 번 했는데, 나는 아무리 해도 빨리 쓰지를 못했다. 훈련소에서 자투리 시간에 틈틈이 연습했지만, 아무 군장도 장착하지 않은 상황에서조차 엉망으로 하는 상황이 이어졌다. 실전에서는 총과 방탄모 같은 군장도 장착해야 하는데 걱정이 태산이었다. 게다가 단순히 들고만 있는 게 아니라, 오염을 막기 위해 군장을 바닥에 두지 않게끔 각별히 주의해야 했다. 그래서 다른 훈련병들처럼 방독면 내부의 끈을 미리 죄어둠으로써, 바로 쓸 수 있도록 나름 대비도 해두었다. 그리고 하느님에게 '고통은 조금만 주세요' 하고 매일 기도했다. 그러나 방독면 쓰는 속도가 전혀 나아지지 않아서 불안감만 커졌다.

운명의 날이 왔다. 훈련병들은 대오를 맞춰 화생방 훈련장으로 올라갔다. 훈련장에서 정신을 집중해 방독면을 쓰기도 전부터 언덕을 오르며 기운을 낭비했다. 그래도 나는 이미지 트레이닝을 하면서 최대한 나에게 유리한 상황으로 맞춰보려고 했다. 내 차례는 세 번째였다. 흙바닥에 앉아서 대기하는데, 순서가 다가올수록 화생방 훈련장과 가까워졌다.

화생방 훈련장이 점점 가까워지면서 훈련병들의 기침이 심해졌다. 감기인가 생각했지만, 사실은 화생방 훈련장에서 새어 나오는 CS탄 때문이었다. 훈련병들은 사방에서 콜록거렸고, 나도 예외가 아니었다. CS탄이 잠깐 새어 나오는 것도 기분을 거북하게 만들어서, 나는 순간적으로 흙을 파고 그 속에 머리를 처박고 싶다는 생각을 했다. 그렇게 찡그리고 있는 와중에 금세 우리 무리의 차례가 되었다. 나는 심호흡을 할 겨를도 없이 다른 훈련병들과 훈련장으로 들어갔다.

드디어 입장! 들어가자마자 나를 반겨주는 가스의 위력은 장난이 아니었다. 곧 방독면을 쓰라는 구령이 떨어졌고, 나는 최대한 빠르게 방독면을 썼다. 그리고 나머지 작업을 하면 되었는데, 왜 그랬는지 모르겠지만 나는 방독면을 쓰자 하도 갑갑해서 도로 벗어버리고 말았다. 그 짓을 바보같이 반복했다. 그러다가 방독면의 천 덮개가 벗겨지는 바람에 다시 끼워야 했다. 다시 방독면을 쓰려면 그 덮개를 끼워줘야 했지만, 눈물 콧물 다 쏟아내는 상황에서 그럴 만한 여력이 없었다.

앞에서 조교가 나에게 불호령을 내렸다. 그러나 나는 말을 들을 수조차 없었다. 1분쯤 지나자 처음에는 살려달라던 훈련병들도 무사히 도움을 받아 방독면을 쓴 상태였다. 정신을 차려보니, 그 훈련장 안에서 고통으로 일그러진 얼굴을 한 사람은 나밖에 없었다. 다른 훈련병들이 정화통을 갈고 있을 때도 나는 계속 콜록거리며 눈물과 콧물을 쏟아내는 추잡스러운 몰골을 보이고 있었다. 조교 눈에도 내가 안타까웠는지, 맨 먼저 나갈 수 있게 배려해주었다.

훈련을 마치고 나온 내 몰골은 정말 더러웠다. 눈물 때문에 눈은 퉁퉁 부었고, 콧물이 군복 아래로 주르륵 흘러내렸다. 그러나 그것과 상관없이 나는 그저 나왔다는 사실에 정말 안도의 한숨, 아니 기침을 내뱉었다. 나는 신선한 공기를 마시게 되었을 때의 쾌감을 느꼈지만, 후유증 때문인지 한 30분 동안 계속 기침을 토해냈다. 덕분에 가벼운 감기 증상이 그날 바로 나았다.

　그때를 생각하면 지금도 끔찍하다. 고통 속에서 몸부림치는 사람이 나만이 아니었기 때문에 끔찍함이 더욱 가중되었다. 내 뒤에서 살려달라며 바들바들 떨던 훈련병의 모습이 아직도 눈에 선하다. 나도 살려달라고 외치고 싶었지만, 기침과 콧물 때문에 말이 제대로 나오지 않았다. 그저 마음속에서만 외칠 뿐이었다. 봉변을 면한 대부분의 훈련병들은 방독면만 빨리 쓰면 된다고 말했는데, 그러지 못한 나는 좋은 실패 사례로 남았다. 그들은 반은 진심으로, 반은 조롱하는 투로 대단하다고 말하면서, 술자리에서 말할 수 있는 무용담이 하나 생겼다고 한마디씩 했다.

　화생방 훈련은 그렇게 끝났다. 훈련소에서 화생방 훈련을 더 실시할 수 있는 기회가 없다는 건 정말 고마운 일이다. 만약 그랬다면 나는 악마의 발 때문에 정말로 죽어버렸을지 모르는 일이니까.

14

강간 동맹과 이단자

"유치원생이랑 하는 건 어떠냐?"

순간 나는 내 귀를 의심했다. 무슨 말을 들은 거지? 다른 사안이라면 모를까, 대화의 맥락에서는 나올 게 그것밖에 없었다. 나는 심각해져서 아무 말도 하지 못했다. 그러나 다른 훈련병들의 분위기는 여전히 화목했다. 아무 문제가 없다는 듯 자연스럽게 이야기가 이어지고 있었다. 그들은 이걸 음담패설이라고 포장하며 깔깔 웃었다. 스스로는 자유롭게 성적인 이야기를 나누는 개방적인 남성이라고 생각하겠지만, 나에게는 그저 더러운 것을 구분하지 못하고 아무렇게나 싸지르는 사람들일 뿐이었다.

끔찍한 말을 듣을 듣고 싶은가? 그렇다면 군대를 추천한다. 그곳에서는 온갖 끔찍한 말이 나온다. 종류는 다양하겠지만, 그중에서도 나는 병사들이 여성에 대해 어떻게 이야기하는지 말하려고 한다.

병사들이 부대 한곳에서만 갇혀 지내다시피 하고, 집에 가는 건 휴가 때뿐이므로 한국에서는 군대가 성욕을 통제한다고 인식하는 경향이 있다. 오죽하면 보급 건빵에 들어 있는 별사탕에 성욕 억제제를 넣었다는 루머까지 나왔겠는가. 훈련병 시기는 성욕이 가장 통제되는 시기다. 외부와 소통하는 방법은 전화와 편지뿐이고, 훈련 강도가 강하며, 특별한 경우가 아니면 휴가도 불가능하다. 이런 극한상황에서 나오는 여성에 관한 발언은 상상을 초월한다.

훈련소에서 병사들이 친목을 다지는 시간은 대개 취침시간이다. 훈련시간에는 떠든다고 얼차려를 받기 때문에 서로 이야기할 수 있는 기회가 별로 없다. 가장 자유롭게 대화할 수 있는 때는 취침시간뿐이다. 피곤해서 얼른 자고 싶은 마음이 굴뚝같아도 훈련병들은 이 시간을 즐거워했다. 앞으로 한 달이지만 같이 지낼 사람들이고, 대화라도 하지 않으면 고된 훈련에 묻혀 무너질 수 있는 상황이기 때문이다. 그래서 훈련병들은 일과의 끝에 자신들의 친목을 다지는 사교장을 열었다. 통성명을 시작으로 무슨 일을 하다가 입대했는지 이야기했다. 그러다가 자신이 재미있다고 생각하는 이야기들을 하곤 했다.

그중에서도 으뜸은 여자친구 이야기다. 여자친구가 있는 사람은 순식간에 선망의 대상이 된다. 그리고 각종 이야기를 요구받는다. 그리하여 갑자기 연애 드라마 한 편이 귀에 들려오는 것이다. 이야기는 자연스럽게 성관계에 관한 내용으로 흐른다. 분위기가 최고조에 달한다. 열기를 식히기 싫은지, 다음 주자가 자신의 이야기를 풀어나간다.

단순한 경험담이면 그냥 넘어갔을지 모른다. 그런데 그렇지 않다. 여성의 몸을 두고 품평하면서 창녀, 걸레, 갈보, 보징어라는 말을 했다. "가슴이 커서 내 성기에 비벼버리겠다" 같은 말은 양반으로 받아들여질 만큼 수위 높은 발언이 이어진다. 자신은 순정파라고 주장하던 훈련병은 자기가 여자친구와 관계한 이야기를 말하면서 "그년이 아주 맛이 좋았는데, 내가 예전에 모텔에서 따먹었던 창년들보다 훨씬 좋았다. 이제 창년들을 안 먹어도 된다. 가성비 있지 않냐?"면서 웃기도 했다. 꾸민 웃음이 아니라 진짜 순수한 웃음이어서 나는 더 불쾌해지곤 했다. 어떤 훈련병은 자기가 사회에 있을 때 포주 노릇을 했다고 자랑하기도 했는데, 이 말에 불쾌함을 드러낸 사람은 없었다. 오히려 그를 선망의 눈빛으로 바라보며 부럽다는 말을 남발했다. 혐오발언을 하지 않고 자신의 이야기를 하는 사람도 가뭄에 콩 나듯 있었지만, 그런 사람들의 이야기는 대부분의 훈련병들이 자장가 삼을 만큼 인기가 없었다.

취침시간에만 이루어지는 특별한 일은 아니었다. 이론교육 시간에도 여성혐오적 발언이 난무했다. 남성 교관과 여성 교관에 대한 평가 기준에서 그랬다. 남성 교관은 엄한지 아닌지 같은 기준으로 평가했지만, 여성 교관은 외모나 몸매처럼 교육과 전혀 상관없는 요소로 평가했다. 나는 교육장 책상에 있던 낙서 하나를 잊지 못하는데, 어떤 여성 교관을 '따먹고 싶다'는 노골적인 성희롱 발언이었다. 훈련소 이후의 행정학교에서는 여성 소대장을 봤는데, 어떤 훈련병들은 조회 시간에 그 여성 소대장이 체육복을 입고 나오자 온갖 희롱 발언을 했다.

이런 말들은 그들에게 일상적이었다. 아무리 수위 높은 발언을 해도 별로 문제가 되지 않았다. 예를 들어 종교기관에서 나오는 찬양 사역자들은 대부분 여성이었는데, 어느 훈련병이 그들을 강간하고 싶다고 말하자 저지받기는커녕 용기 있는 발언이라며 다른 훈련병들의 칭찬을 한 몸에 받았던 것을 기억한다. 그런 말을 하지 못하는 훈련병들이 오히려 숙맥 취급을 받았다. 나도 숙맥 훈련병 중 하나였다.

이런 일도 있었다. 훈련소에서 성범죄 예방 교육을 하는 날이었다. 여성가족부에서 파견된 강사가 강의를 진행했다. 그녀는 성폭행이란 무엇인지, 성폭행을 당하면 어떻게 해야 하는지 자세히 설명해주었다. 나는 군대에서 이런 수준 높은 강의를 들으리라고 예상하지 못했기 때문에 놀라움을 감출 수 없었다. 또한 강사는 남들에게 꺼내기 힘들, 자신이 당한 성추행 경험까지 말해주었다. 그때 손이 떨리고 분노로 울먹이던 강사를 보면서 나는 오늘 배운 내용을 가슴 깊이 새기자고 다짐했다.

생활관으로 돌아온 뒤 나는 옆에 있던 훈련병에게 군대에서 이런 유익한 강연을 듣게 될 줄 몰랐다고 말했다. 그러자 그 훈련병은 의아해하는 표정을 지었다. 그는 나에게 '김치년' 강의여서 별 감흥이 없었다고 밝혔다. 곧이어 그는 성추행 당한 것을 고마워해야 할 외모라면서, 그 강사가 복에 겨워 그런다는 발언마저 서슴지 않았다. 이에 몇몇 훈련병이 웃으면서 자기들도 그렇게 생각했다고 말했다. 나는 이들이 성폭력과 성폭력 피해자를 어떤 시각으로 바라보는지를 알고는 너무나 놀랐다.

그런데 더 충격적인 일은 따로 있었다. 어느 날 밤, 한 훈련병이 다른 훈련병에게 "유치원생하고 할 놈"이라고 말했다. 그 말을 들은 나는 머릿속이 새하얘지는 느낌이었다. 그동안은 용기를 내지 못했지만, 이 순간에마저 가만있으면 정말 안 될 것 같았다. 훈련병들의 성적 농담은 점점 건드리면 안 될 것까지 건드리고 있었다.

나는 최대한 감정을 억누르며 그만해달라고 정중하게 말했다. 그러자 생활관이 갑자기 조용해졌다. 나는 그들이 자신의 발언을 되짚어보고 반성하는 신호인 줄 알았다. 하지만 그건 정말 찰나에 불과했다. 그들은 다시 이야기를 이어갔다. 수위가 낮아지기는커녕, 오히려 "뭐 그런 걸 가지고 그러느냐"는 분위기가 가득했다.

그렇다. 나는 그들 기준에서 볼 때 좋은 이야기에 찬물을 끼얹어버린 셈이었던 것이다. 도저히 이해가 가지 않았다. 견고한 남성들의 동맹에 이의를 제기한 나는 이상한 사람이 되고 말았다. 상식이 통하지 않는 남성들. 단순히 군대가 성욕을 억눌러서 그렇다고 말하기는 힘든 일이다. 평소에도 남성들의 여성혐오 발언은 끝없이 이어진다. 군대가 특수한 경우이기 때문은 아니었다. 오직 남성만이 전우애로 포장된 강한 유대관계에 묶여 있는 상황이어서 더 잘 관찰되었을 뿐이다.

이런 사례가 몇 가지 더 있을 것이다. 그러나 꺼내고 싶지 않다. 가뜩이나 괴로운 기억뿐인 군생활인데, 그런 기억을 더 들춰내면 다시 미칠 것 같은 기분에 휩싸일 듯하다. 또한 위에 적은 사례만으로도 어떤 수준의 이야기가 오가는지 설명하기에 충분하다고 생각한다. 무엇을 더 보충하겠는가. 기억하는 나 자신만 병들 뿐이다. 그래서 이 끔찍한 이야기들은 여기에서 끝내고자 한다. 우리가 명심해야 할 점은, 내 이야기는 여기서 끝나지만 저런 이야기들은 지금 이 순간에도 계속되고 있다는 사실, 그것뿐이다.

게다가 나는 그 견고한 동맹 속에 들어갈 자격조차 없다. 남성 집단에서 가장 이단자로 몰릴 수 있는 동성애자이기 때문이다. 혐오에 대한 원천적인 거부감도 있지만, 애초에 나는 경험할 수 없는 일들을 이야기한 그들과 내가 과연 얼마나 합일될 수 있을까.

생각해보면 웃긴 일이다. 동성애자이기 때문에 남성과 하나가 되기를 원하지만, 대다수 남성들과는 하나가 될 수 없다. 오히려 피하고 싶다. 여성들을 낮추보는 남성들 앞에서 이야기를 듣노라면, 나도 같이 밑에 깔리는 느낌이다. 술자리에서 남성들이 당연하게 하는 이야기들은 나에게 폭풍과도 같다. 나는 언제 그 폭풍에 휩싸여 저렇게 날아갈지 모른다는 두려움이 있었고, 훈련소에서는 그 두려움이 최대치로 끌어 올려졌다. 지금은 위화감만 느끼지만, 그때는 남성들의 단단한 성벽 안에서 참수당하는 기분밖에 없었다.

15

훈련병과 조교

나는 그저 밥을 먹고 복귀하는 중이었을 뿐이다. 훈련병들은
열과 오를 맞춰 같이 식사하러 가고, 같이 부대로 복귀해야 했다.
갈 때는 인원수가 많기 때문에 별 걱정이 없지만, 복귀할 때는
9명 정도의 훈련병이 열과 오를 맞추어 각자 출발해서 문제가
있었다. 운이 나쁘면 구령을 붙이는 훈련병이 될 수도 있었다. 그
러면 자연스럽게 조교의 관심을 한 몸에 받는다. 조금이라도 실
수하면 조교는 바로 얼차려를 시켰다. 그래서 나는 눈치를 보며
복귀 대열에 참여하곤 했다.

그날은 지지리도 운이 없었다. 나는 구령을 붙이는 훈련병이
되었는데, 평소 별로 하지 않던 일이어서 실수 만발이었다. 결국

부대 건물 안으로 들어가기 전에 조교가 나를 불러 세우더니 다시 해보라고 했다. 역시 실수를 했고, 조교는 얼차려를 주었다. 나는 엎드려뻗쳐를 하다가 쪼그려 앉아 뛰기와 앉았다 일어서기를 반복했다. 조교는 다시 구령 붙이는 것을 시켰다. 이런 과정이 4~5번 이어졌다. 나는 땀범벅이 되었고, 조교도 말하느라 지친 표정이 되었다. 잘못하면 더 심한 얼차려를 받을까봐 점점 더 큰 목소리로 말하는 나를 보고 조교는 자신도 빠져나갈 구멍이 생겼다고 생각했는지, "정신력이 강하다"면서 몇 번 더 연습을 시키고 보내주었다.

생활관으로 돌아온 나에게 다른 훈련병들이 "너도 독하고, 조교도 독하다"면서 수고했다고 말해주었다. 힘들긴 했지만 어찌되었든 무사히 돌아왔다는 사실에 감사하면서 나는 양치질을 했다. 치약 거품이 불어나면서 방금 전에 경험한 일에 대한 생각이 덩달아 커져갔다. 처음에는 다행이라는 단편적인 감정밖에 없었는데, 점점 다른 생각이 고개를 들었다. 도대체 조교는 왜 병사일까? 그리고 그 병사는 왜 우리에게 명령을 내리고 얼차려를 주는 걸까?

조교는 나를 극한상황으로 몰아넣는 걸 즐기는 것 아닐까? 그런 생각도 해봤다. 그날 내가 도대체 무얼 잘못했는지 잘 모르겠는데 평소처럼 얼차려를 받았다. 게다가 그날은 훈련이 힘들어서 온몸의 힘이 다 빠진 상황이었다. 그래서 엎드려뻗쳐를 할 때

자꾸만 무릎이 내려왔다. 보통 조교들은 이럴 때 다른 얼차려로 대체해주는데, 그 조교는 제대로 하지 않는다며 계속해서 나를 윽박질렀다. 힘은 없고, 무릎은 계속 내려갔다. 조교의 목소리만 점점 커져갔다. 5분밖에 안 되는 시간이었지만 참으로 길게 느껴졌다.

조교. 훈련소에서 가장 무서운 존재 중 하나가 바로 조교다. 빨간 모자와 베일 것처럼 각이 잡힌 군복. 그리고 훈련병들을 제압하는 큰 목소리. 이런 모습이 워낙 인상 깊게 남은 까닭에, 수료 외박 때 빨간 모자를 쓴 사람을 보고는 5분이면 갈 수 있는 길을 빙 돌아가느라 15분 만에 간 적도 있었다. 그 정도로 훈련병들에게 조교란 피하고 싶은 존재다. 항상 뭔가 꼬투리를 잡아 훈련병들을 벌주려고 하기 때문이다. 그래서 조교가 나타나면 훈련병들은 아무 잘못을 저지르지 않았어도 엄청난 공포와 죄의식을 느낀다. 처음에는 어떻게 하면 조교를 피해 도망갈 수 있는지 생각하고, 그다음에는 어떻게 해야 얼차려를 당하지 않고 넘어갈 수 있는지 생각하느라 머리가 복잡해진다.

그러나 훈련이 끝날 무렵에는 많은 훈련병들이 조교들도 우리와 같은 '병사'이며 '사람'이라는 사실을 깨달았다고 말하곤 했다. 그런데 나는 정말 이상하다고 생각했다. 조교가 병사라는 사실. 너무나 당연한 일이어서 짚고 넘어가지 않을 수도 있다. 하지만 나는 이것이 교묘한 분열책이라고 생각한다. 조교가 병사라는 사실은 그들도 한국의 징병제 아래에서 훈련병과 똑같이 끌려온 존재에 지나지 않는다는 의미다. 그러니까 양자는 서로 연대할 관계이지, 서로 미워할 관계가 아닌 것이다. 그러나 지금 상황에서 조교는 훈련병들에게 무섭게 대하고, 훈련병들은 조교를 공포의 대상으로 여긴다.

도대체 왜 이래야 하는 걸까? 나는 군대를 잘 모르기 때문에 막연히 추측하는 수밖에 없다. 내가 내린 결론은, 그렇게 함으로써 징병제를 시행하는 국가는 자신의 잘못을 덮어버릴 수 있다는 거다. 아무리 국가에 순응하는 사람이라도 군대에 억지로 끌려가면 '왜 끌려가야 하지?' 하고 의구심을 품을 수 있다. 이 의구심을 점차 키우면, 징병제라는 제도를 넘어 국가에 반항하고 싶은 마음이 굴뚝같아진다. 하지만 어느 국가가 그런 상황을 좋아하겠는가? 그래서 정훈교육 따위를 이용해 정신적으로 세뇌해 보기도 하고, 각종 훈련을 통해 육체적으로 크게 굴려 저항하지 못하게 만들어보기도 한다. 그러나 저항 심리를 끝까지 지키는 사람은 끝까지 지킨다. 이런 상황에서 국가는 혹시라도 이런 자들 때문에 자신의 체제가 무너지지 않을까 걱정한 나머지 효율적인 방법을 고안하게 되는데, 그게 바로 분열책이다.

분열책은 지배세력이 피지배계층을 크게 건드리지 않고 효과적으로 다스릴 수 있는 방법이다. 군대에서는 군인화 초기에 병사 조교를 투입함으로써 이 방식을 활용한다. 훈련병은 훈련과정에서 나에게 얼차려를 주는 조교를 욕하게 된다. 국가는 자연스레 비난의 화살을 벗어난다. 훈련병은 조교만 비난하면 모든 문제가 해결되리라는 환상에 빠진다. 저도 모르게 '그렇다, 모든 잘못은 조교에게 있다. 조교만 없었더라면 이런 훈련은 안 해도 될지 모른다.'고 생각하게 된다. 그러나 실제로는 조교가 있든 없든 훈련은 해야 하고, 훈련병 자신은 여전히 강제로 끌려온 사람에 불과하다.

이렇게까지 이야기하면, 투입된 조교가 불만을 터뜨릴 경우 어떻게 되는가를 말할지도 모르겠다. 그러나 남들이 자기 말을 듣게 하는 권력을 선망하는 사람은 많다. 붉은 모자는 훈련병들에게 공포의 대상인 동시에 선망의 대상이다. 그래서 조교에 지원하려면 언제나 치열한 경쟁을 거쳐야 한다. 이런 상황에서는 조교의 일이 힘들다고 생각할 수는 있어도, 조교의 역할 자체를 의문시하지는 못할 거다. 오히려 그 의문은 우월감에 의해 지워진다.

결국 서로 욕하다가 감옥에서 탈출할 모의조차 못하는 상황이 된다. 가끔 그들 기준에서 반항적인 사람들이 나오긴 하지만, 그런 사람들은 정말 소수다. 더구나 용감하게 행동한다 해도 이 대립구조는 끝나지 않는다. 오히려 이 대립을 세련되게 추억으로 포장하고 미화하는 예비역들의 비아냥조에 기가 죽곤 한다. 이런 추이를 본 소수의 사람들은 결국 자기 입을 다무는 쪽을 선택한다. 그리고 2년의 시간이 지나 군대를 떠나면 언급을 꺼리게 된다. 한국의 징병제가 채택하는 이런 분열책은 적을 뒤바꾸고, 행동하는 사람을 침묵의 나선에서 허우적거리게 만든다.

이 상황을 타파하려면 국가의 술책에 속지 않는 것이 중요하다. 조교 또한 피해자이며, 조교가 아니라 징병제와 그것을 시행하는 국가 자체가 문제라는 사실을 무슨 일이 있어도 머릿속에 넣어두어야 한다. 그러지 않으면 그들이 의도한 대로 엉뚱한 대상에게 비난의 화살을 퍼부음으로써, 진정 자신이 겪는 고통을 해결할 수 없게 된다. 군대에서는 이런 노력을 방해하고자 우리를 끊임없이 개조하기 위해 온갖 방법을 쓴다. 군대 영화를 보여주면서 군대가 위대하다는 의식을 심어주거나, 갑자기 연병장에 불러 모아놓고 강도 높은 얼차려를 주면서 정신 똑바로 차리라고 경고하기도 한다.

이런 방해를 이겨내면서 생각을 유지하기는 힘들지만, 충분히 그럴 만한 가치가 있다고 생각한다. 그 시기에는 내 머릿속도 그런 다짐으로 가득 차 있었다. 그러나 나는 다짐을 지키려다가 다른 폭풍의 소용돌이에 빠지고 말았다. 물론 그때는 알 수 없는 일이었으므로, 나는 양칫물을 뱉으며 다짐을 거듭 확인하기만 했다.

16

가석방

나는 그 밤을 우리 동포 김종만 씨 댁에서 지내고 이튿날은 서안의 명소를 대개 구경하고 저녁에는 어제 약속대로 축 주석 댁 만찬에 불려갔다. 식사를 마치고 객실에 돌아와 수박을 먹으며 담화를 하는 중에 문득 전령이 울었다. 축 주석은 놀라는 듯 자리에서 일어나 중경에서 무슨 소식이 있나 보고 전화실로 가더니 잠시 뒤에 뛰어나오며,

"왜적이 항복한다오!" 하였다.

'아! 왜적이 항복!'

이것은 내게는 기쁜 소식이라기보다는 하늘이 무너지는 듯한 일이었다. 천신만고로 수년간 애를 써서 참전할 준비를 한 것도 다

허사다. 서안과 부양에서 훈련을 받은 우리 청년들에게 각종 비밀한 무기를 주어 산동에서 미국 잠수함을 태워 본국으로 들여보내어서 국내의 요소를 혹은 파괴하고 혹은 점령한 후에 미국 비행기로 무기를 운반할 계획까지도 미국 육군성과 다 약속이 되었던 것을 한번 해보지도 못하고 왜적이 항복하였으니 진실로 전공이 가석하거니와, 그보다도 걱정되는 것은 우리가 이번 전쟁에 한 일이 없기 때문에 장래에 국제 간의 발언권이 박약하리라는 것이다.

김구, 『백범일지』 중에서

1945년 8월 15일. 식민지 조선은 감격스러운 해방을 맞이했다. 그러나 해방이 곧 또 다른 비극으로 이어지리라 예측한 사람은 별로 없었다. 김구는 드물게 그 점을 예측한 사람 중 하나였는데, 위의 『백범일지』 구절이 그 점을 명확하게 보여준다. 조선은 해방되었지만, 남북한에서 각각 미군과 소련군에 의해 3년간의 군정이 시작되면서 '해방됐지만 해방되지 않은 상태'가 되어버렸다. 그러니 여러 형태의 혼란이 있을 수밖에 없었다.

나에게는 훈련소 수료가 바로 그런 일이었다. 훈련이 끝나면 2박 3일 동안 집에 갈 수 있는 게 공군 병사가 받는 특혜다. 이른바 수료외박이라고 한다. 모든 훈련병이 이날만을 기다린다. 밖에서 무엇을 할지 계획을 짜놓는다. 나 또한 그랬다. '집에 가서 이러이러한 일을 할 것이다' 하면서 버텼다. 더럽게 오래 서 있는 수료식 연습도 열심히 했다. 최대한 긍정적인 상태로 지내려고 나 자신을 다스렸다. 오직 수료일 그날만을 기다렸다.

그런데 막상 외박을 나와 집에 있으니 불안했다. 나는 여전히 군인 신분이었다. 민간으로 돌아왔지만 민간인 생활을 하기는 힘들었다. SNS 포스팅을 하는 것도 자기검열을 거쳐야 했고, 밖에서 돌아다니다가 사소한 싸움에 휘말려서도 안 된다. 조용히 있어야 한다. 물론 할 수 있는 일은 많았지만 뭔가 답답했다. 군복을 벗었는데도 입은 느낌이었다. 무엇보다도 나를 옥죈 건 시간이었다. 2박 3일이라는 기간은 너무 짧아서 2.3초처럼 느껴졌다. 시침이 앞을 향해 나아갈수록 검은 개는 한 발짝 가까이 다가왔다. 다시 큰 집에 가야 한다. 거부할 수 없다. 이러니 1945년의 조선처럼, 나 또한 해방은 되었지만 해방되지 않은 상태가 되어버렸다.

수료식 연습은 정말 지옥이었다. 긴 시간 동안 계속 서 있어야 해서 다리가 저려왔기 때문이다. 그래도 하도 기뻐서, 수료식 당일까지 거기 서 있으라고 해도 버틸 수 있을 것만 같았다. 다른 훈련병들도 같은 심정이었는지, 수료식 연습이 끝나고 생활관으로 복귀하면 "이런 걸 왜 하느냐?"고 푸념하면서도 얼굴에는 미소가 가득했다. 나는 아예 조교가 보는 앞에서 대놓고 "이 지긋지긋한 곳을 드디어 떠난다!"면서 잠깐 생활관 바닥에 드러눕기도 했다. 조교는 자기도 그 심정을 안다는 듯이 웃으면서 "그러지 마라" 한마디 하고는 다른 생활관으로 갔다.

드디어 수료식 당일이 되었다. 훈련병들은 활기찬 하루를 시작하면서 아침을 먹고 수료식을 준비했다. 모두 표정이 밝았다. 수료식이 시작되는 시간, 모두 모여서 큰 목소리로 노래를 부르며 나아갔다. 두근거리는 마음으로 연병장을 보았다. 많은 사람들이 훈련병들을 보려고 나와 있었다. 그 뒤 수료식은 빠르게 진행되었고, 드디어 훈련병을 상징하는 하얀 명찰을 떼어버렸다. 훈련병에서 이병이 된 상징적인 절차였다. 그리고 모두 집으로 해산이었다.

훈련소 밖으로 나온 뒤, 이런 생각을 했다.

'드디어 끝이다!'

다른 사람들은 부모님이나 친구와 함께 집으로 향했다. 그러나 나에게는 아무 일행도 없었다. 사실 부모님은 나를 데리러 오겠다고 했지만, 부모님을 힘들게 하고 싶지 않다는 어느 훈련병의 말에 자극을 받아 "오지 않으셔도 된다"고 말했다. 부모님이 오지 않은 훈련병은 성당에서 신부님과 수녀님이 배웅해준다고 했는데, 나는 쑥스러워서 아무 말도 하지 못했다. 나는 집에 가는 버스표와 교환할 수 있는 후급증을 들고, 훈련병들을 버스 터미널로 데려다준다는 버스를 찾으러 갔다.

그 버스를 찾으러 가면서 처음으로 훈련소의 풍경을 여유롭게 둘러볼 수 있었다. 평소 헉헉거리며 달리던 연병장, 흙먼지를 마시면서 구르던 훈련장, 맛있는 반찬을 조금이라도 더 먹고 싶어서 배식 담당 훈련병과 매일 입씨름하던 식당, 조금이라도 더 졸아보려고 애쓰던 강당 등등을 보면서 훈련소 생활을 회상했다.

무엇이 남았나? 조교에게 걸리지 않으려고 기를 쓰거나, 가끔 나오는 사회의 디저트로 위안을 삼던 감정밖에 남지 않았다. 군대에서 보여주는 수기에 나오는 훈련병들처럼 갑자기 살이 더 빠졌다든가, 협동심이 늘었다든가, 군대에 감사하는 마음이 생겼다든가, 그 어떤 것도 해당사항이 없었다. 군대에서 배운 것들이 내 정신을 약간 좀먹기는 했지만, 다행스럽게도 나는 여전히 나였다.

이제 나는 이병이 되었다. 그 대가로 집에 잠시 들를 기회를 얻었다. 2박 3일이라고 찍힌 휴가증을 손에 꼭 쥐고 나는 터미널로 가는 버스를 탔다. 조교는 버스에 타는 나를 보며 "막차였는데 잘됐다"면서 웃었다. 나도 따라 웃었다. 이제 집으로 가니 훈련소에서 나를 괴롭혔던 자들을 향한 분노도 버려야겠다고 생각했다.

교육사령부를 빠져나온 버스는 시내로 진입했다. 거리에는 각종 가게들의 간판이 걸려 있었고, 어떤 사람들은 뭐가 그리 재밌는지 웃으며 지나갔으며, 또 어떤 사람들은 급한 일이 있는지 서류가방을 들고 뛰었다. 그들은 여전히 일상에서 살고 있었다. 오래된 풍경이지만, 한 달 만에 본 풍경은 감격하기에 충분했다.

나도 사회에서 살고 있었구나 하는 생각도 했다. 큰 집에서 잠시 나왔을 뿐이지만, 나도 이 사회의 구성원이라는 사실을 확인하자 안도의 눈물이 흘렀다. 그러는 내 모습을 본 어떤 훈련병이 "집에 가니 그렇게 좋으냐"고 물었다. 초면인 그는 나를 충분히 이해하는 표정이었다. 내가 그렇다고 대답하자 그 훈련병은 "집에 잘 가라"며 격려해주었다. 나도 그에게 같은 인사를 건넸다. 그 뒤 터미널에서 잠깐 마주친 게 그 훈련병과 만난 전부였지만, 그 누구를 만난 순간보다도 더 큰 이해를 구한 느낌이었다.

나는 그렇게 훈련병 생활을 마무리했다. 다시는 하오지 않을 경험, 다시는 겪고 싶지 않은 경험을 뒤로하고 나는 집으로 향하는 버스에 홀로 올랐다.

2
장
·

기
소

01

재입감

교육사령부 정문에서는 빨간 모자를 쓴 훈련소 조교가 우리를 기다리고 있었다. 울음이 터져나올 뻔했지만, 무슨 소리를 들을 까봐 고분고분 따랐다. 훈련병, 아니 이등병들이 다소 뻣뻣하게 걸으면서 조교를 따라가자, 조교가 이제는 남이라는 듯이 장난을 쳤다. 이등병들도 웃으며 "왜 그러십니까"라고 말했다. 나도 따라서 웃어보려 했지만 근육이 잘 움직여지지 않았다. 그저 분위기에 맞춰 눈치를 보면서 표정 관리만 했다. 그런데도 심각해 보였는지 누가 "어디 아프냐?"고 물어보기까지 했다.

그때 갑자기 조교가 고함을 질렀다. 대열이 빨리 이동하지 않는다고 그런 것이다. 그 순간 이등병들은 다시 훈련병이 되었다.

표정은 굳어지고, 걸음걸이는 직각이 되었다. 그 모습을 보고 조교가 "앞으로 그러면 군생활 재수 없다"면서 겁을 주고, 이등병답게 행동하라고 충고했다. 심지어 "원래대로라면 동기 부여를 해야 하는데, 훈련병이 아니라서 어쩔 수 없다"며 아쉬워하기까지 했다.

웃음이 만발하던 대열에 먹구름이 잔뜩 끼었다. 조교는 분위기를 바꾸고 싶었는지, 다시 웃으면서 농담을 하고 어떤 훈련병에게 헤드록을 걸기도 했다. 훈련병, 아니 이등병들은 그제야 다시 웃었다. 그렇지만 겉으로는 웃어도 속으로는 불안하지 않았을까. 여기로 돌아왔다는 사실을 부정하기 위해 애써 웃었는지도 모른다. 조금이라도 진정하지 않으면 불안해서 미칠 상황이었으니까.

울고 싶었다. 그러나 울기에는 내 앞에 있는 조교가 너무 무서웠다. 사흘 동안 집에서 마음을 진정했다고 생각했는데, 조교의 붉은 모자를 보자마자 겁을 먹고 말았다. 조금이라도 잘못하면 다시 벌을 받을 것 같았다. 조교가 "그런 일 없다"고 했는데도, 나는 내 발에 모든 신경을 모았다. 기본 제식에 맞지 않는 발걸음을 하거나 방향 전환을 잘못할까 두려웠다. 훈련소 과정은 마쳤지만, 잘 수료한 것이 아니라 어찌어찌 겨우 끝난 것이어서 나는 보통 이등병보다 더 미숙한 점이 많았다. 발걸음이 특히 그랬다. 훈련병 때 조교에게 워낙 많이 걸리니까, 보다 못한 훈련병들이 고쳐주겠다고 나서기까지 했다. 그러나 끝내 익숙해지지 못했고,

그래서 훈련소로 돌아가던 그때도 조교의 눈을 바라보며 내 발이 제대로 움직여주기만 바랐다.

훈련소 조교는 그런 내 마음을 아는지 모르는지 우리를 다시 훈련소로 데려갔다. 특기학교로 가기 위해 가져가야 할 짐이 많았기 때문이다. 이등병들은 훈련소 생활관으로 들어가서 짐을 싸며 잠시 담소를 나누었다. 어느 부대로 가고 싶은지 소망을 밝히거나, 자신의 특기에 대한 한탄을 늘어놓기도 했다. 이른바 '헌급방'이라는 사람들이 특히 그랬다. 헌급방이란 헌병·급양·방공포 특기를 줄인 말로, 공군 병사 중에서 가장 큰 비율을 차지하는 인원이자 직무가 상대적으로 힘들다고 알려져 있었기 때문이다.

사람들은 '공군' 하면 막연히 전투기를 탈 것이라고 생각하지만, 그것은 조종 특기 장교 등에게만 한정된 일일 뿐 병사와는 거의 상관없는 이야기다. 병사들은 땅에서 다른 실무적인 일을 담당한다. 그중에서 가장 많은 인원을 필요로 하는 분야가 헌급방이고, 또 그중에서 헌병이 제일이다. 헌병 하면 영화에 나오는 키가 크고 체격이 좋은 사람을 떠올릴지 모르겠다. 그러나 공군에서는 대부분 헌병 특기로 빠지기 때문에 특별히 그렇지도 않다. 헌병 특기도 세부적으로 나뉘지만, 대개는 부대 출입구를 지키거나 부대 곳곳을 경비하는 일이 주요 임무다.

나도 헌병 특기를 배정받았다. 특별한 자격증도 없고, 훈련소에서 시험을 잘 친 것도 아니기 때문에 자연스레 헌병이 된 것이다. 그래서 나도 헌병에 대한 두려움을 이야기하면서 이등병들의 대화에 동참했다. 나는 가혹행위를 당한다든가, 좋지 못한 선임을 만난다든가, 상관이 너무 병사를 부려먹는 사람이면 어떡하느냐고 고민을 털어놓았다. 그러자 같이 이야기하던 다른 이등병이 "너무 많이 걱정한다"면서 어깨를 두드려주었다. 그러나 걱정은 사라지지 않았다.

그러다 보니 어느새 시간이 금방 흘렀다. 우리는 특기학교로 이동하기 위해 밖으로 나와 줄을 맞춰 섰다. 이등병들은 자기 키의 3분의 2쯤 되는 의류대를 하나는 등에 메고 하나는 앞에 멘 상태로 가만히 서 있었다. 인수인계하러 온 특기학교 조교들이 "군수1학교!" "정통학교!"라고 외치자, 다른 이등병들 무리가 금방 사라지고 우리만 남았다. 이등병들이 소곤소곤 얘기하는 동안 나는 잠시 훈련소 건물을 찬찬히 살펴봤다. 힘들고 큰 고통만 받은 곳이었다. 그런데도 그새 미운 정이 들었는지 "행정학교!"라고 외치면서 떠나게 되자 왠지 아련한 느낌이 들었다.

조금 있으면 또 새로운 훈련병들이 들어와 고난의 여정을 겪을 것이다. 나는 그 여정을 완수한 사람의 명단에 올랐지만, 새로운 훈련병들을 생각하니 가슴이 아파왔다. 잠시 말랐던 훈련소의 이불이 또다시 눈물로 젖겠지. '훈련병들을 보호하소서'라고 짤막하게 기도하고 훈련소와 영원히 작별했다. 이제 다시 올 일은 없을 거다.

이등병들은 힘겹게 짐을 들고 행정학교에 도착했다. 행정학교 시설은 훈련소보다 좋았다. 행정학교가 왜 행복학교라고 불리는지 조금이나마 이해했다. 행정학교에 처음 들어간 때는 밤늦은 시각이어서 특별한 활동을 하지 않고 짐만 정리한 뒤 바로 잠자리에 들었다. 훈련소에는 없던 침대에서 잘 수 있어 편하다는 느낌을 받았지만, 쉽사리 잠들지는 못했다. 사실 말만 침대이지, 매트와 모포 이불은 훈련소와 같았다. 그것을 사각형 틀에 고정해놓고 침대라고 우기는 꼴이었지만, 훈련소와 다른 느낌을 주기에는 충분했다. 그러나 나는 '내가 여기 다시 들어오게 되다니' 생각하면서 한숨을 푹푹 내쉬며 남은 군생활을 떠올렸다. 23개월이나 남았다. 이제 겨우 24분의 1을 끝냈다. 훈련소를 수료하고 수료외박을 나갔을 때는 군생활이 모두 끝난 것 같았는데, 끝이 아니라 이제야 시작이라니.

잠은 오지 않고 걱정만 커졌다. 앞으로 과연 어떻게 될까. 잘 버틸 수 있을까. 훈련소도 겨우 버텼다. 곰곰이 생각해보면, 이 나약한 신체와 정신이 훈련소를 수료한 것만도 기적이었다. 나는 기적이 연달아 일어날 수 있다고 생각하지 않았다. 언젠가 큰일이 나지는 않을까. 그러나 더 걱정할 겨를도 없이 몇 시간 뒤면 일어나 아침 점호를 받아야 한다. 정신없이 흘러가는 시간 속에서 고민하며 하루를 보낼 거다.

그런 생각을 하다가 겨우 잠이 들었다. 아주 잠깐만 잔 것 같은데 벌써 기상을 알리는 소리가 스피커에서 흘러나왔다. 나는 눈도 제대로 뜨지 못한 채 허겁지겁 옷을 챙겨 입고 점호를 받으러 내려갔다. 꾸벅거리면서 눈치를 보며 점호를 받았다. 다행히 들키지 않은 덕분에, 무사히 식사하러 갈 수 있었다. 아침밥을 받으면서 훈련소보다 훨씬 맛있어 보이는 음식에 감탄했다. 이제 뭔가 제대로 먹는구나 하는 생각도 들었다.

그런데 막상 먹으려고 한 숟갈 뜨는 순간, 나는 헛구역질을 하고 말았다. 음식 자체에는 아무 문제가 없었다. 다만 내가 음식을 받아들이지 못했다. 군대 음식이 다시 들어온다고 하니, 내 몸이 놀라서 거부한 것이었다. 맛을 느끼기 위해 음식을 씹으려고 하는데, 배가 울렁이면서 식도로 가스가 올라오는 느낌을 받았다. 그 가스가 입안 가득히 퍼졌고, 나는 욱욱거리면서 음식을 뱉어버렸다. 배가 고팠기 때문에 꾸역꾸역 입에 넣어보려고 했지만 결국 몇 술 제대로 뜨지 못하고 전부 버렸다. 물이라도 마시려 했는데, 물마저 역류하는 바람에 하마터면 옆에 있는 병사에게 뿜을 뻔했다. 결국 그날은 온종일 아무 음식도 제대로 먹을 수 없었다. 군대 음식에 다시 익숙해지는 데 하루 정도가 걸렸다.

아무리 행정학교 환경이 더 낫다지만, 이 일을 겪고 나서 과연 내가 잘 살아남을 수 있을지 회의를 품었다. 행정학교는 훈련소와 달리 BX(육군에서는 PX라고 하며, 부대 안에 있는 매점을 뜻한다)를 이용할 수 있다는 점, TV를 볼 수 있다는 점, 면회 때 밖으로 나갈 수 있다는 점도 좋았다. 그러나 꽉 조인 군화 끈 탓에 피가 통하지 않아 내 몸이 썩어가고 있는데, 주위에서는 축하 꽃다발을 건네주는 것과 다를 바 없는 상황이었다. 일단 나는 적응해보려고 애썼다. 최대한 다른 이등병들을 따라 했다. 그 때문인지는 몰라도 행정학교에서 나는 크게 튀지 않는 병사가 되었다.

그럼에도 여전히 군대에 있다는 사실에 나는 불안해했다. 앞으로 어떤 부대로 갈 것인가? 거기에서 사람들과 잘 어울릴 수 있을까? 만에 하나 가혹행위를 당해서 죽어버리면? 지금 당장 행정학교에서도 겨우 버티고 있는데, 나는 과연 정상적으로 군생활을 마칠 수 있을까?

이런 생각들에서 오는 답답함이 마음속에 계속 쌓이기만 했다. 나는 군월급을 BX에서 과자로 탕진하면서 관물함에 과자를 잔뜩 쌓아두고 수시로 먹으며 불안감을 해소하려고 노력해보기도 했다. 그러나 허사였다. TV를 보면서 잊어보려고도 했다. 그 무렵 병사들 사이에서는 〈태양의 후예〉라는 드라마가 인기를 끌어서, 드라마를 시청한 이등병들은 경례 구호를 '필승'이 아니라 '단결'이라고 하는 장난이 유행했다. 그때마다 이등병들은 깔깔 웃었고 나도 자주 웃으면서 드라마 이야기를 하곤 했다. 그러나 겉으로는 웃었지만 속으로는 울고 있었다. 그래도 나는 괜찮으리라고 생각했다. 정말 그렇게 생각했다.

02

벌점 종이와 취소선

나는 조용히 일어섰다. 들고 있던 학습 카드를 모두 쓰레기통에 버렸다. 필기 노트는 진작에 덮어버렸다. 그리고 아무 일도 없었다는 듯이 자리로 돌아와 사회에서 반입한 책을 읽기 시작했다. 그러자 옆에 있던 이등병이 "공부 안 하면 어떤 부대에 갈지 모른다"고 진지하게 충고했지만, "나는 이미 포기했다"면서 다시 책에 집중했다. 부대 배속을 위한 시험이 얼마 남지 않았는데 나는 아예 공부를 포기해버렸다. 내가 행한, 군대를 향한 최초의 저항이었다.

다음 날 이등병들이 두 줄로 서서 생활관으로 복귀할 때, 초록색 모자를 쓴 조교가 계단에서 팔짱을 끼고 우리를 가만히 지켜보고 있었다. 그는 감시카메라처럼 이등병들을 노려보고 있었다. 또 무슨 일인가 싶었는데, 내가 조교 앞을 지나쳤을 때 그가 갑자기 내 뒤에 있던 이등병을 불러 세웠다. 그러고는 대뜸 소속과 이름을 물었다. 이등병은 당황한 표정으로 말을 더듬으면서 소속과 이름을 말했고, 조교는 종이에 뭐라고 휘갈겨 써서 그 이등병에게 주었다. 나중에 생활관에서 물어보니 벌점 종이였다.

벌점 종이. 당시 행정학교에는 상벌점제도가 있었다. 이 점수도 부대 배속을 위한 시험 점수에 포함되기 때문에 이등병들에게는 주의할 대상이었다. 상점은 잘 나오지 않는데 벌점은 워낙 자주 나와서 몸을 사리곤 했다. 하지만 그 속에서 더 좋은 부대에 가겠다는 경쟁심리가 피어나, 이등병들은 가끔 서로를 신고했다. 신고하면 그 귀하다는 상점을 받을 수 있었기 때문이다. 그래서 어떤 이등병은 밥을 먹다 말고 "도저히 사람을 믿지 못하겠다"고 털어놓기까지 했다. 그 이등병은 친하게 지내던 이등병에게 신고를 당해 벌점을 받았다고 말했다. 감정이 격해진 그는 자신을 신고한 이등병을 어떻게든 하고 싶은데 벌점 때문에 못하겠다고 했다.

이런 일은 드문 사례이지만, 그 몇 가지 일 때문에 훈련소에서 두터운 우정을 쌓았던 훈련병들은 전우를 불신하는 이등병이 되었다. 사람들이 분열된 것처럼 보였다. 그래서 나는 행정학교 조교가 다른 이등병에게 벌점을 끊어줄 때면 "힘의 시대는 끝났구나, 끝났구나" 하고 중얼거리면서 지나가기도 했다.

힘의 시대는 끝났다. 우리 이등병들은 단체기합을 받지 않았다. 지긋지긋한 얼차려는 정말 드문 일이 되었다. 어쩌다가 얼차려를 받는 이등병을 보면 나는 신기한 표정을 짓고는 했다. 동기부여라고 불린 얼차려는 이제 훈련소의 유산이자 야만의 상징이 되었다. 비록 이등병들도 군인이긴 하지만, 자기들은 좀 더 나은 시스템에서 상벌을 명확하게 받는다고 생각했다. 그래서인지 확실히 행정학교에 있을 때는 몸이 조금 덜 피로했다. 또한 훈련소 때처럼 걸음걸이를 가끔 정석대로 하지 않아도 혼나지 않았다.

그러나 정신은 더 피로해졌다. 늘 감시당하는 기분이었다. 혹여 다른 이등병들이 나를 신고하지 않을까. 뭔가 실수라도 하면 항상 주위를 둘러봤다. 주위에 다른 이등병이 있으면 이름표를 가린 채 빠른 걸음으로 도망쳤고, 없으면 안도의 한숨을 내쉬면서도 멀리서 지켜보는 사람이 있으리라고 짐작해 근처 화장실에 숨었다가 몇 분 뒤에 아무 일 없었다는 듯이 나오곤 했다.

그렇게 행정학교에서 한 주가 지나고 주말이 찾아왔다. 주말에는 특별한 일과가 없어서 이등병들은 정해진 시간에 TV를 보고, 쌓아둔 과자를 먹고, 밀린 공부를 하면서 나름대로 알차게 보냈다. 나는 좀 바쁜 주말이었다. 면회 일정이 있는 이등병이 나에게 급양給養 도우미를 부탁했기 때문이다. 청소하느라 정신없을 때 아무 생각 없이 부탁받은 탓에 나는 당일까지도 급양 도우미를 해야 한다는 사실을 까먹고 있었다. 나는 외출 준비를 하는 그 이등병에게 어디 가느냐고 묻고서, 그제야 내가 급양 도우미를 가야 한다는 것을 깨달았다. 집합 시간까지 몇 분 남지 않아서 대충 차려입고 복도를 내달렸다.

출구 가까이 도착했을 때 누가 나를 불러 세웠다. 돌아보니 조교가 서 있었다. 조교는 언짢은 표정을 하면서 펜을 만지작거렸다. 나는 벌점 종이를 받아야만 하는 상황에 놓였다. 그래서 주머니를 뒤적거리며 벌점 종이를 찾았다. 하지만 종이는 아무리 찾아도 없었다. 그러자 조교는 자기가 가진 종이를 꺼내 "잘 갖고 다녀라" 하면서 벌점 종이 두 장을 주었다. 하나는 복도에서 달렸기 때문에, 다른 하나는 벌점 종이를 가지고 다니지 않았기 때문에 받은 것이었다. 뭐라고 항변하고 싶었지만 그러지 못했다.

급양 도우미 일을 하면서 나는 그동안 받은 벌점 종이에 대해서 생각했다. 군모를 잘못 써서 한 장, 걸음걸이가 시원치 않아서 한 장, 복도에서 뛰어서 한 장……. 이렇게 무수히 많이 깎인 내 점수로는 원하는 부대에 갈 수 없는 수준이었다. 조금이라도 편해보려고, 조금이라도 덜 고통받으려고 집과 가까운 부대를 지망했는데 이미 순위권에서 멀어져버렸다.

게다가 그날은 공부하다가 묘한 위화감을 느꼈다. 무엇을 위해 내가 이렇게나 열심히 하는가. 누구 좋으라고 K2의 제원을 외우고 앉아 있는가. 이런 고민을 다른 이등병들에게 털어놓았더니, 그들은 그래도 열심히 하면 잘 적응할 수 있지 않겠느냐고 나를 격려했다.

적응. 머릿속에서 이 단어가 떠나가지 않았다. 좋은 부대에 가고, 좋은 선임과 상관을 만나는 행복한 군대 생활. 나는 정말 그러기 위해서 군대에 왔던가. 아니었을 것이다. 애초에 그게 목표도 아니었다. 다만 오라고 했기 때문에 왔을 뿐이다. 군대에서 이루려고 수첩에 적어놓은 목표들이 갑자기 부질없게 느껴졌다. 이튿날 나는 아침을 먹자마자 생활관으로 돌아와서 수첩에 적힌 목표에 취소선을 그어버렸다. 그리고 좀 더 의미 있는 일을 하자고 생각했다.

그러는 나를 본 이등병들은 왜 쓸데없는 일에 시간을 낭비하는지 의문이라는 눈치였다. 내가 수첩에 무슨 일을 적을지 고민하고 있을 때, 평소 나를 자주 지켜보던 이등병이 "시험에 집중하는 게 좋겠다"고 말했다. 그렇지만 나는 이미 그럴 생각이 없어졌다. 내가 아무 대답도 않고 계속 수첩만 노려보자 그 이등병도 다시 자신의 노트를 바라보았다. 생활관에는 노트 넘기는 소리, 볼펜 움직이는 소리, 초침 움직이는 소리만이 가득했다.

한 시간 뒤, 드디어 나는 한 가지를 적었다. 당시 행정학교에는 집에서 책을 가져올 수 있었다. 나는 홈스에 관한 전반적인 지식을 담은 『셜록 홈스의 책』이라는 책을 가져왔다. 공부하다 지칠 때마다 읽었는데, 문득 홈스 시리즈에 나오는 제목으로 훈련소 때 이야기를 하면 좋겠다는 생각이 들었다. 나는 진심으로 행복해하면서 바로 구상에 들어갔다. 화생방 이야기에는 '악마의 발'이라는 제목을 붙여야겠다는 생각을 할 때, 공부에 집중하지 못하던 옆의 이등병이 보더니 소설을 쓰냐고 나에게 물었다. 나는 웃으면서 전역 기념 문집을 구상한다고 말했다. 그러자 주위에 있는 이등병들이 웃으면서 벌써 그런 걸 기획하느냐고 말했다. 나도 따라 웃었다.

대충이지만 나는 리스트를 다 작성했다. 작성한 리스트를 다시 한 번 살펴보며 앞으로의 군생활에서 내가 의미 있게 지내려면 나답게 사는 것이 중요하다고 생각했다. 어느 부대로 가든 상관없었다. 그저 조금이라도 자유의 공기를 들이마시며 내 삶을 이어가고 싶었다.

거기까지 생각이 미쳤을 때, 나는 시험에 대한 미련을 접었다. 내 결심을 당장 행동으로 옮겼다. 그동안 공부한 내용을 정확하게 외우려고 만들었던 카드를 모두 긁어모았다. 다른 이등병에게 어떤 부분이 필요한지 물어보고 해당하는 부분을 주었다. 그리고 나는 조용히 일어섰다.

03

이감

행정학교 강당에 피피티 화면 하나가 떴다. 그러자 소곤거리던 이등병들이 모두 조용해졌다. 교관은 부대 배속 결과를 발표하겠다고 말하면서, 부대 하나하나의 위치를 알려주었다. 그러고는 같은 부대로 가는 이등병들을 일으켜 세워서 서로 얼굴을 확인하게 했다. 발표 때마다 희비가 엇갈렸다. 원하는 곳으로 가는 이등병은 환히 웃으면서 힘찬 대답과 함께 일어섰지만, 그렇지 못한 이등병은 상대적으로 조용한 목소리로 대답하며 침울한 표정으로 일어섰다. 그럴 때마다 교관은 애써 그 부대의 좋은 점을 말해주며 위로했다.

행정학교 교육 막바지. 이등병들은 부대 배속 결과를 통보받고 있었다. 필기와 실기 시험을 마친 뒤, 이등병들이 지망하는 부대를 3순위까지 작성해서 제출하면 프로그램을 돌려 최종 배속 결과를 받았다. 훈련소 시기의 특기 발표처럼 강당에 모여 다 같이 결과를 확인하는 것이다. 앞으로 2년 동안의 향방을 결정할 부대. 이등병들은 3순위를 적는 날까지 서로 지망하는 부대를 물어보면서 많은 경우의 수를 고려했지만, 나는 전혀 신경 쓰지 않았다. 적당하다고 생각되는 부대를 써서 제출하고, 여유롭게 발표 결과를 기다렸다.

PPT가 거의 끝나갈 때, ×××부대라는 이름과 함께 내 이름이 떴다. 교관은 나와 또 다른 이등병의 이름을 불렀다. 그러고는 외딴 곳으로 떠나는 이등병을 위로했다. 그런데 내가 웃고 있자 교관은 혹시 지원 1순위 부대인지 물었고 나는 그렇다고 대답했다. 교관은 이따금 나 같은 이등병이 있는데, 몇 번 봐도 참으로 놀랍다고 말했다. 나는 머쓱하게 웃으면서 다시 자리에 앉았다.

그날 생활관 대화 주제는 내가 가는 부대였다. 생활관에 있던 이등병들은 운이 좋아서 모두들 자기 집에서 가까운 부대로 배속받았다. 그러나 나는 부대에서 30분은 버스를 타야 시내가 보이고, 거기에서 몇 시간 더 버스를 타야 집으로 갈 수 있는 정말 외딴 부대로 배속받았다. 게다가 1순위로 지원했다고 하니 다른 이등병들의 관심이 폭발적이었다. 그들은 나에게 도대체 왜 그런 곳을 지원했느냐고 물었다. 나는 어차피 성적도 좋지 않기 때문에 그냥 공기 좋은 곳을 지원했다고 말했지만, 사실 진짜 이유는 따로 있었다.

좋든 싫든 23개월 동안 나는 군인이다. 그러니 부대에서 살아야 한다. 그런데 나는 자유롭고 싶다. 군대에 있으면서 자유롭고 싶다는 모순. 이 모순을 조금이라도 해결하기 위해 인원이 적고 외딴 곳에 있는 부대를 선택했다. 큰 부대가 아니니 군대의 각종 행사도 소규모여서 내 감정이 버틸 수 있을 테고, 부대가 외진 곳에 있으니 상급 부대에서도 잘 건드리지 않는다고 들었기 때문이다. 다른 이등병들은 성적이 낮아도 혹시 모를 눈치싸움에서 성공하기 위해 인기 부대를 적었지만 나는 차분히 ×××부대를 적었다. 전화로 부모님에게 그 이야기를 하자 조금 놀랐지만 "몸이나 잘 건사해라"면서 내 결정을 지지해주었다. 그렇게 해서 나는 침울한 동기 이등병과 함께 ×××부대로 배속되었다.

배속 당일, 나는 생활관 사람들과 작별 인사를 나눈 뒤 가득 찬 의류대를 메고 배속 버스를 탔다. 버스 밖에서 행정학교 교관들과 조교들이 두 손을 크게 흔들며 잘 가라고 인사해주었다. 나는 별 감정이 없었지만, 그들이 워낙 신나 보이기에 나도 환하게 웃으면서 손을 흔들었다. 그래, 이제 영원히 볼 일이 없을 거다. 나는 교육사령부를 완전히 떠난다. 결코 다시 오지 않을 것이다. 그래서 마지막 인사 정도는 기꺼이 기쁜 마음으로 할 수 있었다.

나와 다른 이등병을 태운 버스는 지방의 어느 대도시에 도착했다. 나와 동기는 거기에서 다시 고속버스를 타고 몇 시간을 달려 목적지에 도착했다. 터미널에서는 상사 한 명이 우리를 기다리고 있었다. 우리는 그를 보자마자 몸이 굳었다. 처음 보는 부대 상관이니 그럴 만도 했다.

나는 들고 있던 가방 바닥이 찢어지는 줄도 모르고 그에게 경례를 했다. 워낙 짐이 많아서 종이가방에 나누어 담았는데 결국 무게를 이기지 못한 것이다. 행정학교에서 읽었던 책과 아이스티 스틱 따위가 바닥으로 떨어졌다. 나는 한 손으로 종이가방 밑바닥을 잡아보려고 했지만, 내용물은 다 쏟아지고 말았다. 그 물건들을 보고 '이등병이 벌써 이런 것들을 갖고 다니느냐'라고 생각하지 않을까 걱정했다. 그러나 상사는 놀라서 내 짐을 다시 챙겨주기만 했다.

그는 자기 차에 우리를 태우고 부대로 향했다. 차창 밖을 내다보니 건물이 점점 사라지고 나무밖에 보이지 않았다. 어쩌다 관광객을 위한 식당이 보였지만, '이런 곳에 사람이 오기는 할까' 하는 생각이 들 정도로 외진 곳이었다. 차는 30여 분을 더 달려 부대에 도착했다. 이미 들어서 짐작은 했지만 부대 주변에는 정말 아무것도 없었다. 그러면 부대가 황량하게 보일 법도 한데, 나무가 우거지고 산으로 둘러싸여서 오히려 꽉 찬 느낌을 받았다.

부대 정문 가까이 가자 헌병들이 철문을 열고 경례를 했다. 나는 당황하면서 그들에게 경례를 했다. 그들이 내 특기 선임이기 때문에 내가 당연히 경례를 해야 한다고 생각했다. 그러나 경례는 계급 낮은 사람이 높은 사람에게 먼저 하고 높은 사람이 받아주는 건데, 나는 거꾸로 한 셈이었다. 얼떨결에 내가 더 계급이 높은 것처럼 행동한 것이다. 나중에 이것을 깨닫고 노심초사했지만, 차가 바로 지나친 덕분에 그들이 보지 못했다는 말을 듣고 안도했다.

이윽고 차가 부대 현관 앞에 멈추자, 주임원사와 몇몇 병사가 나와 우리 짐을 내려주었다. 나는 깜짝 놀라서 "제가 하겠습니다"라고 했지만, 기어코 그들이 내 짐을 내려주었다. 짐은 그들이 생활관으로 옮기고, 우리는 주임원사와 함께 주임원사실로 향했다. 주임원사는 우리에게 소파에 앉으라고 권하면서 차를 마시겠느냐고 웃는 얼굴로 물었다. 거절하면 안 될 것 같아 커피를 마시겠다고 대답했다.

그는 김이 모락모락 피어나는 커피를 우리에게 건네면서 훈련소 때 힘들지 않았는지, 왜 이 부대에 왔는지 등등 여러 가지를 물었다. 따뜻한 말씨로 물었지만 나는 익숙하지 않은 분위기에 머리가 텅 비어버린 느낌이었다. 지금도 그때 어떻게 대답했는지 기억나지 않을 정도다. 뜨거웠던 그 커피처럼, 긴장이라는 감정도 펄펄 끓어서 폭발하기 직전이었다는 정도만 확실할 뿐이다. 주임원사는 ×××부대에 온 것을 환영한다는 말을 끝으로, 우리를 생활관으로 보냈다.

그때는 근기수 생활관이라고 해서, 비슷한 기수끼리 한 생활관을 같이 쓰게 하는 제도가 정착되던 시기였다. 그래서 생활관에 있는 병사들은 나보다 기껏해야 3기수 정도 높았다. 그러나 나는 그동안 워낙 TV에서 한 기수라도 엄격하게 서열을 나눈 군대 영상을 많이 봤기 때문에 그들을 보자마자 재빨리 경례를 했다. 그들은 그런 나를 보고 너무 굳어 있다면서 진정하라고 했다. 그리고 부대 이곳저곳을 설명해주면서, ×××부대는 악폐습도 없고 서로 친하게 지내는 분위기이니 긴장하지 말라며 웃었다. TV를 보고 있던 어떤 일병은 "나는 전입한 지 일주일 만에 침대에 누웠다"면서 편한 자세로 있어도 된다고 말했는데, 덕분에 나는 그제야 허리를 조금 구부릴 수 있었다.

마침 저녁 먹을 시간이 되어, 군복을 체련복으로 갈아입고 식당으로 향했다. 식당으로 가는 길에서도 식당에서도, 마주치는 선임이나 간부들은 신병 무리에게 관심을 보이면서 편하게 있어도 된다고 수시로 강조했다. 그래도 끝까지 뻣뻣하게 걸으면서 상박적으로 경례하는 나를 보며 억지로 침대에 눕히기도 했다. 그 순간, 나는 생각보다 좋은 부대에 왔다는 걸 알 수 있었다. 훈련소나 행정학교에서는 전입할 부대에 대한 걱정이 가득했는데 일이 잘 풀리는 분위기여서, 하늘이 나를 불쌍히 여겨 은혜를 내려준 게 아닐까 하는 생각까지 들었다.

×××부대의 첫날은 그렇게 흘러갔다. 나는 하느님에게 감사

기도를 하면서, 군생활이 이대로 평탄하기를 기원했다. 좋은 선임, 좋은 간부들. 이제 문제 될 것이 없어 보이는 완벽한 상황. 이병 이상문은 출발부터 운이 좋았다. 그때는 그렇게 생각했다.

04

스마일 참호전

"그럼 지금부터 병 ○○기 전입신고가 있겠습니다."

간부 한 명이 이렇게 말하면서 우리를 대대장에게 경례시켰다. 대표 경례자는 나였는데, 행사에 들어가기 전에 간부가 "경례 순서를 틀리면 안 된다"고 말했는데도 기어이 틀리고 말았다. 전입신고는 5분도 채 걸리지 않았지만, 내가 자꾸 순서를 틀려버리니까 시간이 길게만 느껴졌다. 대대장은 그런 내 마음을 아는지 모르는지 인자하게 웃고 있었다.

전입신고가 끝난 뒤 다시 주임원사실로 갔다. 주임원사는 지나가는 말로 "훈련소에서 했던 걸 벌써 까먹었구나!"라며 웃었다. 나는 대대장 앞에서 실수한 것을 책망하는 뜻으로 여기고 그저

"죄송합니다"를 남발했다. 그러자 주임원사가 동기와 나를 자기 책상 가까이로 오게 했다. 그러고는 서랍에서 스마일 마크가 그려진 천 조각을 꺼내 어깨에 달아주었다. 칙칙한 군복에 갑자기 노란색 천 조각이 달리니 눈에 확 띄었다. 주임원사는 스마일 마크라고 하면서 신병 적응기간 동안 달고 있어야 한다고 말했다. 그는 이어서 이렇게 설명했다.

"여기 있는 스마일 마크는 말 그대로 웃으라는 뜻이다. 이등병이고 신병이니까 실수 좀 해도 웃어달라는 거지. 이 마크를 달고 있는 기간에는 모두 이해해 줄 거다."

그리고 종이를 건네며 신병 적응 프로그램을 설명해주었다. 하지만 나는 주임원사의 말이 귀에 들어오지 않았다. 스마일이라, 스마일……. 입꼬리를 올리며 웃는 것. 그런데 신병인 나는 웃기 어려웠다. 그동안은 간부 앞에서 조금이라도 웃으면 군기가 빠져 보이지 않을까, 그래서 얼차려를 받지 않을까 걱정하던 나날을 보냈다. 그러나 그때는 주임원사가 자꾸 스마일을 강조하니 나도 어쩔 수 없이 스마일을 해야 했다.

또한 나는 부대에 빨리 적응할 자신이 없었다. 훈련소에서도 행정학교에서도 느리게 적응했기 때문에, 어떤 훈련병은 나에게 대놓고 "너만 보면 답답해 미치겠다"고 한 적도 있다. 그래서 신병 적응기간 동안 부대에 잘 녹아들 거라고 보장하기 어려웠다. 물론 다른 선임이 "처음부터 잘하는 사람은 없다"고 강조하는 말을 듣기는 했지만, 남들이 미숙하다면 나는 아예 백지 상태일 정도로 적응하는 속도가 느렸다.

그런 탓에 신병 적응기간을 끊임없이 불안하게 지냈다. 이 기간이 끝나면 사람들이 "그동안 시간을 줬는데 이렇게도 못하느냐"라고 지적할까 봐 걱정했다. 나는 어떻게든 스스로를 변호하고 싶어서 자기소개서에 "실수를 너무 많이 하는 스타일이다"라고 적기도 했다. 또한 시키는 일은 일단 열심히 하려고 이리 뛰고 저리 뛰어다녔다. 내가 전입하고 일주일도 안 되어 부대에서 정기 회식을 했는데, 회식이 끝난 뒤 자리를 정리할 때 선임이 "이등병은 생활관으로 돌아가라"라고 했는데도 눈치를 보면서 최대한 치울 건 다 치우려고 했다.

나는 나 혼자만의 전투를 했다. 총알이 이리 뛰고 저리 뛴다고 생각하며 참호에서 귀를 막고 벌벌 떨고 있었다. 실제로 밖에서 총을 쏘는 사람은 아무도 없었다. 그러나 나는 이렇게 하다가는 총에 맞아 죽고 말겠다고 확신하면서 매일같이 참호를 넓혔다. 참호의 깊이는 점점 깊고 깊어졌다. 정신을 차려보니 너무 깊게 파서, 나는 참호 밖으로 나갈 수가 없었다. 이제 총알보다 밖에 나가지 못해 굶어 죽을 걸 걱정해야 할 판이었다.

그런데도 나는 총알이 언젠가는 나를 죽일 거라고 생각하고 매일 새벽마다 잠을 줄여가면서 감정의 참호를 더 깊게 파고 있었다. 참호는 깊어지고 밖으로 나온 흙은 산을 이루어, 내 시야는 완전히 막혔다. 그것들이 마침내 소리까지 차단해 총성이 들리지 않았을 때에야 비로소 나는 참호 속에서 잠을 청했다.

그때 나는 항상 선임들이 나를 욕한다고 생각했다. 특히 경례 때문에 더 그랬다. 나는 교육사령부에 있던 시기에도 경례 구호가 틀리거나 목소리가 작아서 혼날까 걱정한 나머지 나보다 조금이라도 계급이 높은 사람을 최대한 피하려고 했다. 그래서 경례 자체를 할 기회는 별로 없었다. 그러나 부대에서 경례는 피할 수 없는 숙명이었다. 나는 수시로 경례를 해야 했다. 그런데 얼마나 긴장했던지, 나는 선임 병사를 보고서도 그저 뻣뻣하게 앞을 보며 걸어갔을 뿐이다. 마주치는 선임에게 경례를 하지 못하고 생활관에서 '어떡하지? 어떡하지?' 하면서 손톱을 물어뜯는 게 전입 초기의 일상이었다. 게다가 내가 있던 부대는 BX 근처에 흡연장이 있어서 선임들의 대화를 엿들을 수 있었는데, 어떤 선임 병사가 "요즘 신병들은 빠져가지고 문제야"라고 말하는 걸 우연히 듣고는 내가 찍혔다고 확신하기도 했다.

신병 전입기간에 부대에서는 유연하게 지침을 정했지만, 나는 공연한 어림짐작 때문에 또는 지나가는 말 때문에 굳어서 사람들을 무서워하게 되었다. 오죽하면 그 무렵에는 날이면 날마다 선임 병사들에게 둘러싸여 욕먹는 꿈을 꾸었을까. 그런데 일병이 되어 조금 여유로운 상황에서 물어봤더니 선임 병사들이 웃으면서 "별 생각 없었다"고 하는 말을 듣고 오해를 풀었다. 그러나 신병 이상문은 그때 그 사실을 알 수가 없었다. 그저 하염없이 눈치만 보았다.

그런 상황이었지만 일단 표면적으로는 괜찮아 보였다. 점점 부대의 일원으로서 자신의 일을 조금이라도 하게 되었다. 그렇기 때문에 어느 누구도 내가 그런 생각을 한다는 사실을 눈치채지 못했다. 그래서 훗날 일이 터졌을 때 담당 간부는 "네가 그럴 줄은 생각도 못했다"고 말하기도 했다. 사실 나조차도 그때의 불안감은 그저 신병이 흔히 겪는 감정인 줄 알았다. 무언가 유별난 징조가 아니라 모두들 겪어내는 감정의 일부라 여겼다.

신병 적응기간이 끝난 뒤, 나는 부대 정문을 담당하는 업무를 본격적으로 맡게 되었다. 부대 정문을 열어 방문객을 확인하고, 차량 번호를 기록하고 통과시킨 다음 다시 문을 닫는 일이 반복되었다. 철문을 열고 닫으면서 나는 다양한 사람들이 들어오고 나가는 모습을 보았다. 일을 잘 못할 줄 알았는데, 걱정과 달리 내가 업무 처리하는 능력은 조금 나은 수준이어서 아주 욕을 먹지는 않았다.

신병 이상문은 그렇게 점점 ×××부대의 일원으로 녹아들어 갔다. 실수를 거듭하며 일을 배우고 내 것으로 체득하는 가운데 어느덧 이등병 기간이 흘러갔다. 이등병은 일병이 되었다. 나는 이런 식으로 군대에 무사히 적응해나갈 수 있다고 믿었다. 비슷비슷한 나날을 이제 20개월 정도만 버티면 된다고 믿었다. 그러나 사건이란 갑자기 찾아와 사람을 괴롭히는 법이다.

어느 날 간부가 부대에 병영상담관이 올 예정이니, 자기한테 전화하고 통과시키라고 말했다. 특별한 사람이 올 때는 흔히 그랬기 때문에 나는 그날도 그런가 보다고 생각했다. 드디어 병영 상담관의 차가 부대 정문 앞에 섰다. 나는 동행한 간부와 차량 번호를 확인한 다음 그 상담관이 왔다고 선임에게 보고했다. 선임은 전화를 한 뒤 문을 열라고 했고, 나는 철문을 열어 차를 통과시켰다. 상담관은 고맙다면서 웃었고, 나도 괜히 따라 웃으면서 경례를 했다. 평소와 다름없었기 때문에 별 생각 없이 초소에서 대기하고 있었는데, 갑자기 장비를 찬 다른 선임병사가 오더니 "상문아, 잠깐 부대에 올라갔다 와라" 하고 말했다.

나는 무슨 일인가 싶어 어안이 벙벙했지만 일단 올라가라고 하니 장비를 풀고 부대로 복귀했다. 담당 간부는 "신병 집단상담을 해야 해서 불렀다"면서 회의실에 가 있으라고 했다. 부대가 워낙 외진 곳에 있어서, 주기적으로 해야 하는 상담을 이제야 하게 되었다는 것이었다. 신병인 나뿐만 아니라 신병 전입기간에 상담을 하지 못한 일병들도 그 대상에 포함되었다. 나는 형식적인 절차이겠거니 하면서, 근무 도중에 빠져서 좋다는 생각만 하며 회의실로 향했다. 그리고 그날부터 신병 이상분이 적응기간에 꾸었던 꿈이 점점 현실로 바뀌어갔다.

05

하루하루 버티고 있다

20××년 ×월 ××일

어느 순간 이병에서 일병을 달았다. 아직 신병 티를 벗어나지
못한 듯한데, 벌써 후임이 생겼다. 제법 선임다운 모습을 갖추게
되었다고 누군가는 그러지만, 나는 영 아니라고 생각한다. 아직
도 부족하고, 미숙하며, 자수 실수한다. 선임들은 "이 시기에는
누구나 다 그렇다"고 조언하지만, 내 행동이 여전히 신경 쓰이
고 폐를 끼치는 것 같아서 걱정이다. 그럴수록 열심히 하려고 노
력해본다. 미안함을 덜기 위한 행동이라 해야 할까? 남들이 나를
어떻게 평가할지는 모르겠지만, 스스로 최선을 다한다는 생각으
로 하루하루 버티고 있다. 나도 점점 나아질 수 있다고 확신해본

다. 실제로 상 하변식은 맨 처음보다 훨씬 더 보기 좋아져 나름
잘하고 있다. 다른 영역에서도 그러기를 기대해본다.

20××년 ×월 ××일

불안감은 언제나 나를 따라다닌다. 그 정도는 누구나 지니고
있는 수준을 훨씬 뛰어 넘는다. 나름대로 조절하고 있지만, 나는
언제나 일상적인 불안감에 빠져 있다. 특히 군대에 있는 지금은
얼마나 더하겠는가! 겉으로 내색만 하지 않을 뿐이다. 우리 부대
는 분명 좋고, 내 직무에도 매우(그리고 열렬히) 만족하지만, 가슴
속 한구석에 존재하는 불안감이란! 세부적으로 분해해보지 않
아도 알 수 있다. 선임을 대하는 태도는 어떠해야 하는지, 후임은
어떤 식으로 다루어야 하는지, 근무는 어떻게 더 효율적으로 해
야 하는지, 내가 더 버틸 수 있을지 말이다. 그 밖에 불안한 점은
더 많지만, 우울해질 것 같다. (사실 지금도 충분히 그렇다. 무뎌진
편이지만, 군대에 있는데 어느 누가 일정 수준의 우울함이 없겠는가!)
아무튼 그럼에도 나는 하루하루를 버티고 있다. 우리 부대 사람
들이 잘해주기 때문에 아주 큰 힘이 되고 있다.

20××년 ×월 ××일

어떻게 해야 할지 잘 모르겠다. 전에도 수없이 고민했던 지점
이 무너져가고 있음을 절실하게 느낀다. 그리고 스스로의 자신

감을 깎는다. 솔직하게 고백하자. 나는 자신감이 없는 것과 마찬가지다. 겉으로는 괜찮아 보였을지 몰라도 실상은 아니었다. 자신감은 항상 결여되어 있었다. 또한 타인의 시선에 신경 쓰느라 내 주장에 대한 확신이 없고 위축된다. 내 주장이 무언가 잘못되었다는 사실은 인지하지만, 압박당한다. 그래서 주장은 반드시 논박당한다는 대전제를 잘 알면서도 그것을 꺼려한다. 때문에 곧잘 우울해지곤 한다. (심지어 일기에서마저 그렇다.)

잠깐 옆으로 샌 것 같다. 본격적인 이야기를 한번 해보도록 하자. 나는 그동안 내가 많이 부족하다고 생각했다. (지금도 그렇다.) 그래도 어떤 면에서는 남들보다 확실히 우위에 서 있다고 생각했다. 그렇기에 그 부분을 사랑하고 과시했으며 깊게 파고들었다. 그 속에서 나는 어느 정도 자존감이 생겼고, '그래, 이건 누구보다 잘할 수 있어'라고 생각했다.

그러나 환상에 불과했다. 더 큰 세계로 나아가면서, 내가 우위에 있다고 여기던 부분에서 가장 보잘것없는 존재였음을 깨달았다. 그러자 모든 부분에 상실감이 찾아들었다. 자존심은 토대마저 사라졌다. 남은 것은 허무이고, 불안이며, 우울함이다. 말은 그럴듯하게 하는 것처럼 보이지만(요즘은 이것마저 안 된다) 실상은 아니다. 하루하루 무의미하게 페이스북만 하며 좌절을 겪는다. 딜레마는 더 심해지지만 방도가 없다.

20××년 ×월 ××일

나는 철문을 연다. 적어도 내가 근무하는 시간에는, 모두 나를 통해서 나간다. 그러나 정작 나는 나갈 수 없다.

06

미운 보라매 새끼

어느 날 내 일기에는 이렇게 적혀 있다. "내가 철문을 열고 닫는데, 나는 나가지 못하네." 과연! 내가 문을 여닫으며 사람들을 들여보내고 나가게 하는데, 막상 나 자신은 나가지 못한다. 휴가를 제외하면 나라는 인간은 오직 문 가까이에서 부대와 사회의 경계만 건드릴 뿐이었다. 신병 초기에는 군대에 오면 누구나 하는 생각이라고 여겼다. 이건 그저 신병의 성장통이려니 정의하고 첫 휴가를 기다렸다. 그런데 병영상담관이라는 외부인이 경계를 넘어 부대로 들어왔을 때, 나는 이것이 성장통이 아니라는 사실을 알았다.

회의실로 들어가니 다른 병사들이 모여 앉아 있었다. 곧이어

여성 병영상담관이 환하게 웃으며 들어왔다. 그리고 "부대가 외져서 많이 준비하지 못해 미안하다"고 했다. 병영상담관은 과자가 가득 찬 봉지를 두 손으로 들고 있었는데, 미안하다고 하기에는 너무 많은 양이어서 우리가 조금 무안할 정도였다. 병영상담관이 과자를 각 병사에게 나눠주면서 먹으라고 권했다. 그러고는 지금부터 그룹 상담을 할 텐데, 어려운 일이 아니니 마음을 편하게 먹어도 된다고 했다.

병사들은 다양한 게임을 했다. 「둥글게 둥글게」 노래를 부르면서 손잡고 춤을 추기도 하고, 쓰지 말아야 할 단어를 서로 몰래 정해서 그 단어을 말하는 사람에게 벌칙을 주는 게임도 했다. 자연스럽게 분위기가 화기애애해졌다. 그런데 다음에 이어진 활동에서 회의실의 온도는 급격하게 내려갔다. 병영상담관이 우리를 원형으로 세우더니 말했다.

"지금 우리가 원형으로 서 있죠? 제가 서 있는 지점을 0이라고 하고 저쪽에 저를 마주 보고 있는 병사가 있는 곳을 100이라고 하겠습니다. 군생활 만족도를 100점 만점이라고 할 때, 자신이 생각하는 현재 군생활 만족도에 한번 서봅시다."

그러자 병사들이 흩어져 자신의 자리에 섰다. 원은 금방 채워졌다. 100에는 H일병이 섰다. 그는 군대에 와서 사람도 많이 사귀고 운동도 하는 생활이 좋다고 했다. 상담관이 웃으면서 멋지다고 말해주었다. 80에는 K일병이 섰다. 자신은 군대 자체가 만족스럽지는 않지만, 적응하니까 조금 정감이 가는 분위기라고 했다. 상담관이 좋은 발언이라고 했고, 다른 병사들은 고개를 끄덕였다. 그렇게 해서 70에 서 있는 병사, 60에 서 있는 병사의 차례가 지나갔다. 상담관이 "여러 사람들이 있군요. 모두 만족하기는 어려울 겁니다"라면서 마무리하려고 할 때, 상담관과 내 눈이 마주쳤다. 상담관은 내가 서 있는 장소를 보더니 약간 당황한 기색이었다. 옆에 있던 병사도 조금 놀란 표정으로 나를 바라보았다. '무슨 문제일까?'라는 생각이 들 즈음, 그제야 나는 내가 0의 자리에 서 있다는 것을 깨달았다.

그때는 내가 철문을 여닫으면서도 정작 나는 나가지 못한다는 생각으로 기분이 좋지 않은 상황이었다. 이런 이야기를 할 때마다 선임들은 "신병 때는 나도 그랬다"고 해서 스쳐 지나가는 과정이려니 여겼다. 몇 달만 버티면 나도 그들처럼 여유롭게 팔짱을 끼며 신병에게 충고할 수도 있으리라고 믿었다. 그러나 이 생각은 계속 나를 괴롭혔다. 그래서 나는 언제나 한숨을 달고 지냈다. 특히 철문을 지키는 초소에 있을 때 더욱 그랬다. 하도 한숨을 쉬니까 그 모습을 본 선임이 무슨 일 있느냐고 먼저 물어볼 정도였다. 나는 일이 커질까 싶어 그저 괜찮다고만 했고, 그러면 선임들도 그냥 넘어갔다.

그러나 병영상담관이 내게 심각한 무언가가 있다고 생각하면서, 나의 일은 점점 꼬여갔다. 상담관은 0에 서 있는 나를 잠시 바라보더니, 혹시 집단상담 끝나고 시간이 있는지 나직한 목소리로 조용히 물었다. 그날 나는 다음 근무까지 별 일이 없었기 때문에 그렇다고 대답하자, 상담관은 추가 상담을 하고 싶은데 시간을 내줄 수 있는지 물었다. 나는 '귀찮게 무슨 추가 상담까지 해야 하지'라고 생각했지만, 잠시 후에 들어온 주임원사까지 추가 상담을 권하는 바람에 상담관과 이야기를 이어갈 수밖에 없었다.

병사들이 웃고 떠들던 회의실에 적막이 흘렀다. 넓은 회의실에 나와 상담관 단둘만 남았다. 상담관은 공책을 펼치고 내 신상 정보를 간단히 묻더니, 볼펜으로 무언가를 적었다. 상담에서 내담자의 기본 정보를 아는 것은 당연한 일이지만, 나는 그때 상담관의 모습이 나를 취조하는 형사에 가깝다고 생각했다. 이어서 상담관, 아니 형사는 나에게 무슨 고민이 있는지 물었다. 나는 솔직하게 말했다.

"요즘 우울하다는 생각이 많이 듭니다. 저의 자유가 완전히 사라진 느낌입니다. 누구나 군대에 끌려오면 느끼는 감정입니다. 그런데 저는 그 자유를 구속하는 철문을 열고 닫는 일을 하지 않습니까? 제가 그 철문을 여는데 저는 나갈 수 없다는 건 얼마나 비극입니까? 문을 잘 여닫지 않는 새벽에는 초소에서 하늘을 바라보며 그런 생각을 합니다. '도대체 뭐 하는 거지? 여기서 나를 속박하는 걸 스스로 부수지 못하고 무얼 하는 거지?' 그러다 보니 사람이 점점 바닥으로 떨어지는 기분입니다. 겉으로는 웃어도, 내면은 전혀 웃는 기분이 아닙니다. 여러 가지를 시도해봅니다. 사지방(사이버 지식정보방)에 틀어박혀서 온종일 인터넷만 하기도 하고, BX에서 월급을 탕진해보기도 합니다. 그래도 저는 자유롭지 않습니다. 결국 내가 여기에서 나가는 것만이 진정한 자유라는 결론을 내립니다. 그렇지만 당장 나갈 수 없습니다. 지금 여기서 어떻게 나가지? 나의 검은 개를 어떻게 쫓아내지? 그러다가 저는 '죽으면 되지 않을까?'라는 막연한 생각을 하게 되었습니다. 하지만 막상 시도하려니 겁이 나고, 자유는 찾고 싶고, 2년을 기다리기는 너무 힘듭니다. 그래서 저는 망설임 없이 0에 섰습니다."

형사는 내 말을 들으면서 열심히 취조 보고서를 적었다. 자살이라는 말을 듣고 갑자기 더 분주해지는 듯했지만, 나는 알아차리지 못했다. 형사는 우선 "많이 힘들었겠구나"라는 말로 시작해서 이런저런 위로의 말을 건넸다. 나는 그 말들을 따뜻하게 가슴속에 담으면서 '귀찮지만 이렇게 말하고 나니까 좋구나' 생각했다. 그러나 형사가 다음 말을 하는 순간, 나는 그 생각을 토해내고 말았다.

"그런데, 상담 내용은 비밀이지만, 자살은 사고와 연관되니까 위에 보고해야 해요."

나는 정신이 아득해졌다. 형사는 법적으로 그렇다고 말했지만,

나는 울먹이며 형사에게 빌었다. 자살 이야기는 제발 위에 하지 말아달라고, 다른 건 몰라도 그것만은 안 된다고. 만약 그 이야기가 퍼지면 나는 문제병사가 될 테고, 부대에 있는 모든 사람들의 안줏거리가 되어 이리저리 술상에 오를 것이다. 무엇을 하든 간에 관심병사라는 수식어가 따라 붙을 테고, 조금이라도 배려를 받으면 특혜니 뭐니 욕먹을 게 뻔했다. 무엇보다도 겨우 군대에서 구축해놓은 일상이 산산조각 나게 생겼다.

나는 군생활을 조용히 하면서 끝까지 마치고 싶었다. 그 소망을 방해하는 요소는 지우고 싶었건만 상황이 이상하게 돌아갔다. 생각이 거기까지 미치자, 나는 무릎만 꿇지 않았을 뿐 사실상 그런 상태에서 눈물이 흐르기 직전인 표정으로 형사에게 다시한 번 말했다.

"제발, 부탁드립니다. 그것만은 이야기해주지 않으시면⋯⋯."

"죄송해요. 저도 어쩔 수 없어서요."

형사는 몹시 곤란한 표정을 지으면서 미안한 투로 말했다. 그리고 계속해서 자기도 어쩔 수 없다고 했다. 그 말을 머리로는 이해했지만, 마음으로는 받아들이지 못했다. 결국 나는 포기하고 생활관으로 올라갔다. 다른 병사들이 괜찮으냐고 물어봤지만, 나는 아무 말도 하지 않고 쭈그려 앉아 생각에 잠겼다.

이제, 다른 신병들이 알을 깨고 보라매로 태어날 때, 나만 혼자 보라매로 태어나지 않게 되었다. 무슨 새가 될지는 아무도 모른다. 다만 확실한 것은, 나는 보라매가 아니며, 그 무리 속에서 동정이든 멸시든 이전과는 다른 시선을 느끼게 된다는 것뿐이다. 알을 깬 나는 이제 어떻게 될까. 나는 그런 걱정 속에 하루를 마무리했다. 갑자기 길어졌던 하루가 그렇게 지나갔다.

07

보라매역에서

"모병제에 대해서 어떻게 생각하세요?"

병무청 공무원이 물었다. 나는 순간 내가 무슨 말을 들었나 싶어 되물었다. 그러자 병무청 공무원은 친절하게 다시 한 번 질문을 말해주었다. 자신 있게 공군 면접을 준비하던 나는 서울지방병무청에서 할 말과 갈 곳을 잃어버렸다.

나는 보라매가 되고 싶었다. 보라매처럼 훨훨 날아다니고 싶었다. 그래서 나는 보라매역에서 내렸다. 보라매역 근처에는 서울지방병무청이 있다. 보라매가 되기 위해서 나는 반드시 그곳에 가야만 했다. 보라매는 공군의 상징으로, 태어난 지 얼마 안 된 어린 매를 가리킨다. 어려서 사람 말을 잘 듣고 왕성하게 활동하기 때문에 사냥용 매로 적합하다고 한다. 보라매가 되고 싶었다는 것은 공군 병사가 되고 싶었다는 말과 같다.

엄밀하게 말하면, 보라매는 어쩔 수 없는 선택이었다. 나는 군대에 가야만 했고, 육군은 죽어도 싫었다. 그때는 이른바 윤일병 사건과 임병장 사건이 일어난 지 얼마 안 되었기 때문에, 육군의 이미지가 너무나 좋지 않았다. 의무라고 해서 군대에 갔는데, 죽을 수는 없지 않은가? 그래서 카투사에 사람들이 몰렸다. 개인 시간이 철저하게 보장되고, 사건 사고도 적으며, 미군과 함께 생활하기 때문에 영어도 배울 수 있다. 좋은 군대였지만 내 영어 점수가 엉망이었기 때문에 갈 만한 형편이 아니었다.

그렇게 끙끙 앓고 있을 때, 공군이라는 선택지는 나에게 내려진 한 줄기 빛과 같았다. 공군은 복무기간이 육군보다 3개월 더 길지만, '국군의 신사'라는 별명이 붙어 있었고 무엇보다도 휴가가 다른 군보다 많았다. 게다가 내가 지원하기에 유리한 전형이 있었기 때문에 나는 전혀 망설이지 않고 공군에 지원했다.

공군에 지원하려면 고등학교 내신 성적 또는 수능 성적을 제출해야 했다. 의무 사병 하나 뽑는데 그런 것까지 보느냐고 생각했지만, 그때는 육군에 가지 않을 수 있다는 가능성 하나만으로도 너무 기뻐서 생각이 거기까지 미치지 못했다. 고등학교 때 학업을 게을리하지 않은 덕분에 1차 전형을 가뿐히 통과한 나는 2차 전형 장소로 갔다. 2차 전형은 지방병무청에서 면접을 보는 것이었다. 서울지방병무청은 보라매역에서 조금 떨어진 곳에 있었는데, 내가 보라매가 되려고 하니 역 이름도 이렇게 바뀌었나 너스레를 떨기도 했다. 실제로는 보라매공원이 근처에 있어서 역명도 그렇게 지어졌다고 한다. 아무튼 공군에 합격하는 좋은 일이 있기를 바라면서 나는 서울지방병무청으로 향했다.

서울지방병무청 면접 대기 장소에 앉아 있으니 나와 비슷한 또래로 보이는 남성들이 하나둘 들어왔다. 면접 본다고 다들 무채색 계열의 코트나 세미정장 스타일의 옷을 입었는데, 나는 학교에 다녀오는 길이라서 체크무늬 셔츠에 청바지를 입은 가벼운 차림이었다. 그래서 '혹시 비교가 되어 떨어지면 어떡하나' 하고 조금 긴장했다.

그렇지만 공군 면접은 형식적이라는 후기를 믿기로 했다. 또한 나는 위키피디아와 공군 홈페이지를 뒤져가며 공군의 역사, 신조 등을 최대한 외워둔 터였다. 공군은 언제 창설되었으며, 우리 공군의 주력 기종은 무엇이며, 공군참모총장은 누구인지 등등. 평소 같으면 찾아보지도 않았을 자료들을 군대에 가야 하니까 정리하고 암기했다. 그래서 나만큼 잘 아는 사람도 없을 거라는 자만심도 약간 생긴 덕에 긴장감은 금방 사그라졌다. 면접 시간이 가까워지자 병무청 공무원이 나와서 면접이 어떻게 진행되는지 간략하게 설명하고 몇 명을 위로 올려보냈다.

면접 시간이 생각보다 짧은지, 많은 사람들이 들어갔다가 금방 나오는 모습을 지켜봤다. 그러다 보니 어느덧 내 차례가 되었다. 나는 어느 병무청 공무원과 마주 보고 앉았다. 거리가 가까워서 면접이라기보다는 마치 상담 같은 느낌을 받았다. 그 공무원은 내 신상 정보를 간단히 확인했다. 옆 사람이 3분도 안 되어 나갔기 때문에 나도 그런 정도만 확인하고 나가겠거니 생각했다. 그런데 병무청 공무원이 모병제를 어떻게 생각하는지 물어보자 나는 잠시 멍해졌다.

뭐라고 대답해야 할지 확신할 수 없었다. 평소 신념대로라면 "네, 저는 당장 모병제로 전환해야 한다고 생각합니다"라고 했겠지만, 그러면 면접에서 떨어질 확률이 꽤 높아진다. 뇌세포들이 바로 회의를 열었다. 신념대로 말하자는 쪽과 타협하자는 쪽으로 갈라져 토론을 시작했다. 뇌세포들은 의견 차이를 좁히지 못하고 결국 난투극을 벌였다. 그 탓에 나는 "어어……"거리기만 하고, 대답은 지연되고 있었다. 보다 못한 상담관이 "그래서요?"라고 묻자 타협하자는 뇌세포 무리가 단상을 점거하고 자신들의 주장을 관철해버렸다. 나는 "네, 저는 현재 상황을 볼 때 대한민국에서 징병제는 필수입니다"라고 대답해버리고 말았다. 병무청 공무원은 만족스럽다는 듯 가볍게 웃으며 수고했다고 말하면서 집으로 가도 좋다고 했다.

나는 바로 밖으로 나와 한동안 생각에 잠겼다. 나는 군대에 가기 위해서 내 신념을 저버렸다. 평소에 사회정의니 뭐니 하고 떠들었지만, 막상 중요한 순간에 나는 비겁했다. "시험에 들게 하지 말라"고 하지 못했다. 나의 편안함을 위해 내 생각을 배신했다. 그때는 그 순간에만 그랬을 뿐이라고 스스로를 위로했다. 앞으로는 그러지 않으면 된다고 생각했다. 나는 그 맹세를 지켰다. 그러나 벌은 피해갈 수 없었는지, 군대에서 정신적 대가를 치르기도 했다.

나는 경쟁률이 꽤 높은 공군에 지원해서 단번에 붙었다. 나는 이제 또 다른 시작이 다가온다고 생각했다. 잠시 세상과 거리를 두고 새로운 삶을 살 수 있다고 믿었다. 이런저런 계획도 세웠다. 공군은 사병들의 시간을 잘 지켜준다고 들었기 때문에 공부와 운동을 열심히 해서 새로운 나를 만들자고 다짐했다. 그리고 정말로 나는 입대 이후에 완전히 다른 삶을 살 수 있게 되었다.

3
장

선
고

01

청문회

회의실은 왁자지껄했다. 의원들은 웃고 떠드느라 여념이 없었다. 청문회라는 이름으로 소집되긴 했지만, 별일 아니라고 여겼다. 어제는 이 군群이 BX에서 무엇을 사 먹을지 결론을 내지 못해 미각을 담당하는 관리자들을 불러 무엇이 최선인지 묻는 자리가 있었기 때문이다. 오늘도 필시 그런 일이라고 생각했다.

의원들은 의장이 들어온 것조차 모르고 있었다. 의장석에 앉은 박 의장은 의원들의 모습을 한번 살펴보더니 인상을 쓰면서 마이크를 두드렸다. 그러자 몇몇 의원이 박 의장 쪽을 바라보았고, 그제야 소란스러운 장내가 조용해졌다. 박 의장은 만족스러웠는지 살짝 미소를 지었다. 발언을 시작하려고 하자, 한 의원이 불쑥 손을 들고 말했다.

"오늘도 간단히 끝날 것 같은데, 일의 개요만 듣고 처리하면 어떻겠습니까?"

그러자 다른 의원들이 동조하면서 "옳소!"라고 외쳤다.

"맞습니다. 어차피 지금 청문회도 휴가 계획 따위의 구체적인 일을 정하는 거 아닙니까?"

또 다른 의원이 손을 들면서 말했다. 그런데 박 의장은 고개를 가로저으면서 말했다.

"물론 오늘 일은 간단한 사안입니다. 그러나 안타깝게도 조금 시간이 걸릴 겁니다."

시간이 걸린다는 말에 어떤 의원은 벌써부터 지루하다는 표정을 지었지만 딱히 불만을 드러내지는 못했다. 박 의장이 또 무슨 말로 자신들을 질책할지 몰라서였다. 사실 의원들이 이렇게 여유로운 상황에서 박 의장이 버틴 것은 꽤 이례적인 일이었다. 평소 같았으면 박 의장은 들어오자마자 호통을 치면서 상황을 정리했을 터이다.

국방색 모자에 새까만 선글라스를 쓰고 다니는 그는 매사에 강한 정신력을 요구하는 인물이었다. 입대 전에는 아무 역할도 없는 한량에 불과했는데, 이 군이 군대에 들어가자마자 갑자기 의원들을 휘어잡는 목소리를 내더니 기어코 다른 기관장들에게 명령을 내리는 월권행위를 했다. 핵심 각료인 이성(理性) 등은 완전히 통제하지 못했지만, 의원들 정도는 통제할 수 있었다. 그는 의원들을 윽박질러 이 군을 군대에서 살아남게 했다. 처음에는 반발하는 의원들이 그를 어떻게든 끌어내리려고 시도해봤지만 실패하고 말았다. 오히려 그는 스스로 의장석에 앉아 회의나 청문회를 주도했다. 상황이 이렇게 되니 박 의장에게 대항할 사람은 아무도 없게 되었다.

오늘은 여유로운 주말 분위기에 더해, 최근 박 의장이 미소 짓는 일이 많아지자 박 의장의 비위를 잘 맞추었다고 생각한 일부 의원들이 이제는 좀 괜찮겠지 싶어서 금방 끝내자고 제안했다. 그러나 박 의장은 단호하게 거부했고, 그제야 의원들은 자신들이 마주하고 있는 상대가 박 의장이라는 사실을 제대로 인지하고 지루한 청문에 불만을 제기할 생각도 못하게 된 것이다.

"오늘 사안은 정말 별게 아닙니다. 이 군이 또 자살소동을 벌였을 뿐입니다. 간단히 이성에게 몇 가지를 묻고 대책을 세우고자 합니다. 약간 길어질 수도 있겠지만 바짝 하면 수면 시간은 확보되겠지요."

의원들은 자살이라는 말을 듣고 혼란에 빠졌다. 회의장은 다시 소란스러워졌다. 아무리 박 의장 앞이라고 해도 자신들이 사라질 수도 있는 중대한 사안에 놀라지 않을 수 없었다. 의원들은 이 군이 왕따를 당해 자살을 시도했던 때를 떠올렸다. 그때는 하루하루가 위기였다. 이 군은 수시로 옥상에 올라가거나 유서를 썼으며, 방문에 끈을 거는 행동을 했다. 덕분에 의원들은 쉬는 날도 없이 회의를 소집해 어떻게든 자살만은 막아보려고 애썼다.

그 정도로 중대한 사안인데, 자신들에게 보고된 바도 없고 이제야 청문회가 열린다는 것이 사안을 더 심각하게 만들었다. 최근에 박 의장이 이 군을 어느 정도 통제하고 있기 때문에 박 의장은 진작에 알았을 텐데, 그 사실을 의원들에게 알리지 않았다.

"이런 중대한 사안을 이제야 말하면 어떡합니까! 자살이 뭐가 별게 아닙니까!"

회의장 끝에 앉아 있던 의원이 일어서서 소리쳤다. 다른 의원들도 일어서서 박 의장에게 항의했다. 하지만 박 의장은 오히려 의사봉을 세게 내리치면서 의원들에게 화를 냈다.

"일단 좀 듣고 나서 이야기합시다, 좀! 최근에 여러분이 질서를 따르는 것 같더니만, 다시 이러깁니까?"

그래도 의원들이 계속 소리치며 항의를 이어가자 박 의장은 휘파람을 세게 불었다. 이내 경비원이 문을 열고 들어왔다. 경비원이 등장하자 회의실은 조용해졌다. 항의하던 의원들은 겁에 질린 표정으로 제자리에 앉았으며, 어떤 의원은 경비원 쪽을 보지 않으려고 아예 손으로 눈을 가리기도 했다. 정확하게는 경비원 때문이 아니라, 그가 데리고 온 머리가 세 개 달린 검은 개 때문이었다. 검은 개는 의원들에게 공포의 대상이었다.

박 의장이 키우는 이 개는 늘 성난 표정을 짓고 있었는데, 거기에 이빨이 몹시 날카로운 탓에 지나가던 아이가 개를 보기만 해도 울어버릴 정도였다. 더군다나 박 의장이 이 군의 몸을 통제하기 시작하면서, 회의장에서 박 의장을 비난한 사람들을 그 개가 물어서 끌어내기도 했다. 그래서 아무리 박 의장을 미워하는 사람이라도, 그 개가 등장하면 박 의장에게 아무런 반항을 하지 못했다.

회의실에 침묵이 흘렀다. 그러자 박 의장은 호탕하게 웃으면서 발언을 다시 이어갔다.

"제가 말씀드렸지요? 이 사안은 간단합니다. 간단해요. 다만 시간이 오래 걸릴 뿐입니다. 잠깐의 소란으로 시간을 낭비하긴 했습니다만, 이제라도 진행하면 그 시간을 다시 줄일 수 있을 겁니다. 자, 그러니까 시작합시다. 동의하시지요?"

의원들은 아무 말도 하지 않았다. 그러거나 말거나 박 의장은 개의치 않고 회의를 진행했다.

"자살소동이라고 이미 소개했지요? 자세한 내용은 이성이 들어오면 그에게 물어봅시다. 자, 그럼 이성 씨는 지금 당장 들어오세요."

그러자 경비원이 회의장 문을 열어 이성을 들여보냈다. 증인석으로 향하는 이성을 본 의원들은 '가라 군인'이 왔다고 쑥덕거렸다. 이성은 이 군과 똑같이 생겨서, 이 군의 상태가 어떠냐에 따라서 이성도 모습이 달라지곤 했다. 지금은 이 군이 군인인 상태여서, 이성도 늘 군복을 입고 있었다. 하지만 왠지 어설펐다. 군복은 입었지만 그 태가 살지 않았다. 보통 생각하는 군인의 각이라고는 전혀 찾아보기 어려웠으며, 밴딩(바짓단을 정리하기 위한 고무줄)도 한 것 같기는 한데 이상했다. 그래서 의회 일각에서는 그를 두고 '가라 군인'이라고 일컬었다. 이성을 조롱한 표현이지만, 이성은 크게 개의치 않았다. 스스로도 그렇게 생각했기 때문이다. 오히려 이성은 이런 별명이 마음에 들었다. 의회에서 이 군이라는 인간을 진성 군인으로 받아들이지 않았다는 의미였으니까. 그래서 이성이 자기 자신을 소개할 때마다 "나는 가라 군인입니다"라고 할 정도였다. 그리하여 어느 순간부터 조롱하는 의미는 사라지고 이성을 부르는 또 다른 말이 되어버렸다.

이성이 증인석에 앉자 박 의장은 그에게 바로 질문을 던졌다.

"그럼 이번에 일어난 소동에 대해서 먼저 설명해보세요."

그러자 이성이 사건을 설명하기 시작했다.

"그러니까, 사건은 오후 11시 정도에 일어났습니다. 이 군은 초소 근무를 서고 있었는데, 갑자기 부정 감정 쪽에서 급하게 이성 판단을 요구했습니다. 뭔가 했더니 자살 실행 계획이었습니다. 무슨 일인가 싶어서 상황실로 서둘러 가보았지요. 그랬더니 우울함 탱크와 무기력 탱크가 벌써 다 터져서 줄줄 새고 있었습니다. 저는 어쩔 줄 몰라 당황했지요. 그러고는 설마 하는 마음에 부랴부랴 중앙 통제실로 달려갔습니다. 그랬더니 총구를 입에 넣고 있는 게 아닙니까! 몹시 놀라던 차에 생존 본능이 스스로 작동해서 사태가 일단락되었습니다."

이성이 설명을 마치자 박 의장이 비꼬면서 물었다.

"그런데 이 군이 갖고 있던 게 실탄이 아니라 공포탄 아닙니까? 그건 죽으려고 한 행동이 아닌 것 같은데……. 그냥 으름장 아닙니까?"

박 의장의 태도가 마음에 들지는 않았지만, 다른 의원들도 같은 생각이었다. 말 그대로, 공포탄이다. 살상용으로 쓰는 도구는 아니다. 그런데 공포탄으로 어떻게 자살을 하려고 했나. 이해가 가지 않는 게 사실이다. 정말 자살할 마음은 없었던 게 아닐까?

"그 문제에 대해서는, 확실하게 대답하겠습니다. '입 안에서'라는 부분을 주목해주십시오. 제가 자살 실행 계획을 보고받았을 때 이 군의 최근 동향도 같이 보고받았습니다. 방금 공람으로 올린 자료를 봐주시길 바랍니다."

곧이어 모니터에 '최근 검색항목에 대한 보고서'가 떴다. 이성이 말을 이어갔다.

"보면 아시겠지만, 박 의장님 말처럼 공포탄을 사람에게 쏜다고 해서 실탄처럼 죽지는 않습니다. 그러나 분명 공포탄도 화약입니다. 만약 그걸 입 안에 넣고 쏘았다면? 어떻게 됐겠습니까? 입 안에서 화약이 터지지 않았겠습니까? 그렇게 된다면? 죽지는 않더라도 입이 다 터져서 죽는 것과 비슷한 상태가 될지도 모른다는 겁니다."

"그렇다고 해도, 자살이 목적은 아닌 것처럼 보입니다. 상해를 입어서 이 상황을 벗어나려고 한 것 아닙니까? 자살할 의지도 없었던 듯한데, 사안을 뭐 이렇게 심각하게 보고하셨습니까?"

"반은 맞고 반은 틀렸습니다. 그리고 평소 자살은 워낙 중요한 사안이기 때문에 관례대로 했습니다."

이성이 일그러진 표정을 지으면서 말했다.

"무슨 소리입니까?" 이해하지 못하겠다는 표정으로 박 의장이 물었다.

"가볍게 판단하실 것 같아서 보고에 같이 올리지는 않았지만, 지금 이 군은 이미 사망 상태입니다."

이 발언에 의원들은 모두 일제히 웅성거렸다. "자살이라니!"라고 크게 외치는 의원도 있었고, 자기가 사라지지 않는지 살펴보는 의원도 있었다. 박 의장도 당황해서 순간적으로 자기 손을 살펴보았다. 자신의 존재를 확인하기 위해서였다. 사망 상태였다면 자기들의 운명도 끝났을 텐데, 이상하게도 멀쩡했다.

여러 가지 의문이 들 수밖에 없는 상황이었다. 혹시 식물인간 상태인가. 하지만 그것도 말이 안 된다. 다른 기관들은 몰라도 의원들은 식물인간이 되는 순간 없어지기 때문이다. 평소의 박 의장이었으면 냉철하게 조용히 시키고 질의를 이어갔겠지만, 그도 멍청한 표정을 한 채 어쩔 줄 몰랐다. 이성은 이런 상황을 이해한다는 듯 잠시 심호흡을 한 다음 말했다.

"의장님, 발언해도 되겠습니까?"

그러자 겨우 정신을 차린 박 의장이 의사봉을 두드리며 장내를 진정했다. 의원들이 조용해지자 이성이 말했다.

"정신적으로 사망한 상태라고 말씀드리고 싶습니다. 조금 전 이 군의 온전한 정신은 거세되었습니다. 그래서 우리는 정신적 사망 상태라고 규정했습니다. 신체 조직이 아무런 영향도 받지 않고 여러분도 멀쩡하지만, 정신이라는 건 어느 정도 그 기능을 스스로 중단하게 되는 겁니다. 그래서 당분간은 여기 있는 어떤 사람도 제대로 된 권한을 행사할 수 없을 겁니다."

이성은 박 의장을 흘겨보면서 말했다. 박 의장은 입술을 꽉 깨물었다. 어찌 할 도리가 없었다. 월권행위를 일삼으면서까지 절대 권세를 누렸지만, 자기도 본질적으로 이 군의 몸에 속한 이상 그 핵심 가운데 하나인 정신이 무너져버리면 활동반경이 크게 제한되기 때문이었다. 박 의장이 분을 삭이는 와중에 한 의원이 손을 들고 이성에게 물었다.

"후유……, 이 군은 도대체 왜 의지라는 게 없습니까?"

이 의원이었다. 사람들의 시선이 이 의원에게 쏠렸다. 이 의원은 의원들 중에서 이 군과 가장 닮은 사람이었다. 기관장들이 그를 이성으로 착각해서 그에게 중요 보고서를 올리는 바람에 이성이 사안을 제대로 처리하지 못하는 소동까지 일어난 적이 있었다. 그는 박 의장과 죽이 잘 맞아 박 의장을 보좌하면서 월권행위에 가담하기도 했다. 이 의원은 박 의장이 등장하자 이 군의 정신이 완전히 개조될 수 있다고 기뻐했다. 하지만 그러기는커녕 오히려 더 심해지니 답답한 노릇이었다.

이 의원의 질문을 받은 이성의 얼굴이 붉어지더니 큰 목소리로 이 의원에게 소리쳤다.

"함부로 말씀하지 마십시오. 20년간 함께해온 이 몸, 이 군에 대해서 그렇게 함부로 말씀하지 마십시오. 의지가 없다니요? 지금까지 충분히 버텨왔습니다. 매번 보고를 드렸지만, 그 힘든 훈련소에서도, 정신적으로도 고통받는 순간에도 그는 자신이 버틸 수 있는 만큼 최대한 버텼습니다. 그리고 중요한 건, '그 사건'이 잇달아 벌어졌을 때도 버텼다는 사실입니다. 그런데 뭐라고요? 의지가 없다고요? 도대체 무슨 근거로 그렇게 말씀하시는지 모르겠습니다. 20년 동안 같이 살아오지 않았습니까! 이 의회를 만든 것도 그가 아닙니까! 그런데 무슨 의지가 없다는 겁니까. 함부로 이렇게 비난하는 여러분이야말로 의지가 없는 것 아닙니까? 진심으로, 진심으로 실망입니다."

의원들은 아무 말도 하지 않았다. 다들 한 방 맞은 표정으로 앉아 있었다. 그러나 이 의원은 납득하지 못한 표정으로 이성에게 물었다.

"과연 자살 시도만이 능사였을까요? 그 사건 때도 그렇고, 왜 자꾸 목숨을 끊으려고만 하는지 이해가 안 갑니다. 다른 방법도 충분히 있습니다. 단순히 도피일 뿐입니다."

"타당한 지적입니다. 그런데 왜 자살을 생각했는가, 왜 다른 방법이 아닌 자살이었는가, 도피라는 비난을 받으면서까지 자살이 왜 1순위가 되었는가. 그 점을 말씀드리기 전에 먼저 이 군이 생각하는 자살에 대해서 말씀드리겠습니다. 답변이 조금 길어질 것 같습니다만, 괜찮겠습니까?"

"계속하세요." 박 의장이 말했다.

"그럼 말씀드리겠습니다. 이 군이 생각하기에 자살이란 사라짐입니다. 세상에서 완전히 사라지는 거지요. 신이 있는지 없는지 우리는 모릅니다. 만약 여기에 그 안건을 상정한다면 피 터지게 싸우겠죠. 하지만 어찌 되었든, 태어남 자체는 우리가 아니라 타인의 의사 때문이었다는 얘깁니다. 우리는 태어남을, 그러니까 생겨남을 스스로 선택하지 않았습니다. 그러나 죽음은 다릅니다. 사라짐은 다릅니다. 그것은 자신이 선택할 수 있습니다. 게다가 자기 삶을 스스로 마무리하는, 자신의 의지 자체까지 소멸시키는 가장 극단적이고 자유로운 행위입니다. 이것이 이 군이 생각하는 자살입니다. 자유를 위한 최고이자 최선의 방법, 그것이 바로 자살입니다. 그러므로 이 군은 군대에서 자살을 선택했습니다. 아니, 자살하려고 했습니다."

"잠시만요. 그렇게 생각한다 해도 대다수가 군대 생활을 잘 마치고 전역하지 않습니까?"

이 의원이 다른 의문을 제기했다.

"그렇습니다. 분명 그렇습니다. 이 의원님 말씀이 맞습니다. 많은 사람이 군대가 지옥이라고 생각합니다. 그래도 대부분의 사람은 무사히 군대에서 나옵니다. 하지만 어떤 상태로 나옵니까? 군대에 자기 정신이 완전히 잡아먹힌 채로 나옵니다. 머릿속에 남은 건 순진한 이성이 아니라, 군대에 잠식당한 이성입니다. 물론 완전히 점령당하지 않는 사람도 많습니다. 그러나 어떤 부분에서는 반드시 영향을 받는다고 생각합니다. 이 군은 그런 점을 몹시 싫어합니다. 아시지 않습니까? 이 군은 순전히 이 군의 것입니다. 군대가 그것을 잠식하게 내버려둘 수 없었습니다. 그래서 이 군은 머릿속에서 군대의 흔적을 몰아내기 위해 투쟁했습니다. 하지만 마음대로 되지 않았지요, 그래서 극단적인 방법을 선택한 것입니다. 결국, 완전히 세상에서 해방된, 정신이 해방된, 그런 진정한 자유를 찾기 위해서 말입니다."

"집에 있는 부모님과 동생들 걱정은 안 합니까!" 이 의원이 주먹으로 책상을 치며 상기된 얼굴로 소리쳤다.

"그 질문이 왜 나오지 않나 했습니다." 이성은 예상했다는 듯이 이야기했다.

"자살을 시도하려고 하면 당연히 그 질문이 제일 먼저 나옵니다. 왜 가족들 걱정은 안 하느냐고, 너를 보고 고통에 빠질 사람들은 어떡할 거냐고. 하지만 생각해보십시오. 자살자들이 왜 자살을 하려고 합니까? 그런 점을 걱정하면서도 왜 자살을 하려고 합니까? 그만큼 힘들고 해방되고 싶기 때문입니다. 이 군도 가족 생각을 많이 했습니다. 그런데 그 순간에도(→가족을 생각하는 그 순간에도??) 군대는 이 군의 머릿속을 점령하려 했기 때문에 너무나 힘들었습니다. 아무리 집에 있는 가족들을 떠올려도 버틸 수 없을 만큼 힘들었습니다. 편한 부대에서 편하게 지내고 있었지만, 이 군은 버티지 못했던 겁니다. 그래서 자살하려고 한 겁니다."

"그래도 생명은 소중한 겁니다, 자살을 거꾸로 뒤집어보면 '살자'입니다. 자살이 진정한 자유라고 해도 삶을 포기하면 안 됩니다."

이 의원은 끊임없이 반론을 이어갔다.

"그건 말도 안 되는 소리입니다!" 이번에는 이성이 소리쳤다. 이성은 홍당무가 된 얼굴로 말을 이었다.

"자살을 뒤집으면 '살자'가 아니라 고통입니다. 자살을 생각하는 사람에게 사는 것은 곧 고통이기 때문입니다. 진정한 자유를 찾기 위한 여정을 그렇게 함부로 비난하지 마십시오. 저는 오히려 이 행위가 진정한 자유의지의 발현으로서 칭찬받아야 한다고 생각합니다. 틀린 선택을 한 것이 아닙니다. 방식이 다소 극단적이어도! 누가 보기에는 바보 같은 행위라고 할지라도! 이 군이 진정한 자유를 찾기 위해 이 군을 파괴하겠다는데, 다들 왜 이렇게 비난만 하십니까? 여러분은 이 군이 그렇게 심각하게 고민할 때 메뉴 고르기 같은 사소한 일들만 논의하지 않았습니까! 내가 지난번 청문회 때 이 군이 군대에 잠식당하고 있다고 주장하니까 가장 비웃은 사람들이 누구인지 아십니까? 친구들? 부모님? 간부? 선임? 후임? 다 아닙니다. 바로 당신들입니다. 당신들이 이렇게 만든 겁니다. 그때 조금이라도 같이 논의하고 해결책을 찾았더라면! 나 혼자 이렇게 고민하지 않아도 되었더라면! 이렇게까지 되지는 않았을 겁니다."

"자, 자, 이성 씨 진정하십시오. 이성 씨의 입장을 충분히 이해합니다. 하지만 생각을 조금만 바꾸면 모두가 더 좋은 결과를 만들고 이 군까지 행복해질 수 있어요."

박 의장이 이성에게 타이르듯이 말했다.

"허!"

이성은 어이없다는 표정으로 박 의장과 이 의원을 번갈아 가며 쳐다보았다.

"박 의장님, 그리고 이 의원님. 당신들에게 특별히 말씀드리고 싶습니다. 여기 있는 모든 의원이 사태를 더 나빠지게 하고 있습니다. 하지만 그중에서 제일은 당신들 두 사람입니다. 이제 분명히 말씀드립니다. 저는 더 이상 당신들이 이 군을 어지럽히는 걸 볼 수 없습니다. 이 군은 이미 90퍼센트를 군대에 잠식당했습니다. 저는 당신들 몰래 생각으로 저항하는 방법도 실천해봤습니다만, 더 분명한 해결책이 필요해 보입니다. 더 질문을 받고 싶지만, 그러기 전에 군대라는 기생충이 이 군을 점령해버릴 것 같습니다. 당신들과 군대에서 벗어나는 방법을 한시바삐 실행해야 합니다. 그것은 바로 정신 통제의 핵심을 완전히 파괴하는 겁니다. 그래서 저는……."

이 말과 동시에 이성은 권총을 꺼내 장전했다. 주변에서 "막아!" 하는 외침이 나오고, 박 의장과 여러 의원들이 급히 달려 나오려고 했다. 하지만 그사이에 "그동안 고마웠습니다"라는 말과 함께 이성은 방아쇠를 당겨버렸다. '탕' 하는 소리가 회의장을 크게 울리고, 이성은 피를 흘리며 쓰러졌다. "빨리 의료팀을 불러와!" 하는 고함과 함께 혼란스러워하는 의원들의 목소리가 뒤엉켜 회의장은 아수라장이 되었다.

그러나 의원들은 곧 제자리로 돌아갔다. 소란스러워진 틈을 타 경비원이 붙잡고 있던 머리 셋 달린 개가 짖으면서 이성 쪽으로 달려왔기 때문이다. 의원들은 물론이고 박 의장도 전혀 예상치 못한 상황이었다. 모두들 개가 하는 행동을 그저 지켜볼 뿐이었다. 이성 근처로 온 개가 피를 핥더니 다리를 물었다. 날카로운 이빨이 이성의 다리 살점을 뜯어냈다. 쩝쩝거리는 소리만이 회의장에 울려 퍼졌다.

의원들은 개가 워낙 험악하다는 건 알고 있었지만, 시체까지 건드리자 경악을 금치 못했다. 이 의원은 개가 피를 핥기 시작할 때 아예 책상 밑으로 숨어버렸다. 의원들이 경악하거나 말거나 개는 살점을 씹어 삼킨 뒤, 다시 이성을 물어뜯으려고 했다. 그나마 간신히 정신을 차린 박 의장이 적극 막아서 참극은 더 이어지지 않았다.

곧이어 도착한 구조팀은 황급히 이성을 회복실로 보냈다. 이성은 아직 의식이 돌아오지 않았지만, 죽지도 않은 상태였다. 그러나 의원들이 판단하기에 그 명이 거의 끝난 것 같았다.

"만약 이성이 죽어버리면 어떻게 되는 겁니까?"

"저희도 죽습니까?"

구조대원 한 명을 붙잡고 의원들이 물었다.

"죽을 확률은 낮습니다만, 만약 죽는다면 극한상황에서 통제가 불가능합니다. 일반적인 일은 기관장들이 이성을 대신해서 최대한 그럴듯하게 처리할 수 있지만, 극한상황에서는 여러 시스템을 작동하더라도 크게 어떻게 할 수가 없습니다. 이제 순전히 운에 맡겨야 합니다. 그나마 다행스럽게도 우리는, 외부에서 이 군을 관심병사로 지정했다는 정보를 입수했습니다. 사정이 훨씬 괜찮아졌습니다. 이성은 당분간 이 상태로 있을 것 같습니다. 깨어날 때까지 여러분은 여러분의 일을 적극적으로 처리해 주십시오."

구조대원은 이렇게 대답하고는 얼른 회의장 밖으로 나갔다. 의원들도 상황이 끝난 것 같다고 판단하고는 하나둘 나가기 시작했다. 박 의장은 의사봉을 두드리며 "안 끝났어!"라고 크게 외쳤지만 그 말에 응수하는 의원은 아무도 없었다. 개를 이용해 위협해보려고 했지만, 개는 이성의 살점을 뜯어먹은 뒤로 갑자기 공격성이 줄어들어 사람들에게 험악하게 굴지 않았다. 오히려 주인인 박 의장에게 크게 짖을 뿐이었다.

마지막 의원이 나가고 회의장에는 박 의장과 개만 덩그러니 남았다. 아니, 정확하게는 책상 밑에 숨어 있는 이 의원까지 남았다. 박 의장은 의사봉을 만지작거리면서 한참을 허망하게 웃었고, 이 의원은 개가 박 의장을 향해 짖을 때마다 몸을 움찔거리며 떨었다.

이날 상황은 일단 이렇게 끝났다. 이성은 이 군이 병장이 된 시점까지도 깨어나지 못하고 있다. 그러나 이 군은 버텼다. 이 군은 이것을 정신적 거세라고 표현하면서 "나의 정신은 죽었다"고 선언하긴 했지만, 아직 생존의 끈은 남아 있다. 이성이 언제 일어날지는 모른다. 그러나 이 군이 어찌어찌 계속 살아간다면, 군대에 저항하면서 꾸준히 버틴다면, 이성이 깨어나는 날도 금방 다가올지 모른다.

그런데 그런 날이 오기는 할까. 이런 의문 속에서 나는 자살을 선택한 내 이성의 곁을 지키곤 한다. 지금은 그때와 생각이 달라졌지만, 그날의 일들을 후회하지는 않는다. 그 후의 여러 자살 시도에 대해서도 그러하다. 나는 이 군이지, 군인 이 군이 아니기 때문이다. 군대라는 조직을 벗어나서 자유롭게 훨훨 날고 싶은 마음은 여전하다.

02

고양이와 해부실

나는 해부당하고 있었다. 군의관 손에는 아무 칼도 없었지만, 분명 나는 해부당하고 있었다. 군의관은 계속해서 내 마음을 헤집었다. 무어라고 하고 싶었지만, 그냥 군의관이 하는 질문에 솔직하게 대답했다. 그러지 않으면 내가 군대에서 도움을 받을 길이 없었기 때문이다. 관심병사로 지정된 후 부대에서는 나를 지방에 있는 군병원으로 보냈다. 부대 주변에 정신과가 없기 때문에 어쩔 수 없는 결정이었다. 동행한 간부가 정신과 진료실 문을 열기 전에 진지한 얼굴로 이렇게 말했다.

"혹시 입원할 수도 있으니까, 미리 알아두는 게 좋겠다."

입원, 입원이라. 거기까지는 생각해본 적이 없었다. 아니, 아예 관심병사가 된다는 가능성을 전혀 염두에 두지 않았기 때문에, 이런 상황에 놓이면 어떻게 할지 상상조차 하지 않았다. 그런데 간부가 그렇게 말하자 나는 내 상황이 왠지 심각해질 수도 있다는 느낌을 받았다.

관심병사는 군대에서 공식적으로 쓰는 용어가 아니다. 부대에서 나는 공식적으로 '도움/배려 병사'였다. 문제가 심각한 정도에 따라 도움과 배려로 나눈 것이다. 그렇지만 이건 어디까지나 서류상으로 그렇고, 실제 병사들 사이에서는 관심병사라는 말이 익숙했다. 군대에서 조금이라도 문제가 있는 병사를 발견하면 더 큰 사고가 생기지 않게 하려고 도움/배려 병사로 지정했다. 주된 관찰 대상이고, 증세가 심각하다고 여겨지면 아예 전역 절차를 밟기도 했다. 반드시 정신적인 문제로만 도움/배려 병사가 지정되는 것은 아니다. 다리를 다쳐서 일시적으로 지정된 경우도 있다고 들었다. 그러나 군대에서 도움/배려 병사가 되었다는 것은, 보통의 인식으로는 정신적으로 문제가 있어서 부대에 적응하지 못한 병사가 되었다는 뜻이다.

어느 날 초소에 있을 때 어디서 들어왔는지 우리 주위를 기웃거리는 고양이를 봤다. 드나드는 사람이 적은 한가한 때여서 나는 그 고양이를 퍽 반가워했다. 그래서 쓰다듬어주기라도 하려고 가까이 다가가자 고양이는 도망쳐버렸다. 같이 있던 선임은 아쉬운 표정을 하면서 고양이가 가버린 곳을 바라보았다. 그 순간, 고양이 울음소리가 들렸다. 고개를 돌려보니 고양이가 철문 밖에서 나를 향해 울고 있었다.

나는 고양이가 "난 여기서 마음대로 나갈 수 있다고!"라며 조롱하는 듯한 느낌을 받았다. 고양이 울음소리가 어떤 의미이건, 그런 느낌이 들자 마음속에 있는 댐이 무너져버렸다. 그동안 마음 안으로 흘러가지 못했던 우울한 감정들이 마음을 가득 채웠다. 나는 홍수 속에서 살려고 발버둥 쳤다. 그러나 물은 점점 차올라, 나는 질식하기 일보직전이었다. 무슨 대책이 필요했다. 나는 당장 자유로워지는 방법에 대해 생각했다. 그러자 자살이라는 단어가 머리를 스치고 지나갔다.

그 뒤로 무엇을 보건 자살과 연관시켜 생각하는 나날이 이어졌다. 총을 보면 공포탄으로도 사람이 죽을 수 있을까 하고 진지하게 고민했다. 이도 저도 아니면 산속으로 도망쳐서 굶어 죽자는 시나리오도 짰다. 군화끈을 보면 어떻게 문에 걸어서 목을 매달까 하는 생각도 했다. 그래서 하루는 굳게 결심하고 유서를 써서 관물함에 넣은 다음, 화장실에서 벨트로 목을 매달아보려고 시도했다. 끈으로 고리를 만들어 화장실 옷걸이에 걸고, 그 사이에 머리를 집어넣었다.

이제 끝이라고 생각했다. 내일이면 나는 싸늘한 주검으로 발견되겠지. 많은 사람들이 여러 말을 하겠지만, 나는 크게 걱정하지 않았다. 중요한 건 내가 이제 군대에서 자유로워진다는 사실이었다. 나는 최대한 발을 뻗어 끈이 목을 조이게 했다. 끈이 팽팽해지고 얼굴이 달아오르기 시작했다. 입에서는 기침이 나왔다. 밖에서는 병사들이 웃고 떠들고 있었다. 나는 그 소리를 들으며 목이 조여오는 걸 느꼈다. 그들의 웃음소리에 비례해 내 기침 소리도 커져갔다. 조금만 버티면 끝난다고 나를 다독였다. 고통은 잠깐이다.

그렇게 숨이 막혀오려고 할 때, 화장실 옷걸이에 걸어둔 허리끈이 미끄러져 결국 헛구역질만 잔뜩 하고 실패하고 말았다. 나는 도저히 참을 수 없었다. 나는 계속해서 옷걸이에 허리끈을 걸고 체중을 싣기 위해 발을 뻗었다. 그러나 기침이 조금 나오려고 할 때면 또다시 허리끈이 미끄러져 성공하지 못했다. 그럴 때마다 나는 몇 번 엉덩방아를 찧었다. 새로 시도할 때마다 무게를 더 실어보려고 자세를 바꿨는데, 계속해서 내 무거운 몸무게를 지탱하던 화장실 옷걸이가 끝내 견디지 못하고 구부러져버렸다. 이제 끈을 걸고 싶어도 걸기 어려웠다.

어째서, 왜, 죽는 것마저 내 마음대로 하기 힘든 건가? 기회가 생길 때마다 끊임없이 목을 걸어봤지만, 결과는 늘 같았다. 마침내 나는 처음에 쓴 유서를 짜증을 내며 휴지통에 던져버렸다.

이런 상황을 아는 사람은 없었다. 이 모든 것을 나는 철저하게 숨겼다. 그런데 상담관을 통해 내 감정이 조금 드러나면서부터, 온갖 사람들이 나를 심문했다. 부대 군의관, 담당 간부, 주임원사,

대대장 등등. 그리고 이제 군병원에까지 왔다. 많은 이들이 나를 해부했는데, 영 시원치 않은 결과가 나오니 전문가에게 보낼 수밖에 없었던 것이다. 덕분에 나는 간만에 부대 밖으로 나왔다. 나무가 사라지고 사람이 숲을 이루며 빌딩들이 화려한 빛을 쏟아내고 있었지만 나는 전혀 들뜨지 않았다. 부대 음식이 아닌 사회의 음식이 입에 들어와도 별 감흥이 없었다.

부대 밖이면 분명 즐거워야 하는데 나는 어깨가 들썩이지 않았다. 병원에서 나를 어떻게 처분할지 궁금했다. 중병이면 관심병사의 길은 군건해지고, 나를 둘러싼 여론이 좋지 않아질 거다. 반대로, 아예 증상이 없거나 하면 나는 꾀병을 부린 거짓말쟁이가 된다. 어느 쪽이든 나를 경멸하는 눈초리와 마주쳐야 한다.

당시 B 상병이 그런 예였다. 그는 관심병사여서 여러모로 편의를 제공받고 있었다. 그에 대한 부대원들의 평판은 좋지 않았는데, 성격도 성격이지만 관심병사라는 핑계로 중요 업무를 하지 않기 때문에 자기들이 힘들다는 것이 주된 이유였다. 그래서인지 그에 관한 오해가 부대에 많이 퍼졌다. 그가 대대장 앞에서 자해한 적이 있다는 얘기도 돌았다. 그 말을 들은 어느 병사는 웃으면서 전부 쇼라고, 군대에서 나가려고 별 난리를 다 친다고 그를 비난했다.

그때는 나도 웃었는데 (지금 생각해보면 그의 사정을 제대로 모르고 웃었다. 그에게 미안하다), 이제는 나도 그 범주에 들어가게 생겼다. 특혜를 받으면 나 때문에 부대원들이 힘들어질 테고, 그게 거짓말이라고 하면 난리를 부려서 민폐를 끼친 B상병과 다를 바 없는 상황이었다.

나는 조용히 정신과 진료실의 문을 열었다. 진료실에는 군복을 입지 않은 군의관이 앉아 있었다. 나는 경례를 한 다음 자리에 앉았다. 군의관은 인자하게 웃으면서 물었다.

"그래, 여기엔 무슨 문제가 있어서 왔니?"

나는 앞에서 말한 고민들을 다시 떠올렸다. 어떤 진단이 내려지든 나를 경멸할 사람들이 있다. 그렇다면 차라리 솔직하게 말하고 치료를 받자. 뭐든 조력을 받는 편이 좋을 거다. 그래서 나는 상담관에게 이야기한 내용을 군의관에게도 말했다. 처음 상담관에게 말할 때보다는 훨씬 수월했다.

그러나 군의관이 컴퓨터에 무언가를 입력하자 나는 금방 불안해졌다. 마음을 단단히 먹었지만, 나에 대해 무슨 진단을 내릴지 궁금하기도 하고 무섭기도 했다. 다른 사람의 시선은 그렇다 치더라도, 만일 내가 느끼는 감정이 그저 허황된 것에 지나지 않는다면 어떤 기분이 들까?

나는 군의관이 나를 분석하는 것을 지켜보면서, 그에게 내 감정을 계속해서 고백해야 했다. 군의관은 내 마음을 해부했지만, 어떤 도구도 가지고 있지 않았다. 그는 그저 몇 가지만 질문했고, 나머지는 내가 알아서 그에게 가져다 바쳤다. 불안하지만, 그래도 썩어 문드러진 감정을 조금이라도 증명받을 수 있다는 희망을 품으면서 그에게 내 감정을 가져다 바쳤다. 군의관은 짤막하게 조언한 다음, 처방전을 쥐여주며 말했다.

"일단 약을 먹어보자. 우울한 감정을 좀 완화해줄 거야. 이 약을 먹으면 쉽게 조니까 야간작업 같은 건 삼가고. 혹시라도 맞지 않으면 다음에 와서 약을 바꿔보자. 기운 차리고! 간부님 좀 들어오시라고 전해줘."

나는 감사하다는 인사와 함께 경례를 하고 진료실을 나왔다. 내가 나오자마자 간부는 어떻게 되었는지 물었고, 나는 대답 대신에 군의관의 말을 전했다. 간부는 곧장 진료실 안으로 들어갔다. 그는 금세 나왔지만, 나한테는 그 시간이 꽤 길게 느껴졌다. 군의관이 뭐라고 했을까? 나한테는 약을 먹으라고 했지만, 간부한테는 꾀병이니 징계를 내려야 한다고 하진 않았을까?

진료실 바깥에는 차례를 기다리는 병사들이 있었다. 공군이 아닌 타군 소속이었다. 처음 보는 사람들이었지만 나는 이내 동지의식을 느꼈다. 그들의 표정이 곧 내 표정이었다. 그들의 얼굴에는 진료에 대한 불안감과 군대 생활에서 오는 피로감이 있었다. 나는 그들을 붙잡고 울고 싶어졌다. 도대체 우리가 여기 와서 무얼 하는 건지, 왜 이래야 하는 건지 물으면서 하소연하고 싶었다. 그러나 그러기 직전에 간부가 진료실을 나와서 약을 타러 가야 한다고 말했다.

우리는 계단을 내려가 1층 로비로 향했다. 간부는 부대에 상황을 보고하기 위해 전화를 했고, 나는 내 이름이 불리기를 기다렸다. 얼마 지나지 않아 나를 부르는 소리가 들렸고, 나는 간부와 함께 약을 받았다. 나는 약봉지를, 간부는 소견서를 들고 있었다. 약을 받자마자 간부는 나를 차에 태웠다. 우리는 다시 부대를 향해 달렸다.

나는 차 안에서 약 봉투를 빤히 바라보았다. 드디어 나는 관심병사라는 징표를 얻었다. 증거를 갖게 되었다. 웃기는 일이었다. 징표가 있든 없든 무안해지는 상황, 그러면서도 내 감정을 증명받고 싶은 마음. 이런 기분이 복잡하게 뒤얽힌 상태에서 나는 첫 진료를 받았다. 이제 주기적으로 와야 한다. 익숙해져야지. 조금이라도 나은 상황에서 무사히 군생활을 마치려면 반드시 익숙해져야 한다.

03

아무것도 못해

"너는 말뿐이라서 하나도 바꾸지 못해."

선임이 단호하게 말했다. 나는 한 마디도 대꾸하지 못했다. 우리는 신병이 주기적으로 걸레를 빨아야 하는 관행에 대해서 이야기하는 중이었다. 일병이었던 나는 미숙한 신병들에게 맡기기보다 딩번을 정해서 걸레를 빼는 게 좋지 않으냐고 주장했다. 선임은 동의하면서도 쉽게 바뀌지 않을 거라고 했다. 그리고 만약 내가 과감하게 나서서 바꾸더라도 시간이 지나면 결국 본래대로 돌아간다고 했다. 내가 바뀔 수 있다고 계속 강력하게 주장하자 선임은 "그럼 지금 당장 바꿔봐"라고 했고, 여기에 내가 제대로 대답하지 못하자 일침을 놓은 것이다.

평소 군대에 불만이 없는 사람은 없겠지만, 나는 유난히 불만이 많았다. 그러나 소시민처럼 아무것도 하지 못했다. 그래서 '생각만 있고 실천은 못하는 사람'이라는 평을 듣기도 했다. 확실히 그랬다.

부대 내에서 큰 것은 바꾸지 못해도 부조리하다고 느낀 것은 충분히 개선할 수 있었다. 잘 설득하기만 하면 더 좋은 쪽으로 바꿀 수도 있었다. 으뜸병사 같은 것에 도전해서 병사들을 관리하는 권력을 얻음으로써 뭔가를 조금이나마 시도할 수도 있었다. 하지만 나는 아무것도 하지 않았다. 그저 이상에 취해 주정만 부리는 사람이었다. 그야말로 무능한 이상주의자였다.

내가 정말 군대를 싫어하고 바꾸고자 하는 열망이 있었다면, 당연히 그 속으로 뛰어들어서 어떤 역할을 해야 했다. 그런데 하지 못했다. 순전히 내 잘못이다. 병사가 바꿀 수 있는 일이 한계가 있다고는 하지만, 나는 그 한계에 도전하지 못한 채 군대를 나왔다. 어떻게 해서든 부딪쳐야 했지만 나는 건드리지도 못했다. 이것이 바로 내 군생활의 오점이다. 그때 나는 군대를 바꿔보려 하기보다는 그저 욕이나 하면서 스트레스 푸는 데 더 집중했다. 뭔가 잘못되었다고 단순히 인식하며 내면에서만 항상 "이것은 잘못되었다. 바꿔야 한다"고 외쳤다. 그러니까 이상만 있었지 실천은 없었다.

말뿐이라는 일침을 들었지만, 그래도 내가 나름대로 실천하는 게 있었다. 바로 군대문화에서 멀리 떨어져 사람을 존중하고자 애쓴 일이었다. 계급이 달라도 서로 존중하고 협력하는 사람이 되고 싶었다. 그러면 억지로 끌려간 군대라고 해도 조금은 숨통이 트이지 않을까. 모든 이를 만족시키지는 못하겠지만, 적어도 윤일병 같은 피해자가 나오지는 않을 것이다.

처음에는 실천하기 어려운 부분도 많았다. 내 후임이 처음 들어왔을 때, 그와 식사하면서 '짬어택'을 했다. '짬'은 군대에서 밥을 가리키는 은어로, 짬밥을 많이 먹었다고 하면 그만큼 군생활을 오래 했다는 뜻이다. 군대에서 짬이 높은 사람이 적은 병사에게 은근슬쩍 자기가 군대에 더 오래 있었고, 상대방보다 먼저 나간다고 어필하는 것을 짬어택이라고 했다. 후임과 나는 전역일이 한 달밖에 차이나지 않았는데, 나는 그에게 행정학교 일을 물어보다가 "아, 그게 벌써 그렇게 됐어?"라면서 내가 짬이 더 높음을 과시했다. 그러자 후임은 웃으면서 "지금 저에게 짬어택을 하시는 겁니까?"라고 했다. 그 말을 듣자마자 뒤통수를 맞은 느낌이었다.

그러게……. 내가 무얼 하는 걸까? 내가 지금 짬어택을 하고 있다! 군대를 그렇게 싫어하던 이상문이 짬어택을 하고 있다! 얼마나 우스운 일인가. 나는 그동안의 군생활을 돌아보았다. 결코 동화하지 않고, 자유롭게 살고, 사람을 존중하겠다는 목표를 지켜왔다. 그런데 내가 후임에게 짬어택을 하는 순간, 내가 지켜온 일종의 긍지가 무너졌다. 나는 곧바로 후임에게 사과했다. 분위기는 좋았지만, 나는 심각했다.

나는 이날의 경험을 통해 말을 조금 더 조심하게 되었다. 그리고 이제부터 정말 제대로 실천하자고 다짐했다. 내가 상대를 존중한다는 태도를 최대한으로 보여주기 위해 후임들에게 경례를 받으면 가능한 한 크게 목례를 했다. 나는 그런 식으로 군대문화에 미약하게나마 균열을 내고 있다고 생각했다. 하지만 사람들은 전혀 그렇게 생각하지 않았으며, 오히려 나에게 부정적인 감정을 품었다. 바로 내가 관심병사가 되었기 때문이다.

나는 존재 자체가 사람들에게 민폐인 사람이 되었다. 증세가 심해질수록 열외로 취급되는 훈련이 늘어났다. 더구나 군병원 정신과에 주기적으로 가야 해서, 내 업무를 대신 처리하기 위해 고생하는 사람들이 생겼다. 처음에는 한 번만 가면 되겠지 생각했는데, 군의관이 꾸준한 관리가 중요하고 증세에 알맞은 약을 찾아봐야 한다면서 다달이 오라고 정했기 때문이다. 또한 근무에서 배려를 받다 보니 현장에서 일하는 날보다 사무실이나 상황실에서 시간을 때우는 날이 많아졌다.

이런 형편이니 나를 아무리 좋게 봐주려고 해도 짜증이 날 수밖에 없었을 것이다. 이해해주면 오히려 내가 더 의아해했을 것이다. 이런 상황에서 내가 아무리 상대방을 존중한다고 발언에 신경 쓰거나 목례를 더 크게 해도 큰 의미는 없었다. 나는 부대

현안에 뛰어들어 뭔가 바꾸지도 못했고, 개인 단위로 좋은 사람이 되어 군대문화에 작은 상처 하나 내는 것에도 실패했다. 그저 불만 많고 입만 잘 터는 관심병사가 되었을 뿐이다.

나는 여전히 군대에 대해서 욕만 쏟아내는 사람이었지만, 사람들의 시선은 두려웠다. 담당 간부는 자기가 잘 이야기했고 모든 부대원들이 이해한다고 말했지만 걱정이 태산이었다. 전역 과정을 밟고 있는 다른 관심병사가 부대원들에게 욕먹는 것을 보았고, 나도 그 이야기에 동참한 적이 있었기 때문이다. 그때 나는 '비록 나도 관심병사이긴 하지만 저 정도는 아니다'라며 자만했기 때문에 무능력한 다른 관심병사를 공격해도 된다고 믿었다. 그런데 나도 점점 그 병사처럼 되고 있었다. 내 주변에서 따뜻한 미소는 사라지고 냉소만 남았다. 나도 그와 똑같은 처지라는 사실을 깨닫지 못한 채 공격한 벌을 받고 있었다.

어떻게 해서든 그 상황을 벗어나고 싶었다. 그래서 어느 날 마음을 굳게 먹고, 내 솔직한 감정과 미안함을 적은 장문의 글을 써서 같은 헌병들에게 메일로 보냈다. 그러자 평소에 나를 측은하게 여기던 선임 병사는 이런 반응을 전해줬다. 예전에는 노력하려는 이미지라도 있었는데, 이제는 그냥 아무것도 없는 듯하다는 차가운 반응.

각오는 했었다. 내가 어떤 감정을 품고 있으며 업무에 점점 신경 쓰지 않는 이유가 뭔지 이야기했으니 당연히 들어야 할 말이었다. 내 메일은 이해보다 편견을 키워버렸다. 그래서 나는 내 증상과 관련된 이야기를 하는 걸 포기했다. 이제 나도 다른 관심병사처럼 비난의 대상이 될 뿐이었다. 나는 고통 속에서 발버둥 치는 것을 그만두고, 내 몸이 계속 바닥으로 떨어지는 것을 받아들였다.

나는 그 선임과 대화를 끝내고 나지막이 말했다.

"자, 이제 내가 벌 받을 시간이구나."

04

'집에 가고 싶다'

20××년 ×월 ××일

오늘 하루도 조용하다. 이 부대는 늘 그렇다. 부대에 큰일이 없다. 시간이 평소처럼 흘러갈 따름이다. 그럼에도 일상의 사소한 것에서 어떤 새로움을 발견하곤 한다. 어제는 연등(취침 시간 이후에도 활동할 수 있도록 한 조치)이 새벽 3시까지여서 늦게 잤더니 조금 피곤하기도 하다. 이럴 때는 사회에 돌아간 기분이 든다. 물론 눈을 뜨면 여전히 부대이지만. 이렇게 오랫동안 자유를 누리니까 잠시 사회에서 컴퓨터를 하고 있는 것처럼 느껴지기도 한다. 나는 지금 그런 상태다. 눈을 뜨자마자 하는 말이 "집에 가고 싶다"는 말이다. 쉼 없이 읊조린다. 심지어 휴가 때 집에 있어도 그 말을 한다. 누가 나 좀 데려다주었으면 좋겠다. 오늘 집에 전화하기로 했는데, 꼭 해야겠다. 이건 최소한의 몸부림이나 마찬가지다.

20××년 ×월 ××일

"잘 모르겠다." 최근에 들어 자주 하는 말이다. 집에 가고 싶다는 말 다음으로 많이 한다. 어떤 질문이 들어오든 저절로 이렇게 대답하게 된다. 정말 몰라서 그러는 경우도 있지만, 대부분 질문을 회피하거나 속마음을 털어놓기 힘들 때 쓴다. 나 자신에게마저 솔직하지 않다. 나 자신 또한 믿지 않는다. 이럴 때 "잘 모르겠다"는 훌륭한 회피책이다. 문제의 본질을 가린다. 아무것도 파악할 수 없게 만든다. 그렇기 때문에 문제 해결에 몹시 애를 먹는다. 나는 진정 무엇을 이야기하고 싶으며, 어떤 상태에 놓여 있는 것일까. 잘 모르겠다.

20××년 ×월 ××일

금요일이다. 너무나도 우울했다. 곧 상병이 되는데, 일도 제대로 못하고 남한테 폐만 끼친다. 나도 충분히 아는 사실이다. 그런데 이것은 차원을 달리하는 고민이다. 군대에서 존재하고 싶지 않기 때문에 일어나는 생각의 충돌이 아닐까. 군대에서 조금씩 적응하는 것 같지만, 그것은 순전히 육체의 영역이다. 정신의 영역은 점점 지배당하고 있다. 잘 자지만, 계속 중얼거린다. "집에 가고 싶다." 도대체 어떻게 될 것인가. 상병 진급을 앞둔 즈음에, 나는 여전히 괴로운 고민들을 안고 살아가고 있다. 아니, 죽어가고 있다. 우주가 도와준다면, 답을 구하고 싶다. 그러나 현실은 어떤가. 내 위에 별들이 있다. 그 별들이 내리는 별빛은 나를 질식하게 할 뿐이다.

20××년 ×월 ××일

나는 쓰레기임이 분명하다. 모두에게 피해만 주고 있다. 존재 가치가 없다. 민폐 덩어리가 더 살아서 뭐 하나. 하염없이 눈물만 흐른다. 하느님은 도대체 왜 나 같은 인간을 계속 살게 만드실까. 나에게 살아 있음은 오히려 하나의 형벌과도 같다. 죽는 게 오히려 진정한 해방 같다. 나는 더 이상 개선될 수 없다. 솔직히 쓰레기에 비유하기도 너무 벅찬 인생이다. 쓰레기도 분명 어딘가에는 쓸모가 있으니까. 그런데 나 같은 경우는 그렇지 않다. 지니고 있던 가치조차 날이 갈수록 하락하고 있다.

누구를 비난하거나 평가하는 것은 지극히 어리석다. 나에게는 그럴 자격이 남아 있지 않다. 나는 삶이라는 형벌을 그저 쥐 죽은 듯이 그대로 버텨야 한다. 죽음이라는 탈옥은 불가능하다. 그럴 용기가 없다. 다른 방식의 해방도 가능하지 않다. 몇 년 동안 시도해보며 살아왔지만 끝내 실패했다. 결국 안 될 것이 뻔하다. 나에게 미래라는 게 있기는 한가. 심각한 겁쟁이에, 이기주의자에, 사교성은 바닥을 친다. 지금까지 살아온 것만도 기적이라고 할 수 있다. 소년원을 나와서 더 큰 집에 수감되었다. 여기에는 희망이란 없다. 그리고 거기에 있는 유일한 수감자에게는 더더욱 희망이란 없다.

나도 더 많은 친구, 더 좋은 능력을 얻을 수 있었을 텐데 전혀 그러지 못했다. 모든 것이 내 탓인데도 상처 받기를 매우 싫어한다. 오늘 직설적인 말을 들어서 현실을 다시 돌이켜봤는데, 그것이 분명 내가 직면한 현실임에도 불구하고, 나는 모든 것을 부정하려 하고 있다.

이기적인 사람이다. 무능력하고, 아무 의미 없는 사람이다. 개똥도 약에 쓴다고, 세상에 필요 없는 것이 없다지만, 나는 정말 필요가 없는 존재다. 바꾼 게 하나도 없다. 나 자신에게도 그렇다. 지금까지 그저 포장만 그럴듯하게 해왔을 뿐이다. 아마 앞으로도 그렇게 살아갈 것이다. 중간에 바꾸려고 또 시도는 해보겠지만, 나아지는 건 없을 것이다. 이게 내가 살아오는 방식이었기 때문이다. 이제 군대를 무사히 제대하는 건 상상도 못할 일이다. 어떤 결말을 포함하든, 분명 긍정적이지는 않을 것이다. 비극에 가까울 것이다.

가족은 유일한 버팀목이라고 할 수 있지만, 나는 나다. 가족이 슬퍼하는 것은 가슴 아프지만, 나는 지금 이 고통을 나에게 한정해서 끝내고 싶다. 죽는 것도, 자해하는 것도 할 수 없다. 지금 내가 유일하게 할 수 있는 일은, 정신적으로 나를 학대하는 것이다. 그리고 모두의 조롱 속에 조용히 숨어 지내며 살아가는 것이다. 다른 사람들은 전부 나를 아니꼽게 볼 것이다. 걱정하는 사람이 있다면 그것은 사무적이거나 순간적인 감정일 뿐이다. 더 이상 당당하게 지낼 기력도 없다. 이런 나를 좋아해줄 사람은 아무도 없을 것이다. 있다 해도, 동정이라는 감정에서 파생한 것일 뿐이다. 평생 친구도 더 만들지 못하고, 연애는 꿈도 꾸지 못할 것이다. 아마 골방에서 혼자 죽어가는 게 내 삶의 마지막이 될 것이다. 아무도 오지 않는 방에서, 누가 발견하기를 기다릴 것이다.

앞으로 나는 제대하더라도, 정상적인 삶을 살기 어려울지 모른다. 군대가 나를 좀먹는 게 아니었다. 나는 그냥 본래부터 죽어가고 있었던 것이다. 언젠가는 일어날 일이 군대라는 조직에서 터졌을 뿐이다. 내 잘못을 남에게 돌리고, 윗사람들을 조롱하며 살아온 것이다. 나는 결국 관심병사를 넘어선 폐품으로 인식되다가 군생활을 마치고, 사회의 밑바닥을 기어 다닐 것이다.

기계처럼 살아가자는 최소한의 의지도 상실했다. 이제 어떻게 해야 할지 나도 모르겠다. 이런 식으로 나는 또 쓰레기의 인생을 합리화하는지도 모른다. 정말 나는 나쁜 사람이다. 악한 사람이다. 더 이상도 이하도 없다. 너무 슬프다. 너무 우울하다. 정말 너무나도 내가 싫다.

20××년 ×월 ××일

군대는 사실상 사회의 문화를 지배한다. 그러니까 놀랍게도 입대 이전에 이미 우리는 상당 부분 잠식되어 있는 것이다. 이것이 나의 확실한 견해다. 한국은 이미 군국주의 국가다. 군대의 문화가 지배하는 나라다. 이런 나라에서 미치지 않고서야 살아갈 도리가 없다.

05

군대에 관한 소고

나는 끊임없이 썼다. 이런저런 생각 중에서 적절한 주제를 잡으면 한 편의 글을 미친 듯이 썼다. 부대가 외진 곳에 있어서 휴가를 나가기도 힘들었기 때문에, 그 안에서 삶을 즐길 수 있는 몇 안 되는 일 중 하나였다. 나는 곧잘 사지방에서 키보드를 두드리거나 독서실에서 펜을 들었다. 신병이 일은 하지 않고 너무 한가하다는 비난을 받을 정도로 글 쓰는 데 열성이었다. 나는 눈물을 흘려가며 글을 썼다. 그 순간만큼은 자유의 향기를 맡을 수 있었다. 그래서 나는 글 쓰는 행위를 멈추지 않았다. 아무리 욕을 먹어도 키보드와 펜은 해방의 도구였다.

글을 쓰는 데는 나만의 기준이 있었다. 그중 하나가 분량이다.

몇천 자 이상 넘어가지 않으면 아예 글을 갈아엎었다. 그러나 가끔 좋은 생각이라고 여겨지는데 분량이 모자라는 글이 있었다. 이런 글들은 어떻게 처리할지 꽤 고심했다. 결국 몇 개를 묶어서 한 편의 글로 완성하기로 했다. 그중 하나가 바로 이 「군대에 관한 소고」다. '소고'란 말 그대로 작은 생각이다. 내용은 결코 작지 않지만, 글 자체가 짧막해서 붙인 이름이다.

1. 훈련소

첫 번째 이야기다. "군대는 각이다"라는 말이 있을 정도로, 훈련소에서는 각을 중요시했다. 훈련병들은 어떻게든 최선을 다해 각을 잡으려고 애쓰지만, 항상 트집 잡히곤 한다. 조교가 수건을 각을 세워 정리하는 방법을 가르쳐줄 때, 그는 수건을 종이접기 교본에 나오는 것처럼 접었다. 분명 부드러운 천인데, 결과물은 푸른 벽돌이었다. 만약 조교가 접는 모습을 직접 보지 못했다면 벽돌로 착각할 만한 정도였다. 그가 시범을 끝내자, 나를 비롯한 훈련병들의 입에서는 자연스럽게 감탄사가 흘러나왔다. 그래서 조교가 나간 뒤 그 수건의 주인에게 가서 수건을 직접 만져보기까지 했다. 확인해본 결과 그건 분명히 수건이었다.

대단하기도 하지만 한편으로는 질리기도 한다. 그렇게까지 해야 엄정한 군기가 세워지는지는 모르겠다. 바른 자세에서 바른 정신이 나온다고는 하지만, 그건 도가 지나쳤다고 본다. 그저 반듯한 정도로만 정리해도 이른바 군기를 충분히 보여줄 수 있다고 생각한다. 내가 목격했던, 과도하게 각을 잡는 모습은 지나친 복종을 강요하는, 그야말로 상하관계의 철저한 구조를 알려주기 위한 하나의 수단이지 않을까. 사회의 통념이 통하지 않는 곳. 억압과 폭력의 논리로 변화를 유도하는 곳. 각 잡는 것 하나에서도 그렇게 느낄 수밖에 없었다.

그러나 각은 내가 심각하게 고찰하게 될 군대의 작은 부분에 지나지 않았다. 벽돌처럼 쌓아올린 수건과 부동자세로 서 있는 훈련병. 인간미라고는 도저히 찾아보기 어려운 광경들이 눈앞에 보인다. 매 순간 반복되는 긴장, 그 긴장 속에서 하루를 지내다 보면 나라는 존재가 하찮게 여겨진다. 거대한 군대라는 신체 속에 있는 세포 하나에 불과해 보인다. 있어도 그만이고, 없어도 상관없는. 그러다 보면 영화 〈모던 타임스〉에서 미쳐버린 찰리 채플린처럼, 나 또한 실성해서 제정신이 아니게 된다. 정신은 그렇게 망가지기 시작했다.

다음은 관등성명이다. 훈련소에서 소대장이 지나가자 나는 즉시 경례를 했다. 그러자 소대장은 우렁찬 내 목소리가 마음에 들었는지 이름이 뭐냐고 물었다. 나는 무의식적으로 "예, 이상문입니다"라고 대답했다. 그 순간 소대장 얼굴이 일그러지더니 "관등성명 안 배웠나?" 하면서 엎드려뻗쳐를 시켰다. 나는 팔을 굽힐 때는 "관등성명!", 팔을 올릴 때는 "철저히 하자"를 반복해서 외쳤다. 덕택에 그 뒤로 좀 나아지기는 했지만 여전히 익숙해지지 않아서, 누가 내 관등성명을 물어볼 때마다 "예, 이상문입⋯⋯ 훈련병"이라고 버벅댔다.

관등성명에 조금 익숙해지면서 내 머릿속에서는 자연스럽게 '나는 군인이구나!'라는 생각이 자리 잡았다. 나는 내가 군인이 아니라고 확신했지만, 관등성명으로 군인이라는 사실을 스스로 말함으로써 군대라는 현실에 나 자신을 편입했다. 그래서 관등성명이란 내가 군대에 포함되었다는 사실을 세뇌하는 일종의 주문이 아닌가 생각했다. 의식적으로 거부해도, 무의식적으로는 군인이라는 개념이 머리에 새겨진다. 생각이 여기까지 미치자, 나는 관등성명이 가장 간단한 군인화 도구가 아닐까 여기게 되었다.

다른 사람들의 경우는 어떤지 모르겠다. 다만 나는 이런 경험들을 통해 '영사'(영국식 사회주의의 줄임말, 조지 오웰의 소설 『1984』에 나오는 독재 통치기구)가 왜 그렇게 '신어'(『1984』에 나오는 언어. 간단한 문법구조와 적은 단어 체계로 이루어진 새로운 영어. 영사는 언어의 의미 제거를 통해 사상의 완전한 통제를 이룩하려는 계획을 하고 있다)에 집착했는지 깨달았다.

군대는 관등성명 따위를 통해 사람들의 정신을 잠식한다. 그렇게 함으로써 사람들을 점차 자신들의 체제로 끌어들인다. 또한 자신들이 그런 권한을 쥐고 있음을 나타내면서 권위를 확립하고 복종을 강요한다. "나는 너희들의 대답도 지배할 수 있다"는 것이 군대라는 조직의 힘이다. 개인을 전체로 통일하고, 희생을 강요하며, 개인의 존재를 거대한 기계 속의 나사로 만들어버린다. 내 말이 그들의 말로 점령당했다.

2. 경례

상징이란, 어떤 것을 대신하는 기호다. 그 상징을 인지함으로써 우리는 그 대상이 무엇인지 인식하게 된다. 이를테면 성조기를 봤다고 하자. 그럼 사람들은 대부분 미국 국기라고 생각한다. 성조기가 미국을 대표하는 기호로 기능하기 때문이다. 다만 대상을 어떻게 보느냐에 따라 상징의 의미가 달라진다. 예를 들어 미국을 자유의 나라라고 생각하는 사람들은 성조기를 '자유국가의 상징'이라 여기고 호의를 보내지만, 패권주의 국가라고 여기는 사람들은 성조기를 '패권주의의 상징'이라 규정하고 거부감을 드러낸다.

즉 기호의 의미를 형성하는 것은 그 대상을 바라보는 사람들의 시선이다. 그 시선은 사람마다 다르기 때문에, 대다수가 A라고 할지라도 내가 B라고 하면 상징에 새로운 의미가 부여될 수 있다. 지금 내가 할 이야기는, 군대의 상징에 대한 나만의 새로운 의미다.

군대에도 군화, 군복, 군모, 총 등등 여러 가지 상징이 있다. 나는 그중에서 경례에 대해 말할 것이다. 경례란 무엇인가. 군대에서 쓰는 가장 일반적인 정의를 살펴보자. 국군에서 정의하는 경례(군예식령-대통령령 제23091호- 제2장 경례 제1절 통칙 제5조 경례의 의의 참조)란 "국가에 대한 충성의 표시 또는 군인 상호 간의 복종과 신애 및 전우애의 표시로서 하는 예의이며, 이는 엄정한 군기를 상징하는 군 예절의 기본이 되는 동작"이다. 따라서 "항상 성의를 가지고 엄숙 단정하게 행하여야" 하는 군인의 기본 소양이다. 한마디로 경례는 충성·복종·전우애의 상징이자, 군인의 기본예절이라고 할 수 있겠다.

모든 사회에는 저마다의 예절이 존재한다. 그 예절이 개인의 인격을 모독하지 않고 사회적으로 아무 문제가 없다면 마땅히 존중받아야 한다. 군대에서도 마찬가지다. 그러므로 경례를 군인의 기본예절로 여긴다면, 군인이든 민간인이든 경례라는 예절을 당연히 존중해야 한다. 그러나 어떤 사람들에게 경례란 예절의 범위를 뛰어넘는 의미가 있다. 특히 징병제를 실시하는 나라에서 군대에 억지로 끌려와야만 하는 병사들에게는 더욱 그러하다.

예절이 아무리 합당하고 준수되어야 한다 해도, 한 사회에 억지로 편입된 사람들에게까지 강요한다면, 그 예절은 하나의 폭력에 지나지 않는다. 경례란 병사들에게 그런 의미로도 다가갈 수 있다. 병사들은 군대에 강제로 왔다. 다른 선택지는 거의 없다. 그러므로 병사들은 군대라는 사회에 강제로 편입되어 경례라는 예절을 강요받는다고 할 수 있다. 대부분은 어쩔 수 없이 받아들이지만, 깊게 생각하는 사람들은 폭력이라고 여길 수밖에 없다.

또한 경례는 복종의 의미를 담고 있다. 국가에 충성한다는 뜻이다. 군대에는 위계질서가 있다. 그 위계질서란 표면적으로는 국민의 명령에 따라 구성된 국가기관이 국민을 대표하여 각 지휘관에게 권한을 부여한 것이다. 그러나 지금 수많은 비판이 나오듯이, 국가가 과연 민의를 제대로 대변하고 있는가. 제대로 대변한다 해도, 징병제 등을 통해 국가에 대한 충성을 개인에게 강요한다는 게 말이나 되는가.

군인들은 복종의 표시로 경례를 한다. 오늘 아침에도 나는 간부에게 "필승! 좋은 아침입니다!"라고 했다. 말만 보면 단순한 인사다. 간부도 그렇게 생각하면서 "그래, 좋은 아침이다"라고 한다. 아침에 커피를 마시러 잠깐 방문한 다른 간부에게도 그렇게 경례를 한다. 그런 식으로 하루에 수십 번 경례를 한다. 몇 초 걸리지도 않고, 아무런 감정도 없는 인사다. 그러나 그러는 순간마다 서열이 분명히 드러난다. 나는 간부에게 당신이 더 높다는 사실을 경례로써 확인해주고, 복종과 충성을 선언한다. 경례라는 예절은 나에게 단순한 인사가 아니다. 매번 그들 앞에 무릎을 꿇어 신발을 핥는 의식이다.

경례하면서 무슨 복종까지 생각하느냐고 할 수도 있다. 그러나 경례를 꼭 필요한 예절이라 여기고, 받지 않으면 불쾌하거나 하지 않을 때 꺼림칙하다면, 복종이라는 범주에 들어간 것이다. 만일 경례를 복종이라고 여기지 않았다면, 애초에 불쾌하거나 꺼림칙한 감정이 생겨날 이유가 없기 때문이다. 그런데 우리는 이미 경례의 정의에 따라 철저하게 스스로를 잠식했다. 억지로 끌려와 이런 것까지 주입당하면 얼마나 억울한가. 육체가 끌려왔으면 정신이라도 자유로워야 하는데, 경례 같은 사소한 일만 따져봐도 그렇지 못하다. 경례 하나에 뭐 그렇게 큰 의미를 부여하느냐고 할지도 모르겠다. 그러나 이렇게 사소한 것 하나부터 의미를 분석하고 거기에 숨겨진 뜻을 찾아나가는 것이 군대라는 더 큰 조직을 비판하는 데 필요하다고 본다.

06

그 새는 어디로 가려고 했을까

사방에서 토하고 난리가 났다. 특별회식 자리에서 병사들이 자기 주량보다 많은 술을 마셨기 때문이다. 삼겹살에 소주라는 유혹을 떨쳐내기가 너무 어려웠나 보다. 모처럼 신이 났다. 연휴가 길어지자 부대에서는 기분 좀 내라고 여러 행사를 준비했다. 축구 대항전도 열고, 특별회식이라며 삼겹살도 구워줬다. 나는 그렇게 늘어진 분위기가 좋았다. 모두 자유롭게 웃고 떠들면서 지내는 하루가 좋았다. 잠시라고 해도 부대에서 그렇게 자유롭다는 건 행복한 일이었다. 그래서 정말 오랜만에 가면을 벗고 웃을 수 있었다.

그날은 대대에서 영화를 틀어주었다. 그 무렵 한창 인기를 끌던 영화였다. 나는 휴가 때 벌써 봤기 때문에 안 봐도 상관없었다. 그래서 여유 시간이나 즐기자고 생각해 생활관으로 올라가려고 했다. 계단을 올라갈 때, 갑자기 밑에서 파드닥거리는 소리가 들렸다. 그 소리에 화들짝 놀라 현관으로 내려갔다. 계속해서 뭔가 파드닥거리는 소리가 났지만 현관에는 아무것도 없었다. 이상하지만 크게 신경 쓰지 않기로 했다. 나방이나 벌레겠지 생각하며 다시 올라가려던 차에, 내 발에 뭐가 툭 하고 부딪히는 게 느껴졌다. 나는 "뭐지?" 하면서 아래를 내려다보고는 또 한 번 놀랐다. 작은 새가 바닥에서 떨고 있었기 때문이다.

우리 부대는 산에 둘러싸였고 민가는 주위에 드문드문 있기 때문에, 밤에 불빛이 보이는 장소는 부대 한 군데뿐이었다. 그래서 나방을 비롯한 온갖 벌레가 부대로 날아들었다. 그 새도 그런 것 같았다. 그러나 안타깝게도 새가 불빛을 발견하고 들어오려고 할 때 부대 현관문이 닫혀 있어서 유리문에 부딪힌 것이다. 아직 숨이 붙어 있어서 무슨 조치를 취하면 되지 않을까 싶었다. 마침 군의관도 가까이에서 영화를 보고 있었으니 부탁하면 될 것 같았다.

나는 조심스럽게 새를 들어 올리려고 했다. 그러자 새는 갑작스러운 손길에 놀라서 더 파닥거렸다. 나도 놀라서 흠칫거렸다. 계속 그러고 있자, 사람들이 몰려와 구경했다. 사람들이 바라보자 나는 계속 흠칫거리기가 무안해서 과감하게 새를 잡아 손바닥에 올려놓는 데 성공했다. "그 새를 어떻게 하려고?"라는 선임의 말을 끝까지 듣지도 않은 채 바로 군의관에게 달려갔다.

그러나 영화는 이미 끝나서 군의관은 관사로 돌아간 지 오래였다. 의무 부사관이라도 찾아보려고 했지만, 그도 관사에 있었다. 그렇다면 이제 어떻게 할 것인가. 마음 같아서는 치료해주고 싶었지만, 나는 관련된 지식이 하나도 없었다. 내일 오전까지 살아 있으면 군의관에게 데려갈 수 있겠는데, 구경하던 사람들은 곧 죽을 것 같다고 말했다. 시간은 없고, 나는 무얼 하기에는 너무 무지했다. 그저 하염없이 슬픈 얼굴로 새를 바라보는 수밖에 없었다.

그러는 사이 내 손바닥이 식어갔다. 나는 점점 떨어지는 새의 체온을 느끼면서 새의 얼굴을 바라보았다. 새는 내 얼굴을 보며 미세하게 눈을 떨었다. 그러더니 갑자기 눈을 크게 떴다. 다시 기운을 차리나 보다 생각했는데, 새는 그 순간을 마지막으로 더는 움직이지 않았다. 하늘로 다시 날아간 것이다. 누군가에게는 즐거운 연휴이시만, 새에게는 슬픈 마지막이 되었다고 생각하니 너무 불쌍했다. 나는 아무 말 없이 새의 두 눈을 감겨주었다. 지나가던 선임이 이제 적당한 곳에 두라고 했지만, 나는 새와 조금 더 같이 있고 싶었다. 이렇게 집에도 가지 못하고 죽었으니, 새의 마지막 가는 길을 최대한 오래 배웅해주고 싶었다.

나는 어두컴컴한 부대 안을 이리저리 돌아다녔다. 부대원들이 회식을 하며 웃고 떠들 때 나는 새의 시체를 들고 걸었다. 선임의 말처럼 적당한 곳에 두면 간단히 해결될 일일 텐데, 나는 그러고 싶지 않았다. 죽음을 완전하게 매듭짓고 싶었다. 그게 그 새의 죽음을 본 나의 마지막 책임이라고 생각했기 때문이다.

부대를 돌아다니다가 BX 근처의 나무 한 그루가 눈에 띄었다. 거기에서는 바깥에 있는 산이 저 멀리까지 훤히 보였다. 나는 새가 날고 싶어 했던 세상을 생각하며 거기에 묻기로 했다. 작은 삽은 찾을 수 없었고, 큰 삽을 찾아서 파기에는 취침시간이 다가오고 있었다. 그래서 나는 손으로 재빨리 땅을 파기 시작했다. 새를 묻어주기에 충분한 구멍이 마련되었다. 나는 새를 조심스럽게 그곳에 넣고서 작은 봉분을 만들었다. 그러고는 짤막한 기도를 한 다음 생활관으로 돌아왔다.

그날 잠자리에서 나는 그 새를 생각했다. 어디를 향해 날아가고 있었을까? 집으로 가고 있던 건 아닐까? 집을 향해 날아가고 있었는데, 부대에서 죽어버렸다. 그렇다면 나하고 비슷한 상황 아닌가. 나는 집으로 달려가고 싶었지만, 날마다 죽어가는 감정을 소비하며 부대에서 살고 있다. 새는 자신의 둥지로 가기 위해 힘찬 비행을 했다. 그러나 예상치 못한 난관에 부딪히는 바람에 끝내 다른 하늘로 날아가버렸다. 나도 그랬다. 나는 성인이 되어 드디어 내 삶을 자유롭게 살 수 있다는 생각에 벅차올라 있었다. 그런데 군대라는 난관에 부딪혀 허우적거리는 상태였다. 이제 그 새처럼 다른 하늘로 가거나, 꾸역꾸역 참고서 다시 활로를 찾는 방법밖에 없었다.

그래도 그 순간, 나는 새와는 다른 결말을 맞이하리라고 믿었다. 힘들어도 죽지는 않을 거라고 확신했다. 하지만 그 새가 마지막 힘을 다해 파드닥거리던 것과 별로 다를 바 없었다. 나는 폭풍우가 몰아치는 바다에서 판자 조각 하나를 부여잡고 죽을 날을 기다렸다. 나를 구조할 배는 오지 않았다. 그 새에게는 적어도 마지막을 함께해준 인간이 있었지만, 나에게는 그런 사람이 있다는 확신이 들지 않았다.

심지어 가족도 마찬가지였다. 평소 정신력이나 오기로 이겨내는 것을 강조한 아버지 때문에 나는 군대에서 느낀 사소한 감정조차 가족에게 털어놓기 어려웠다. 전형적이지만, 아버지는 내게 엄한 사람이었다. 특히 군대 문제와 관련해서는 아버지 자신이 간부 출신이었기 때문에 더 엄격했다. 어머니는 아버지가 나에게 조금 심한 말을 했다고 생각하면 넌지시 "표현이 조금 거칠어서 그렇지 널 사랑하신다"며 다독거리곤 했다.

그러나 나는 20년이 지나도 아버지의 엄격한 말들에 적응되지 않았다. 그래서일까, 훈련소에서 아버지 생각을 자주 했다. 그립기도 했겠지만, 버럭버럭 소리 지르는 조교의 모습에 충고한다면서 무게 잡는 아버지 모습이 겹쳐 보였기 때문이다. 그래서 조금이라도 군대 이야기를 하면 푸념으로 들릴까 싶어 항상 행복한 이야기만 하곤 했다. 게다가 만일 내가 그 새처럼 된다면, 아버지는 오히려 나를 탓할지 모른다는 상상을 자주 했다.

일주일 뒤 BX에 갈 때 그 새의 무덤이 생각나서 잠시 살피러 갔다. 무덤은 흔적도 없었다. 이야기를 들어보니, 거기에 뭔가 설치해야 해서 며칠 동안 사람들이 자주 들어왔다고 한다. 그 새의 무덤은 많은 사람들에게 짓밟혀 사라진 것이다. 나는 그 새가 날아가고자 했던 세상을 다시 쳐다보았다. 세상은 변하지 않았다. 그러나 새는 사라졌고, 마지막 흔적마저 완전히 지워졌다. 기억하는 사람은 나밖에 없다.

나는 내 감정들을 돌아보면서 내가 그 새처럼 되지는 않을까 잠깐 생각했다. 결론은 아니라고 내려졌지만, 마음 한구석에서는 계속 큰일이 일어날 것 같은 불안감이 가시지 않았다. 그 불안감을 일단 가슴속에 묻고서 나는 부대원 교육을 받으러 발걸음을 옮겼다.

07

진짜 씨발 하나도 모르면서

20××년 ×월 ××일

너무 싫다. 울고 싶다. 순찰 돌다가 총을 내던졌다. 선임에게는 미안하지만, 참을 수 없었다. 저녁 먹으러 가는 어두컴컴한 그 길목에서는, 주저앉고 싶었다. 주저앉아 펑펑 울고 싶었다. 그러나 그리지 못했다. 더 비참해질 것 같았기 때문이다. 지금도 충분히 비참하다. 더 비참해지기는 싫다. 그런데도 지금은 아무도 모르게 울고 싶다. 서럽게 그냥 한번 제대로 울어보고 싶다. 집에 가고 싶다. 사는 게 사는 것 같지 않다. 죽어가는 수준이 아니다. 나는 이미 죽었다. 군대 생활을 제대로 버틸 수 없을 것이다. 누가 나를 이곳에서 구원해주면 좋겠다. 부디…… 제발…….

20××년 ×월 ××일

간만에 실탄을 보자, 하나 뽑아서 숨겨둘까 하는 충동이 생겼다. 그러나 실탄을 만지는 순간 뾰족함이 느껴져서, 이내 그 생각을 접었다. '무슨 짓을 하는 거지?' 하고 말이다. 어찌 보면 나는 이 감정을 느끼고 그런 일들을 하면서 즐기는지도 모른다는 느낌이 들었다. 어느 정도 맞을 것이다.

20××년 ×월 ××일

우울한 감정은 주기적으로 찾아온다. 오늘이 그런 날이다. 심각한 정도는 아니지만, 기분이 급격하게 가라앉은 것을 느낀다. 어째서 그럴까. 이 우울증에 대해서는 다양한 생각이 들 수밖에 없다. 어떨 때는 싸우기도 하고, 어떨 때는 친구 먹기도 한다. 어떤 결론이 내려지든, 나는 무섭기만 하다. 파도가 늘 나를 덮쳐온다.

20××년 ×월 ××일

그들은 충성을 바치는 표준적인 남성 국민을 창조하려고 했지만, 역설적이게도 나는 그와 반대인 사람이 되었다. 국방부 장관인 한민구 씨가 내 모습을 보면 뒤로 자빠질지도 모른다. 하지만 그들은 알아야 한다. 그들이 만든 시스템이야말로 가장 자유를 갈구하는 사람들을 탄생시킨다는 사실을.

하루하루 어둠이 이어지고 있다. 눈과 비가 섞여 내려서 점점 더 질퍽거렸다. 그런 날씨 때문인지도 모르지만, 날씨가 이유의 전부는 아니다. 그냥 여기에 있다는 것 자체가 이런 생각을 강화한다. 편하게 지내긴 하지만 격리되어 있다는 사실은 계속 나를 괴로움의 수렁 속에 빠져들게 한다. 하느님을 원망해도 소용없다. 나는 줄곧 여기에 있을 뿐이다. 탈영이라는 용기를 낼 수도 없으며, 설사 탈영한다 해도 도망갈 곳이 없다. 여기는 그런 곳이다. 정말 무섭다.

이제는 우울함보다는 두려움이 더 앞선다. 나는 얼마나 더 정상인 상태로 존재할 수 있을까. 나는 도대체 얼마나 더 망가질 것인가. 다음 주에 병원에 가는데, 병원에서는 나를 뭐라고 평가할까. 미치지 않을 수 있을까. 두려움이라는 감정이 나를 휘감아버린다. 어떻게 해야 할지 감이 잡히지 않는다.

20××년 ×월 ××일

우울이라는 감정이 차오른다. 예전과는 다른 양상이다. 한꺼번에 밀려오지 않는다. 잔잔하게 찾아온다. 덕분에 하루하루 날이 갈수록 기분이 이상해진다. 이대로 고통을 끌어안으면 좋지 않을까, 그렇게 생각하고 있다. 평생 동거인으로 살아야 할지 모른다. 연인은 없지만, 함께 있어줄 감정은 있다. 외로움이 조금 덜해지려나. 고통을 하나 얻으니 다른 하나가 사라지려고 한다. 참으로 흥미로운 일이다. 외로움이 완전히 자취를 감출지는 알 수 없는 일이지만, 적어도 이런 기대를 품는다는 것은 그나마 긍정적인 측면이 회복된다는 뜻일 테니. 일단 좋게 받아들이려 하고 있다. 일기를 더 써야 할 것 같은데 머리가 지끈지끈하다. 조금 더 늘려보려고 하는데, 잘 안 된다. 가끔은 이런 날도 있겠지. 이 정도에서 줄이자.

20××년 ×월 ××일

상황실에서 실탄이 자주 보인다. 솔직히 말하면, 공포탄을 볼 때마다 한 번씩 만져본다. 특히 그 *끄트머리*를.

20××년 ×월 ××일

술을 먹으면 취한다. 취하면 기분이 좋아서 아무 말이나 지껄이게 된다. 일종의 해방감을 느끼기도 한다. 그런 기분은 군대에서 자주 느낄 수 없으니, 그런 기회가 오면 무조건 놓치지 않는 게 중요하다고 생각한다. 좆같은 군대에서 잠시라도 행복에 취하는 것은 참으로 위안이 된다. 완전한 지옥에서 적어도 잠시나마 기댈 만한 구석이 있다는 사실은 의미가 있으니까. 이렇게 생각해왔는데, 오늘 어떤 선임이 한 말을 듣고 약간 다른 시선으로 보게 되었다.

"내가 여기 있다는 사실이 잠시나마 행복해져서, 기분이 더러웠다."

무릎을 탁 하고 칠 수밖에 없었다. 이런 곳에서 잠시나마 행복한 기분이 드는 것 자체가 역겹다. 지옥에 있으면서, 잠시 덜 뜨거운 곳에 있게 되었다고 만세를 외치는 것과 같은 이치다. 그렇다. 내가 이곳에 있다는 사실은 변하지 않는다. 기분이 좋아도, 긍정적으로 생각해도, 위안이 되어도, 의미가 있다 해도, 내가 군인이라는 사실은, 이 부대에 있다는 사실은 바뀌지 않는다. 이 자명한 진리가, 술로 인해 잠시 가려진 것이다. 본질을 잊지 않는 것이 중요하다고 생각한다.

어렵긴 하지만, 나는 분명 아직 살아 있다. 그리고 이 상태를 유지할 것이다. 남들이 나를 관심병사로 보더라도, 미친놈처럼 취급하더라도, 어찌 되었든 버텨낼 것이다. 나는 정복당하지 않은 윈스턴으로서 이 군대를 나가게 될 것이다. 그렇다, 끝내 승리의 깃발을 들게 될 것이다. 무너질 것은 징병제요, 추락할 것은 별들이요, 살아남을 것은 나라는 인간뿐이다.

20××년 ×월 ××일

지금은 감정이 조금 개방된 상태다. 술을 처마셨기 때문이다. 맥주 네 캔을 빠른 속도로 마셨다. 나는 보통 이 정도로 술을 마시지는 않는데, 분위기에 취했는지 아니면 그냥 뭐가 답답했는지 졸라 많이 마셨다. 맥주 네 캔에 소주 반 잔(종이컵 기준으로).

내가 방금 이 얘기를 하자 친구는 지난번에 자기와 함께 마셨을 때보다 적다고는 했지만, 내 기분에는 이때가 더 취한 것 같다. 빨리 마셔서 그런지도 모르겠다.

아무튼 이런 기분은 성년의 날 이후로 처음이다. 나는 술이 약한가 보다. 젠장, 그런데 이걸 마시지 않으면 솔직해질 수가 없다. 술을 마셨을 때보다 조금이라도 솔직해진 날이 있을까 싶다. 여기 와서. 오늘 안타까운 게 있다면, 치킨을 조금밖에 못 먹은 거다. 술배라고 하더니, 진짜인가 보다. 역시 사람은 안주보다 술을 먹고 자라는 걸까. 아무튼 P병장에게 하소연을 했는데, 미안해하면서도 계속 하소연했다. 가장 솔직해진 순간에 이렇게라도 얘기를 해야지. 응. 내가 조금이라도 살아나지. 그래야. 내가 조금이라도 자신 있게 이야기를 하지.

나는 무슨 뭐. 씨발, 솔직하게 얘기했는데. 일하기 싫다고. 그래, 기분 나쁠 수는 있겠지. 그런데. 그렇다고. 내가 뭐 일을 안 했나? 사람이 말로는 그렇게 할 수 있는 거지. 그럼 내가 씨발 진짜 사무 처리 안 한 줄 아나. CCTV 안 보겠다고 징징거렸나. 아침에 밥 좀 대신 떠달라고 부탁했나. 나는 한 번도 그런 적 없다. 그래, 씨발. 그런 생각은 한 번이라도 한 적 있다. 그런데 뭐. 어쩌라고. 지들은 그런 생각 안 하나? 귀찮고 일하기 싫다는 생각 안 하느냐고. 그래, 오해할 수는 있겠지. 내가 그딴 말을 내뱉었으니까. 근데 씨발. 그렇게라도 말하는 게 무슨 잘못이냐고. 한 번쯤은 얘기할 수 있지. 그 뒤에 내가 일을 아예 안 한 것도 아니고. 그래, 내가 일을 조금 미루거나 실수한 건 있지. 그런데 지들은 실수한 적 없나. 지들이 짬찌일 때는.

나더러 답답하다는데, 부담스러워서 그래서 입을 처닫고 있는 겁니다. 아시겠어요? 그런 겁니다. 응? 개새끼들이. 지들만 답답한가? 나도 이런 분위기 만드는 지들이 좆도 답답해서 뒤지겠다, 씨발. 지들 생각을 해달라는데, 지들은 나 생각해주나? 나 배려한다고 하는 게 겨우, 무게 잡으면서 자, 이야기합시다, 그거냐.

이러니 사람이 얘기하지 않는 것도 당연하지. 무거운 이야기를 가벼운 분위기에서 해도 입을 열기 어려운 게 나라는 사람인데. 이 시발놈들아. 시발놈들아. 지들이. 응. 내가 관심병사 시켜달라고 했냐. 내가 이렇게 태어나고 싶었겠냐. 내가 오전으로 고정해달라고 빌었냐. 진짜 씨발 하나도 모르면서, 개새끼들이…… 개새끼들이…….

08

어느 날 갑자기

병원 진료를 여러 차례 받으면서 나는 괜찮아졌다. 정확하게 말하면, 괜찮아 보였다. 약을 먹으면 심신이 안정되고 불안정한 감정을 조금이라도 떨칠 수 있었다. 그러나 언제나 그러듯 예상치 못한 일은 갑자기 찾아온다. 결국 나는 국군수도병원 폐쇄병동에 입원하게 되었다. 병원으로 가기 직전의 상황을 기록하고자 키보드를 두드렸는데, 그 글이 1이다. 이후 그때를 기억하면서 보충한 글이 2이다.

1

나는 응급실에 있었다. 언젠가 내가 이런 장소에 오게 된다면, 환자가 아니라 보호자 처지일 거라고 생각한 적이 있었다. 그러나 세상사는 정말 모를 일이다. 일어나지 않으리라고 확신한 일이 종종 벌어지곤 했다. 지난 군생활만 돌아봐도 당연히 그렇다. 하지만 그때는 그런 생각을 할 시점이 아니었다. 나는 말 그대로 영혼이 나간 상태였다. 넋이 나간 채 입을 헤벌리고 누워 있었다. 사람들이 뭐라고 물어도 짧은 단어들로 대답했다. 막 개발된 인공지능과 대화하는 기분이었겠지. 나는 분명 무언가를 말해야 했지만 아무 생각이 나지 않았고, 그래서 본능적으로 고개만 까딱거릴 수밖에 없었다.

간호사가 내 왼쪽 팔에 주사기를 꽂았다. 그리고 옷걸이처럼 생긴 기구에 링거 주머니를 달았다. 링거액이 한 방울씩 떨어졌다. TV 드라마와 영화에서나 봤을 뿐, 처음 맞아보는 링거 주사였다. 내 생각에 링거가 나오는 것은 대개 죽을병에 걸리거나 심각한 상황일 때가 많았다. 그래서 더 불안해졌다. 여기에다 심장 박동수를 재는 온갖 기계까지 부착하자 불안감은 더더욱 커졌다. 나는 이제 어떻게 되는 건가 하는 생각이 문득 스쳤다.

예전에 나는 죽음과 관련한 소설을 하나 읽었다. 사람이 죽어가는 과정을 생생하게 묘사한 소설이었다. 19세기 작품이지만,

사람이 죽어가는 감정이라는 것은 예나 지금이나 똑같았다. 군의관이 내게 죽을 증상이 아니라고 했지만 나는 두려움에 떨 수밖에 없었다. 그저 무서울 따름이었다. 아무리 간단한 조치를 받는다 해도, 사람이 병상에 누워 있다는 건 충분히 두려움을 유발한다. 마음속의 공허함, 아무 생각 없는 머리, 그리고 그곳에 퍼지는 무서움이라는 검은 잉크. 그야말로 혼이 나간 상태로 가끔어, 거리면서 나는 정신을 곧 잃을 것처럼 누워 있었다.

어쩌다 이렇게 됐을까. 사실 모든 일이 급작스럽게 일어났다. 그때 페이스북을 하던 나는 갑자기 우울해졌다. 평소에 종종 일어나는 일이어서 대수롭지 않게 여겼다. 그런데 이번에는 약간 달랐다. 곰곰 생각해보니 나는 많은 사람에게 둘러싸여 있는 느낌을 받았다. 갑자기 눈 속으로 뛰어들고 싶어졌다. 나는 얼른 방을 나와 밖의 경치를 감상했다. 눈 속으로 뛰어들어볼까 생각했지만, 바람이 너무 매서워서 그만두었다. 대신 아무도 없는 사무실 안에 있었다. 거기에 들어가니 '드디어 나 혼자다'라는 안도감이 느껴졌다. 적막한 사무실에 나 혼자뿐이었다. 분명 나밖에 없었다. 그런데도 나는 누가 옆에 있는 듯한 느낌을 받고 너무나도 불안해져서 뭔가를 해야 한다고 생각했다.

눈앞에 칼이 보였다. 칼을 들고 손으로 가져가려는 순간, '내가 무슨 미친 짓을 하는 거지?' 하면서 그만두었다. 그러나 아무것도 하지 못하니 불안해졌다. 뭐라도 하지 않으면 정말 무슨 일이 일어날 것만 같았다. 나는 다시 혼자 있을 공간을 찾아 군종실로 들어갔다. 거기에는 목사님이 계셨다. 나 말고 다른 사람이 있었던 것이다. 너무 불안했다. 목사님과 대화하면서 나는 내 불안 증세를 설명했다. 군의관을 불러줄까 물어보셨지만 거절했다. 폐가 되고 싶지 않았기 때문이다.

군종실에서도 나는 계속 불안 증세를 보였다. 손 세정제를 필요 이상으로 사용한다든가, 밀폐 용기를 머리에 쓴다든가……. (꼭 머리에 그것을 써야 한다는 충동에 휩싸였다. 그러지 않으면 죽을 것 같았다.) 나는 다른 사무실로 달려갔다. 책상 위에 올려진 커터 칼이 눈앞에 보였다. 목사님이 칼을 치우라고 했고, 나는 그 말대로 했다. 목사님이 쉬라고 조언하는데, 문득 청소가 떠올랐다. 쓰레기통을 치우지 않으면 민폐라고 생각해 부지런히 비웠다. 빨리, 빨리빨리 해야 한다는 생각뿐이었다.

쓰레기봉투를 새로 가지러 생활관으로 향하는데 목사님이 사라지셨다. 아무래도 내가 무슨 짓을 저지를 것 같다고 생각했나 보다. 결국 나는 당직사관의 호출을 받았다. 멍한 상태로 청소를 하고 있을 때, 당직사관이 내 손을 잡고 무슨 일이냐고 물었지만 나는 설명할 수 없었다. 아무 생각도 없었기 때문이다. 정말 진심으로 아무 생각도 들지 않았다.

뒤이어 군의관과 대대장이 모두 들어왔지만 나는 아무 생각도 들지 않았다. 그저 기계적이고 본능적으로 거수경례만 했다. 그러다가 갑자기 나는 옷을 갈아입고, 차를 타고, 의료원으로 향했다. 이것이 사건이라면 사건이고, 의료원까지 오게 된 경위였다. 부대로 복귀하는 순간까지 피곤하고, 무서운 생각만 들었다. 아침이 되자 겨우 혼이 돌아왔지만, 언제 또 떠날지 모르겠다는 것이 내 견해다. 겨우 약으로 붙잡고 있는 걸까. 아아. 너무 무서웠다. 국군수도병원에 간다고 한다. 나는 과연 어떻게 되는 걸까. 하느님, 저를 구원해주소서…….

2

그때를 생각하면 정말 두려운 마음밖에 없다. 두려움이 온몸을 지배했다. 그러나 나는 저항하지 못하고 무기력하게 있었다. 아무것도 할 수 없었다. 그야말로 몸이 마비되는 느낌을 받았다. 신체적으로는 자유롭게 움직일 수 있었지만, 정신적으로 말이다. 아무 생각도 들지 않았고, 그냥 누가 계속 따라오는 것 같은 느낌만 들었다.

그때 떠오른 음악이 슈베르트의 〈마왕〉이었다. 이 유명한 가곡에서 아들은 계속 마왕이 따라온다고 외친다. 절박하게 외친다. 그러나 아버지는 마왕은 없다고 아들을 달래면서 빨리 달린다. 아들의 불안함과 빨리 달리는 말, 점점 다가오는 마왕. 이런 상황이 절묘하게 어우러져 무섭고 긴장되고 불안한 느낌을 표현한 곡이다.

나 또한 마왕이 쫓아오는 것 같아서 너무나 무서웠다. 누가 쫓아와서 나에게 자살을 종용하는 기분이었다. 귀에서는 "어서 해!"라고 하는 낯선 목소리가 들려왔다. 이런 것들이 모두 겹치면서 나는 정신적으로 완전히 피폐해졌다.

사람들이 나를 이끌어 병원에 데려가던 순간에조차 아무것도 떠올리지 못했다. 다만 딱 한 가지 생각이 나를 지배했다. 결국 〈마왕〉의 아들처럼 나도 죽는 건 아닐까. 결국에는 나도 손쓸 도리 없이 죽는 게 아닐까. 그래서 옆에 있던 군의관에게 "죽는 게 아닐까요?"라고 끊임없이 묻고 또 물었다. 정말 죽을 것만 같았다. 눈을 감으면 저승사자가 와서 "자, 이제 가자"라고 할 것 같은 기분. 그게 아니라면 당장 뛰쳐나가서 칼을 손목에 대고 그으면서 한바탕 크게 웃어버리고 싶기도 했다. 완전히 미쳐버린 것 같았다. 아니, 그때의 나는 완전히 미쳤다. 부대에서 입원시키기로 결정한 것도 어찌 보면 당연한 일이었다.

그렇게 나는 어느 날 갑자기, 군생활의 또 다른 전환점을 맞이했다. 그것이 긍정적이었으면 좋았으련만, 안타깝게도 새로운 부정적인 일들의 시작을 알리는 전환점이었다.

09

폐쇄병동

나도 모를 아픔을 오래 참다 처음으로 이곳에 찾아왔다.

그러나 나의 늙은 의사는 젊은이의 병을 모른다. 나한테는 병이
없다고 한다.

이 지나친 시련, 이 지나친 피로, 나는 성내서는 안 된다.

윤동주, 「병원」 중에서

나는 격리되었다. 국군수도병원 폐쇄병동, 그곳은 내가 문을
여닫을 수도 없는 곳이었다. 적어도 부대에서만큼은 나에게 통
제권이 있었는데 이제 그것마저 남지 않았다. 방금 전까지 보이
던 간부와 부모님의 모습은 사라지고, 눈앞에는 견고한 문만이

보였다. 잠깐 문손잡이를 잡고 흔들어봤더니, 의무병이 바로 알아차리고 나를 안으로 들여보냈다.

부대에서 홀연히 정신이 나가 손에 칼을 쥐었다가 갑자기 청소를 하다가 저지당한 이튿날, 나는 짐을 싸라는 말을 듣고 부랴부랴 가방에 옷을 담았다. 다음 날 아침에 방금 출근한 급양병사만 있는 식당에서 조용히 밥을 먹었다. 아무하고도 마주치지 않았다. 나는 간부가 주차해둔 장소로 가서 차에 탔다. 간부는 내가 잘 탔는지 확인하고는 바로 출발했다. 선임과 후임 헌병이 정문을 열어주었지만, 나는 조는 척하면서 그들을 보지 않으려고 했다. 이상한 나 자신을 벌써 충분히 보여주었지만, 그런 이유로 병원에 가는 모습까지는 보여주고 싶지 않았다.

간부와 나는 성남에 있는 국군수도병원으로 향했다. 오랜 시간을 가다 보니 한순간 깜빡 졸았다. 그런데 갑자기 내 머리에 차가운 것이 닿는 기분이 들어 화들짝 놀라며 잠에서 깼다. 뒤를 돌아보며 잡아보니 그건 총이었는데, 총을 들고 있는 사람은 다름 아닌 나였다. 총을 들고 있는 내가 나를 비웃었다. 그는 나에게 "이제 갈 시간이다"라고 알려주었다. 하지만 나는 그가 가자고 하는 곳에 가기 싫었다.

그리하여 성남으로 가는 차 안에서 그와 눈치싸움을 벌였다. 그는 계속 나에게 총을 겨누었고, 나는 혹시라도 그가 쏠까 봐 뒤를 돌아보면서 만일에 대비했다. 간부는 그 싸움이 보이지 않는 모양이었다. 조수석에 앉아서 자꾸만 뒤돌아보는 나를 측은한 얼굴로 바라보면서 그는 "뒤에 아무것도 없단다"라고 나지막이 말했지만, 나는 믿지 않았다.

국군수도병원 주차장에 도착하니 눈에 익은 차가 한 대 보였다. 어디서 많이 본 자동차라고 생각하는 중에, 그 차에서 내리는 사람을 보고 잠시 놀랐다. 부모님이었다. 부모님은 수척한 얼굴로 차에서 내려 주변을 두리번거렸다. 간부는 부모님을 자신의 차에 태웠다. 간부의 차량만 출입을 허가받았기 때문에 그 차로 이동해야 했다. 치료마저도 통제된 상태에서 겨우 받을 수 있다니, 나는 군대라는 굴레에서 벗어나기 어려웠던 것이다.

그때는 나도 뒷좌석으로 옮겨 앉았기 때문에, 오랜만에 부모님과 나란히 앉아 있었다. 하지만 우리는 아무 말도 하지 않았다. 물론 병동까지는 거리가 얼마 안 되어 제대로 된 대화를 하기는 어려웠지만, 간단한 인사조차 하지 않았다. 다만 그때 부모님의 표정은 현실을 받아들이기 싫어하는 것처럼 보였다. 하기야 아들이 군대에 갔다가 단순히 병원에 내원하는 수준이 아니라 입원하게 됐으니, 누가 그런 현실을 인정하고 싶을까?

짧은 침묵 끝에, 우리는 차에서 내려 응급실 쪽으로 향했다. 늦은 시간이라 정신과에서 상담받기 어려웠기 때문이다. 나는 의무병의 지시에 따라 간이 병상에 누워 간단한 검사를 받았고, 부모님과 담당 간부는 대기실로 갔다. 군의관이 오기 전까지 나는 계속 누워 있었는데, 군의관이 와서 무어라고 할지 걱정스러웠다. 그가 꾀병이라는 판결을 내리면 나는 저 대기실에 있는 사람들에게 뭐라고 변명해야 할까. 나는 정말 좋지 않은 상황에 놓인 것 같은데, 병이 크지 않다고 하면 어떡해야 하는 걸까.

이런저런 걱정을 하고 있을 때 판결을 내릴 군의관이 들어왔다. 그는 나에게 어떤 기분이냐고 물었다. 나는 그가 무슨 말을 할지 몰랐지만, 일단 솔직하게 말하는 게 중요하다고 생각했다. 그래서 그동안 있었던 일들을 구구절절 이야기했다. 긴장해서 목소리가 조금 떨렸지만 그런대로 잘 이야기하고 있었다. 그런데 군의관이 갑자기 내 말을 끊었다.

"왜 말을 더듬어?"

순간 나는 당황했다. 그렇게 이야기할 줄은 몰랐다. 군의관은 곧이어 "그렇게 한다고 반드시 입원시켜주지는 않아"라고 말했다. 나는 아무 의도 없이 있는 그대로 이야기했는데, 그의 눈에는 그저 군대에서 빠져나가려고 하는 인물로 보였나 보다. 그 말을 들으니 구석에 몰린 기분이었다. 군의관이 꾀병이라는 판결을 준비하는 것처럼 보였다. 그래서 나는 말이 더듬더듬 나오는 것을 억지로 참아가면서 내가 하려던 이야기를 간신히 마쳤다.

그러자 군의관은 눈도 마주치지 않은 채 뭔가를 적어 내려갔다. 그는 그 종이를 가만히 바라보면서 입원 희망 여부를 물었다. 내가 입원하고 싶다고 대답하자, 군의관은 알았다면서 나갔다. 곧이어 의무병이 들어와서 폐쇄병동으로 올라가야 하니 다시 옷을 입으라고 했다. 옷을 입고 응급실 입구 쪽으로 간 나를 부모님과 간부가 바라보았다. 그들은 내가 검사받으러 들어갈 때보다 더 심각한 얼굴을 하고 있었다. 나는 그들이 나에 대해 이야기했다는 사실을 알아차렸다. 어떤 이야기가 오갔을지 궁금했지만, 더 생각해볼 겨를도 없이 간호장교가 우리를 병동으로 데려갔다.

우리는 엘리베이터를 타고 7층에 도착했다. 내가 입원할 병동은 702호였다. 정신과의 특성상 그 병동은 다른 병동과 격리되는 방향으로 운영된다고 간호장교가 설명했다. 그렇다. 폐쇄병동이었다. 702병동을 향해서 걸어가자, 곧이어 영화관 출입문처럼 생긴 커다란 문이 우리를 맞이했다. 간호장교가 초인종을 누르자 바로 의무병이 나왔다. 의무병은 간호장교가 말한 것처럼 여기는 폐쇄병동이며, 면회도 제한된다고 했다. 그러니 부모님과 작별 인사를 충분히 나누라고 말했다. 나는 부모님과 간부에게 허리 숙이며 짤막하게 인사했다. 더 얘기하고 싶었지만, 더 큰 걱정을 끼칠 것 같아 말을 자제하기로 했다. 부모님은 나에게 잘 다녀오라고 했고, 간부도 나중에 보자고 말했다. 의무병은 인사를 더 하지 않아도 되는지 물었고, 나는 괜찮다고 답했다.

커다란 문이 서서히 닫혔다. 나는 문이 완전히 닫힐 때까지 문밖에 서 있는 그들을 똑바로 바라보았다. 그들의 모습이 점점 가려지더니, 둔탁한 소리와 함께 완전히 사라졌다.

나는 짐 검사를 받고 슬리퍼를 받고 군복 대신 환자복을 입었다. 그리고 침대에 앉아서 생활 수칙을 안내받았다. 면도칼 따위를 반입하지 못하는 등의 제약은 있었지만, 군대 일과보다는 널널하다는 사실에 조금 마음이 놓였다. 폐쇄병동은 부대보다 나가기가 더 어렵기는 하지만 그래도 군복은 보지 않을 수 있으니, 같은 감옥이라도 오히려 더 낫다는 생각이 들었다. 나는 취침 시간 전까지 신상정보와 심리검사 용지를 작성했다.

취침 시간이 되자 형식적인 점호를 시작했다. 병사들, 아니 환자들이 번호를 외치고 의무병이 간호장교에게 보고하면 장교가 약을 나눠주는 것으로 마무리되었다.

"그래, 여기도 군대였지." 나는 중얼거렸다.

더 나은 감옥이지만, 여기도 감옥이기는 마찬가지다. 그렇다. 나는 군대와 결별한 것이 아니라, 잠시 도태된 사람을 다시 군대에 쑤셔 넣을 수 있게끔 도와주는 곳에 왔을 뿐이다. 내 상황은 여전히 좋게 변한 것이 아니었다. 그러나 지금 당장은 몹시 피곤할 뿐이어서 나는 바로 잠에 빠져들었다.

10

탈색된 병사

쇠창살이 보인다. 나가기는 어려운 일이다. 그러나 가장 개방적인 상태다. 내가 모두에게 보이기 때문이다. 사방에서 나를 감시한다. CCTV는 여기저기 달려 있고, 환자들은 늘 의무병의 감시 범위 안에 있다. 정신병동의 특성상 자살사고 등을 예방하려는 목적이겠지만 익숙해지지 못했다. 나만의 공간이라고 할 만한 침상마저도 감시당하기는 마찬가지다. 그래서 입원한 것을 가끔 후회했지만 어쩌겠는가. 부대에 있으면 죽을 것 같고, 도피할 곳은 여기뿐이니.

익숙해지려고 이것저것 시도해봤다. 화장실에서 나올 때마다 보이는 CCTV를 잠시 바라보다가 손을 흔들며 "안녕?" 인사하고는 했다. 솔직히 말하면 같은 환자들끼리는 아직 어색했고, 간호장교나 의무병에게 인사해도 왠지 허전한 기분이었다. 혼자 있는 게 아니라는 사실을 확인하고 싶었다. 그래서 기분을 망쳐 놓는 존재이긴 하지만 CCTV를 향해서라도 인사했다. CCTV에 대고 인사한 것은 나를 감시하는 그가 조금이나마 덜 혐오스러워 보였으면 하는 이유도 있었다.

CCTV와 마찬가지로 병동의 풍경도 그렇게 좋게 느껴지지는 않았다. 운동을 핑계 삼아 짧은 복도를 왕복해 걸어 다녔다. 그런 식으로라도 병동 풍경에 적응하려고 노력했다. 그러나 그 이튿날 아침에 일어나서는 면도기를 의무병이 보는 앞에서만 사용해야 했을 때, 모든 노력은 수포로 돌아갔다.

병원에서 탈출하는 꿈을 자주 꾸었다. 내가 누워 있는 침대가 날아서 밖으로 나가려 하는 꿈이다. 나는 신이 나서 환호성을 지른다. 그러나 치료진과 동행해야만 넘을 수 있는 경계가 가까워지면, 침대는 무슨 보이지 않는 벽에 가로막힌 것처럼 탕 부딪치기만 하고 밖으로 나가지 못한다. 여기에 있어도 저기에 있어도 감금당했다는 느낌이다. 도피 목적으로 찾아온 병원도 벗어나고 싶다. 차라리 부대에 돌아가고 싶다는, 망언 아닌 망언을 하기까지 했다. 일기에 이렇게 썼다.

화장실 창문을 연다. 차가운 바람이 불어온다. 그렇게 바깥 풍경을 보고 있노라면 기분이 좋아지고는 한다. 그러나 곧 쇠창살의 방해를 받는다. 그것은 온전한 풍경을 보는 데 큰 방해가 된다. 기분도 망친다. 나는 여전히 감금되어 있다는 생각에 사로잡혀 우울해진다. 어떤 사람이 다른 정신병원에 가보고 여기는 천국이라고 했지만, 내가 억압되었다는 이 상황 자체가 지옥일 수밖에 없다.

이럭저럭 입원한 지 벌써 몇 주일이 지났다. 면담 때 군의관이 이제 외출해도 좋다고 말했다. 환자 개인의 상태에 따라 병원 내로 한정하기는 했지만 잠시 외출을 해도 됐는데, 내가 그 대상자가 된 것이다. 바로 이튿날 나는 아무 망설임 없이 외출자 명단에 이름을 올렸다. 의무병이 지갑을 꺼내주고, 나는 굳게 닫혔던 문을 넘어 밖으로 나갔다. 병동을 나가면 병원 식당에서 치킨을 먹겠다고 별렀기 때문에, 재빨리 엘리베이터를 타고 로비로 내려갔다.

로비로 내려가니 사람들이 제법 북적거렸고, 그들의 말소리가 내 귀에 흘러들어왔다. 언제나 적막하기만 한 병동에 있다가 사람들이 많이 모인 환경에 놓이니 신세계가 펼쳐진 것 같았다. 나는 잠시 본래 목적을 잊고 로비 의자에 앉아서 사람들을 지켜보았다. 접수하러 가는 간부와 병사들, 면회를 왔는지 손에 이것저것 잔뜩 들고 있는 가족들, 나처럼 외출하러 나왔는지 환자복을 입고 돌아다니는 병사들이 보였다. 나는 그런 광경을 보면서 세상이 돌아가고 있다는 사실에 안도했다. 완전히 격리된 것이 아닐까 싶었는데, 내 생각이 틀렸다는 사실이 증명된 것이다.

그러나 안도감은 금세 사라졌다. 나는 지나가는 사람들을 보면 볼수록 비참한 기분을 느꼈다. 누가 우리를 강한 국군이라고 했던가. 이곳 풍경을 1분이라도 살펴본다면 그런 말은 함부로 하지 못할 거다. 풍경에 색채가 없었다. 평소 군복을 입고 구호에 맞춰 힘차게 행진하던 병사들이, 지금 여기에서는 하얀 환자복을 입고 힘없이 돌아다닐 뿐이다. 강인한 대한의 아들들은 없고 치료받는 환자들만 있다.

나는 휠체어를 탄 늙은 간부와 동행인이 지나가는 모습을 보았다. 휠체어를 밀어주는 사람은 환자를 측은하게 바라보면서 이런저런 이야기를 다정하게 건넸지만, 늙은 간부는 고개만 끄덕였다. 한때는 젊은 병사들의 경례를 받으면서 자신의 계급을 확인했을 터인데, 지금은 휠체어에서 골골거리는 노인이 내 눈앞에 보였다.

로비에 있는 전광판으로 눈길을 돌렸다. 국군수도병원의 우수함을 홍보하는 영상이 계속해서 나오고 있었다. 그때 나는 그 전광판 아래로 머리에 깁스를 하고 표정이 딱딱하게 군 병사가 지나가는 것을 보았다. 그가 밖으로 나갈 때 전광판에서는 군인 환자들이 웃으면서 국군수도병원을 홍보하는 장면이 나왔다. 옆에서 나처럼 전광판을 보던 아줌마가 "애초에 군대 안 오면 안 다쳤을 거 아니냐"면서, 젊은이들이 웃으려면 일단 군대에서 나오거나 아예 가지 말아야 한다고 말하며 한숨을 내쉬었다.

국방부는 사람들을 안심시키려고 늘 군대의 그럴싸한 모습을 보여준다. 그러나 많은 사람들은 그걸 믿지 않고, 살아서 무사히 제대하면 운이 좋았다고 평가한다. 갓 입대한 병사들의 목표도 마찬가지고, 내가 마주쳤던 병사들이 가장 간절히 바란 것도 무사히 제대하는 것이었다. 오늘도 그들은 그저 병病 앞에 오들오들 떨면서 무사히 군대를 나가게만 해달라고 걱정한다.

여기에 강한 국군의 병사는 없다. 휠체어를 탄 늙은 간부처럼 무기력한 사람만 있다. 나는 국군수도병원 입구에 각종 종교기관이 몰려 있는 것을 떠올리고, 국방부가 아무리 감추려 해도 감출 수 없는 군대에서의 나약한 인간을 신이 주신 시련으로 포장하려 한다고 판단했다. 그들이 감추고 싶어 해도 하얀 환자복을 입은 군인들은 오늘도 병원 곳곳에 존재한다.

그런 광경들을 바라보다가 나는 본래 하기로 했던 일을 까먹고, 멍하니 다시 병동으로 올라갔다. 이런 여건에서는 짤막한 외출이 오히려 독이 될 것 같았기 때문이다. 병동으로 돌아온 나는 조용히 고개를 숙이고 앉아 있었다. 간호장교가 무슨 일이냐고 물어보기에 피곤해서 그렇다고 짤막하게 대답하고는 계속 가만히 앉아 있었다. 나는 로비에서 본 풍경의 여운을 그렇게 한참 느끼다가, 저녁 먹을 시간이 되었다는 소리에 고개를 들었다. 환자복을 입고 저녁을 받기 위해 줄 서 있는 같은 병실 환자들이 보였다. 나는 팔을 살짝 들어 내가 입은 옷을 확인했다. 역시 흰색이었다.

나는 로비 이곳저곳에 있는 환자들을 비참하다고 생각했지만, 나 역시 그중 일부였다. 내가 누구를 비참하다고 여길 처지가 아니었다. 입원까지 하게 된 내 심각한 상태를 걱정하면서, 앞으로 남은 군생활을 어떻게 버텨나가야 하는지부터 우려해야 했다. 병영상담관에 의해 관심병사로 지정되고 특별 관리를 받다가 갑자기 이상 증세를 보이는 바람에 급히 입원한 상황. 관심병사가 자신의 직무를 가장 잘해낸 그런 상황. 하지만 그렇기 때문에 정상이라고 여겨지는 사람들 사이에서 더 고립되고 따가운 눈총을 받을 수밖에 없었다.

대한의 아들들이 비록 잠시 추락해서 병원으로 오지만, 대부분은 말끔해져서 나간다고 들었다. 예외는 극히 일부라고, 뉴스에 보도되는 사망 사고는 운 없는 사람들만의 일이라고 주변 사람들은 내게 말했다. 하지만 세상일은 알 수 없는 것이고, 나는 지지리도 운이 없어서 현역으로 입대했다. 그러니 당장 병원에서 어떻게 변할 것인가. 아무 일 없이 퇴원하더라도 무사히 살아서 군대를 나갈 수 있을까. 그런 의문들이 나를 끊임없이 괴롭혔다.

이런 생각들 때문에 밥을 제대로 먹지도 못한 채 병동으로 다시 나왔더니, 사람들이 종이 한 장을 놓고 무언가 적는 모습이 보였다. 가족이나 친구가 면회 오기로 확정된 사람들이 면회객들의 방문 날짜와 차량 번호 따위를 적고 있었다. 병원이었지만 엄연히 군부대이기 때문에 민간인이 출입하려면 이런 식으로 미리 조사해서 병원 쪽에 등록해야 수월했다.

면회하러 올 사람들의 신상정보를 열심히 적는 그들을 보니 면회하러 오겠다고 한 부모님의 말이 떠올랐다. 나도 미소 지으며 종이에 부모님 이름을 적었다. 간만에 부정적인 감정을 떨쳐버리고 긍정적인 기운을 받아야겠다고 생각했다. 그래, 적어도 면회하는 그 순간만큼은 좋은 생각만 하도록 하자. 나는 이렇게 결심하고 펜을 내려놓았다.

11

최면

성탄절 즈음에 가족들이 면회를 왔다. 부모님과 어린 동생이 면회실로 찾아왔다. 동생은 면회실을 뛰어다니다가 부모님에게 제지당했다. 그 모습을 보자 오랜만에 일상으로 돌아온 기분이 들어 웃었다. 부모님은 애틋한 표정으로 내게 고생이 많다고 말했는데, 그렇게 말하는 부모님의 표정에 입영식 때 눈물을 훔치던 모습이 겹쳐 보였다. 자식을 군대에 보내면 부모들은 날마다 걱정에 사로잡혀 제대로 잠도 못 이루고 밥도 잘 먹지 못한다더니 정말 그런 것 같았다. 그래서 나는 부모님에게 미안한 마음밖에 들지 않았다.

하지만 그때뿐이었다. 부모님이 준비해온 음식을 먹을 때, 그들은 앞으로 내가 어떻게 될 것인지 여러 가지를 물어봤다. 내가 병원에서 전역하는 사람도 있다고 대답하자 부모님은 이렇게 말했다.

"그래도 자원해서 왔는데, 좋게 끝내야 하지 않겠니. 조금 힘들지도 모르지만, 얼마 남지 않았으니 무사히 전역하면 좋겠다고 생각한다."

정신병동에서는 군대라는 감옥을 버티지 못하고 결국 조기에 전역하는 사람들이 있었다. 이른바 현부심, 현역 복무 부적합 심사라는 제도였다. 그 무렵 부대에서는 가끔 나에게 그 제도를 통해 사회로 돌아가면 좋지 않겠느냐고 제안했다. 나도 그 가능성을 진지하게 고려하고 있었는데, 부모님이 그렇게 말하니 감히 내 희망을 함부로 말하기 어려웠다.

어릴 때부터 그랬다. 나는 부모님에게 거역하는 것을 힘들어했다. 한국의 많은 자식들이 그러겠지만, 나는 장남이자 첫째라는 위치 때문에 아예 말을 꺼내기도 힘든 경우가 많았다. 부모님은 압박하지 않았다고 생각했지만, 나는 항상 부모님의 기대에 부응하기 위해 내 욕구를 억누르고 지내야 했다. 어쩌다 반항해서 내 의견을 관철할 때도 있었지만, 그럴 때는 집에 거센 폭풍이 몰아칠 것을 각오해야 했다. 조기 전역을 말하고 싶었던 내 입은 아무 말도 하지 못했다. 그런 내 마음을 아는지 모르는지, 동생은 자꾸 면회실에서 뛰어다니려고만 했다.

나는 먹던 치킨을 내려놓고, 부모님의 희망대로 정상 전역을 위해 노력해보겠다고 대답했다. 그러자 침울하던 부모님 얼굴이 조금 밝아졌다. 아버지는 남은 기간이 얼마 안 되니 잘해보자고 내 등을 토닥여주기까지 했다. 면회가 끝났을 때 부모님은 들어올 때보다 훨씬 안정된 표정이었다. 나는 그 모습을 보면서 애써 웃었다. 그리고 침대로 돌아가 누웠을 때, 나는 스스로에게 최면을 걸었다.

"나는 정상으로 전역할 수 있다."

수십 번을 되뇌었다. 그러자 나는 정말 그렇게 믿게 되었다. 이 병동에서 나가기만 하면 고난은 끝난다고 믿었다. 이제 좀 변해보자고 다짐했다. 이전의 나를 버리고 앞으로 나아가자! 나는 할 수 있을 거다, 치료되어 갈 거다, 확신하려고 노력했다.

물론 진통제가 상태를 일시적으로 호전시킬 수는 있어도 완전히 치료해줄 수는 없는 노릇이다. 그 사실을 잘 알면서도 나는 계속해서 정상 전역을 할 수 있다고 중얼거렸다. 밥을 먹을 때도, 잠자리에 드는 순간에도, 나는 계속 같은 말을 반복했다. 오죽하면 옆자리 환자가 밤에 조금만 조용히 해달라고 부탁했을까. 나는 그에게 미안하다고 말하는 순간에도 마음속으로는 계속 정상 전역 할 수 있다고 되뇌었다.

어느덧 새해가 되었다. 나는 병상에서 새해를 맞이했다. 입대할 때만 해도 이즈음이면 군대에 제법 적응해서 마냥 행복하게 전역을 기다리는 병사가 되어 있을 줄 알았는데, 실제로는 관심 병사로 지정되어 병원에서 치료받고 있다니. 그런 생각에 잠시 우울해졌지만, 나는 다시 마음을 다잡았다. 정상 전역을 목표로 하면서 그런 생각을 해서야 되겠는가?

새해도 맞이했으니 앞으로의 군생활을 잘하자는 의미에서 소소한 목표를 정하고 실천하는 연습을 했다. 그중 하나가 독서였다. 나는 병동에 있는 책부터 차례차례 독파하기로 결심했다.

그때 나는 자기계발서를 집중적으로 읽었다. 그 책들을 통해 내가 앞으로 무엇을 해야 할지 배우고 싶었다. 책의 저자들은, 어려운 환경에서 수없이 좌절을 겪으면서도 끝내 다시 일어서는 사람들의 이야기를 많이 들려주었다. 다시 일어서서 노력한 결과 어느 누구에게도 꿀리지 않을 만큼 성공한 사람들의 이야기는 내게 영감을 주기에 충분했다. 책을 읽다가 가끔 울기도 했지만, 나보다 더 어려운 상황에서도 성공했는데 나라고 못할 것이 있을까 하는 생각이 커졌다. 내게 닥쳐온 잠깐의 시련을 극복하고 정상 전역이라는 성공을 이룰 수 있다고 확신했다.

이런 식으로 조금이라도 더 긍정적인 사람이 되려고 노력했다. 그리하여 반드시 정상 전역을 할 거라고 믿어 의심치 않았다. 웃을 수 있을 때 더 많이 웃으려고 했고, 몸을 조금이라도 더 움직여서 삶에 새로운 활기를 불어넣으려고 했다. 외출 때마다 조금 무리해서라도 나를 위한 음식을 사 먹었고, 부모님이나 친구들과 통화할 때도 내가 아는 선에서 최대한 유쾌한 이야기를 함으로써 좋은 분위기가 되도록 유도하기도 했다.

그러나 어떤 날은 너무 불안해서 일기에 불안하다고 반복해서 적기도 했고, 간호장교와 상담하다가 거의 울음을 터뜨릴 뻔한 적도 있었다. 하지만 그러는 순간에도 내가 정상 전역을 할 수 있다고 믿었다. 위기는 찰나일 뿐이고, 남들이 겪는 감정의 곡선을 그대로 따라가는 것이라고 확신했다. 그래서 이제 병원을 졸업해서 다시 부대로 돌아가고 싶다고 더 자주 떠벌리기도 했다.

퇴원 일정을 잡기 시작했다. 정확한 날짜는 정해지지 않았는데, 부대가 여러 훈련으로 바빠서 나를 데리러 올 정도로 여유 있는 사람이 아무도 없었기 때문이다. 이해는 하지만, 나는 부대에 얼른 돌아가지 못하는 사실이 아쉬웠다. 이렇게 바뀐 나를 어서 빨리 보여줘야 하는데, 관심병사라는 장애를 극복하고 무사히 정상 전역할 나를 보여줘야 하는데……. 그래서 간호장교가 퇴원 일정을 어떻게 할 수 있는 처지가 아니라는 것을 잘 알면서도, 기회가 생길 때마다 간호장교에게 일정이 당겨지지는 않았는지 물어보기도 했다.

그렇게 목이 빠져라 기다리던 퇴원 당일, 나는 간호장교와 의무병들에게 힘찬 목소리로 인사했다. 다시는 여기에 오지 않겠다고, 우리 다시는 만나지 말자고, 나는 그들을 보며 생각했다. 나는 그렇게 나가고 싶어 했던 폐쇄병동 쪽은 두 번 다시 쳐다보지도 않고 간부가 기다리는 대기실로 갔다. 그를 보며 나는 환하게 웃었다. 그도 조금 마음이 놓였는지 살짝 미소를 지어 보였다. 퇴원 수속을 밟은 다음, 우리는 차를 타고 국군수도병원을 나왔다. 차는 앞을 향해 힘차게 달렸다. 나는 조수석에 앉아서, 이제 영원히 떠나는 거라고 생각하며 몇 번이고 되뇌었다.

"나는 정상 전역 할 수 있다."

이렇게 첫 번째 입원 생활이 끝났다.

4
장

입
감

01

회색 군대와 고래 젤리

"자, 이 상병. 이걸 입에 넣고 천천히 씹어봅시다."

퇴원 이후 오랜만에 부대 의무실을 방문한 나에게 군의관이 젤리 하나를 주며 말했다. 나는 초췌한 표정으로 말없이 군의관이 하라는 대로 했다. 고래 모양 젤리가 내 입으로 들어갔고, 나는 젤리를 씹으면서 맛을 음미했다. 노란색 젤리에서는 레몬 맛이 났는데, 젤리를 오랜만에 먹어서 그런지 더 맛있었다. 평소에는 시큼한 막대사탕만 먹어서 단맛을 잊고 살았는데, 군의관이 준 젤리는 단맛이란 이런 거라고 내게 다시 일깨워주었다.

군의관은 맛을 음미하는 나를 보더니 하나 더 권하면서, 계속 젤리를 느껴보라고 했다. 그는 이렇게 말했다.

"오감을 이용해서 젤리를 먹어봅시다."

군의관의 말에 따라 나는 젤리를 냄새 맡아보기도 하고, 혀로 굴려보기도 했다. 평소에는 그냥 먹는 젤리인데, 그런 방식으로 먹으니 새롭고 재미있었다. 그러다가 나는 이게 상담에 무슨 필요가 있는지 의문이 들었다. 젤리를 세 개째 먹을 때, 나는 궁금증을 참지 못하고 군의관에게 도대체 우리가 무얼 하는 건지 물어보았다. 그러자 그는 웃으면서 이렇게 말해주었다.

"우울증에 걸리면 세상이 잿빛으로 보이죠. 그렇게 거리를 걸으면 아무 자극도 받지 못해요. 자극 없는 세상에서는 사람이 살아갈 이유가 없어진다면 어떤 결말이 나올까요? 그 결말을 보지 않기 위해서라도 세상이 살아 있고, 내게 자극을 느끼게 해준다고 알고 있어야 합니다. 젤리를 오감을 이용해서 먹어보라고 한 것은 그 때문이죠. 질감도 냄새도 이 상병이 모두 느낄 수 있었죠. 혼자 있는 세상이 아닙니다. 어두운 세상이 아니라는 겁니다. 좀 더 세상을 느껴보고 기운을 차립시다."

그날 상담은 내가 군의관에게 젤리 봉지를 받고 나오는 것으로 끝났다. 나는 군의관이 내게 해준 말을 곰곰이 되새기면서 독서실 구석에서 젤리를 먹었다. 세상이 내게 제대로 자극을 주는지는 알기 어려웠지만, 적어도 내가 군대에서 의지할 상내가 있다는 것은 다행이라는 생각이 들었다.

T 군의관은 내가 부대에 있을 때 두 번째로 부임한 군의관이

었다. 전임 군의관은 거의 부임 기간 막바지여서, 신병 심폐소생술 교육 때 말고는 자주 마주치지 못했다. 그러나 T 군의관은 내가 관심병사가 되면서 상담 등을 맡았기 때문에 주기적으로 보게 되었다. 그와 처음 대면할 때 생각한 것은, 그도 당연히 나를 의심하리라는 것이었다. 나에게는 왜 말을 더듬느냐고 나무라던 국군수도병원의 군의관이 인상에 강하게 남았고, 아파서 갔더니 군의관이 심드렁한 표정으로 꾀병이라고 하더라는 일화를 주변에서 자주 들었기 때문이다.

그런데 T 군의관은 내 예상을 완전히 뒤집은 사람이었다. 사려 깊었고, 내 말을 잘 들어주었으며, 무엇보다도 내 심정을 잘 이해해주던 몇 안 되는 사람이었다. 그는 자신의 좋지 않은 기억까지 꺼내가면서, 내가 겪는 우울한 감정들을 다스리려면 폭식을 줄이거나 밝은 내용의 책을 보면 좋겠다고 조언해주었다. 그가 나에게 마음의 문을 열어주는 순간마다 나도 점점 더 솔직해져서, 군대에서 매일 지쳐가는 나 자신에 대해 자세히 이야기하게 되었다. 의무실에 들어갈 때는 T 군의관도 군인이기에 경례를 했지만, 나올 때는 감사의 표시로 허리 굽혀 인사했다.

그는 내가 위기에 빠졌을 때도 함께해주었다. 내가 갑자기 이상 증세를 보인 날, 그러니까 부대에서 나를 입원시키기로 결정한 사건이 벌어진 날, 당장 군병원으로 가기에는 도로 사정이 열악했기 때문에 나는 일단 가장 가까운 의료원으로 옮겨졌다. 그곳에서 나는 난생처음으로 링거 주사를 맞았다. 주사액이 뚝뚝 떨어질 때마다 내 생명력도 조금씩 줄어드는 기분이 들었다. 눈앞에는 아무것도 보이지 않았고, 누가 계속 쫓아오는 느낌에 몸을 바들바들 떨었다.

그때 누가 내 손을 잡아주는 것이 느껴졌다. 고개를 돌려보니 T 군의관이 앉아서 내 옆을 지키고 있었다. 나는 그의 손을 꼭 쥐고는 작은 목소리로 물었다.

"저, 죽는 걸까요?"

"아니, 그럴 리가."

T 군의관은 조용하고 부드럽게 말해주었다. 그럼에도 나는 자꾸 언제 죽는지 물어보았다. 짜증이 날 만한데도 그는 한결같은 태도로 나를 안심시키려고 애썼다. 부드러운 표정으로 내 손을 잡고 있는 T 군의관을 보며, 나는 지금 어떤 두려운 존재가 나를 쫓아온다고 해도 당장 죽지는 않을 것이라고 확신했다.

그 뒤로 나는 T 군의관에게 더 의지하게 되었다. 그러나 생각보다 많이 도움을 받지는 못했는데, T 군의관이 나를 귀찮아했기 때문은 아니다. 문제는 내 쪽에 있었다. 부대에 있는 날보다 없는 날이 늘어나면서 부대에 상주하는 T 군의관과 만날 기회가 적어졌기 때문이다. 내가 부대에 있을 때는 공교롭게도 T 군의관의 출장 날짜와 겹치는 바람에 상담을 받기 힘든 때가 자주 있었던 것도 한몫했다.

시간이 점점 흘러, T 군의관은 다른 부대로 옮겼다. 나는 떠나는 그와 조금이라도 더 같이 있고 싶었지만, 막상 가까이 다가가지는 못했다. 이제 부대에서 내가 의지할 수 있는 사람이 점점 줄어든다는 사실을 생각하니, 앞으로 의지할 사람 없이 부대에 남겨질 내 미래가 험난해 보였기 때문이다. 그를 보면 그런 암울한 생각이 더 강해질 것 같아서 차마 그에게 가지 못했다.

부대원들과 단체사진을 찍고 우리 부대에서의 생활을 마무리한 T 군의관은 며칠 뒤 정말로 떠나고 말았다. 나는 창밖으로 그가 타고 가는 차량을 가만히 바라보았다. 그가 정말로 갔다. 다음에 올 군의관은 어떤 사람일까. 나는 그 사람에게도 의지할 수 있을까. 부디 그랬으면 좋겠다고 기도했다. 하늘에서 T 군의관이라는 좋은 사람을 보내주었으니, 계속 그런 사람을 보내주지 않을까 막연히 생각했다. 내게 행운이 따르기를 바랄 뿐이었다.

T 군의관은 내 군생활을 완전히 비참하지는 않게 만들어준 사람 중 하나였다. 군대에서의 부정적인 경험만 이야기하고 있지만, 매일같이 그랬던 것만은 아니다. T 군의관 같은 사람들 덕분이었다. 나를 측은히 여기면서 도움을 준 사람들은 그 말고도 여럿 있었다. M 목사, J 상사, Y 병장, U 상병 등등, 고마운 마음을 전하고 싶은 인물들이 너무나 많다. 칙칙한 군생활을 하던 나에게 그들은 붓을 쥐여주면서 여러 가지 색깔을 칠하게끔 도와주었다. 검은빛과 잿빛만 있던 이상문의 군생활이라는 도화지에

노란색, 초록색, 파란색 등이 칠해졌다. 마치 T 군의관이 내게 주었던 형형색색의 젤리들처럼, 그들 덕분에 내 군생활에도 다양한 색이 남을 수 있었다. 내가 군대에서 죽지 않고 살아간 이유는 이런 사람들 덕분일 것이다.

문제가 있다면 그들 대부분이 나에게서 너무 일찍 떠났다는 사실이다. T 군의관처럼 다른 부대로 가거나 전역을 했다. 관심병사로 지정된 초기에는 도움을 받아 다른 병사들과 그럭저럭 어울릴 수 있었는데, 나를 대변해주던 사람들이 점점 사라지자 나는 늘 비난의 대상이 되곤 했다. 그렇다고 내게 친절을 베푼 사람들을 다시 부대로 모셔올 수는 없는 일이었다. 나는 그들 없이 나 스스로 타인을 상대하고 부대원들의 편견과 싸워야 했다. 평소 각오한 일이어서 마음의 준비는 되어 있었다. 마음 한구석에는 그들에 대한 두려움이 있었지만, 어떻게든 극복하리라고 믿었다. 그러지 못하더라도 한 명 정도는 내 손을 잡으면서 위로해주리라, 소박한 기대도 있었다.

02

커피믹스

겨울이었다. 전기난로를 켠 사무실에는 따스한 기운이 가득했다. 간부는 아직 출근하지 않았고, 나와 후임은 청소를 마치고 잠시 멍하니 앉아 있었다. 언제나 똑같은 하루다. 간단한 서류 업무를 보고, 교육에 참석하며, 가끔 간부가 시키는 일을 하고 나면 멍한 시간밖에 남지 않는다. 무료해지면 조용히 책을 읽거나 컴퓨터에서 인트라넷 사이트를 돌아다니며 시간을 죽인다. 그날따라 그것마저 지겨워서, 아무것도 하지 않고 계속 사무실 벽 쪽을 바라보았다.

퇴원해서 돌아온 부대는 여전히 잘 돌아가고 있었다. 나 한 사람 없어도 모든 일이 아무 문제 없이 처리되고 있었다. 그런데 아무 쓸모없는 관심병사가 다시 돌아오니 부대에서는 난감했을 것이다. 필요도 없는데 돌아왔으니, 큰 골칫거리일 수밖에 없다. 일을 아예 시키지 않으면 집단에서 배제될 가능성이 있기 때문에 그냥 내버려두기도 어려웠다. 결국 나는 실내에서 CCTV를 감시하거나, 조용히 앉아서 서류 처리하는 업무를 맡았다. 입원하기 전에도 그랬지만, 퇴원 후에는 순찰할 때 공포탄을 아예 빼는 등의 조치가 있었다. 더구나 겨울이라 눈이 많이 내려서 도저히 순찰을 나갈 수 없기 때문에, 그 빈총을 드는 일조차 드물었다.

옆에 앉은 후임이 뭔가 열중해 있는 모습을 보고 나도 뭔가를 해야겠다고 판단했다. 적당한 책 한 권을 들어 책장을 넘겼다. 어색한 분위기가 사무실을 채웠다. 후임과 나는 친하지 않았다. 내가 사람을 잘 사귀지도 못하는 데다 관심병사였기 때문에 은연중 나를 꺼려하는 분위기가 있었다. 근무표를 짤 때 어쩔 수 없이 나와 짝이 된 불쌍한 후임. 뭐라도 해주면 좋겠지만, 접촉 자체를 기피하는 분위기에서 나는 그저 조용히 살아만 있는 것이 최선이었다.

어색한 분위기는 간부가 사무실로 들어오면서 정리되었다. 우리는 간부에게 경례를 하고, 작업해둔 서류의 결재를 부탁했다. 그는 바로 서명한 뒤 냉장고 옆쪽을 가리키면서 말했다.

"커피라도 마실래? 실컷 마셔라. 많다."

벌써 알고 있었다. 오늘 아침에도 거기에 있는 컵을 씻었다. 어제도 근무가 끝난 다음 빈 사무실에서 홀로 커피를 타 마셨다. 사회에서는 잘 마시지 않았는데, 군대에서는 유독 많이 마시게 되었다. 신병 시절 주임원사실에서 근무할 때 주임원사가 권하기도 했고, 소파에 앉아 무료하게 시간을 때우다 보면 슬슬 졸음이 몰려와서 잠을 깰 무언가가 필요했기 때문이다. 그렇게 매일 습관적으로 마시다 보니, 근무할 때는 항상 커피를 서너 잔씩 마셨다.

나는 우선 간부와 후임에게 커피를 마실지 물었다. 그들은 괜찮다며 사양했다. 나는 내가 마실 커피를 준비했다. 커피포트의 물이 팔팔 끓었다. 커피믹스 봉지를 뜯어 내용물을 컵에 넣었다. 뜨거운 김이 피어오르는 물을 적당히 붓고 섞었다. 커피 한 잔이 완성되었다. 내 자리로 돌아가서 후후 불면서 조심조심 마셨다. 뜨거운 액체가 식도를 타고 아래로 내려갔다. 온몸에 달달한 기운이 퍼져갔다. 기분이 조금 좋아졌다. 간부가 미소 지으며 한 마디 했다.

"상문이가 요즘 기분이 괜찮은가 보구나!"

나는 겸연쩍게 웃기만 했다. 커피를 마셔서 기분이 조금 더 괜찮아지긴 했지만, 최근에 내 기분이 괜찮았는지는 잘 모르겠다. 어쨌든 남들이 보기에는 정상적으로 살아가고 있었다. 몇 가지 특혜를 받을 뿐, 여느 병사들과 다를 게 하나도 없었다. 하지만 나는 그 생활을 위해서 커피를 평소의 배로 늘렸다. 부대에 넘치는 것이 커피믹스였으니 눈치 볼 일도 없었다.

믹스 커피를 마시면 그 속에 들어 있는 설탕이 사람을 기분 좋게 만들었다. 그런 기분 좋은 상태로 종이컵을 쥐고 가만히 앉아 있노라면 사회에서 행복했던 기억들이 자꾸 떠올랐다. 술을 마시지 못하는 친구들과 호프집에서 안주만 잔뜩 먹고 나온 일, 수강신청에 쫓겨 피시방에서 욕을 한 기억, 지하철을 잘못 타는 바람에 수업 시작 직전 강의실에 도착한 일 등등. 부대에서는 할 수 없는 일들만 기억이 났다.

나는 밖으로 나가지 못한다. 커피는 그런 제약을 달래기 위한 마약이었다. 간부는 내 상태가 괜찮아져서 여유롭게 커피를 마신다고 생각했지만, 실제로는 아니었다. 커피를 마시지 않고는 버틸 수 없었다. 커피를 마셔야만 삶을 이어갈 의지를 간신히 붙잡을 수 있었다. 커피를 마시지 않으면 손이 떨리고 머리가 어지러웠다. 무엇보다 군대를 벗어나는 상상을 제대로 하지 못했는데, 그러면 눈앞에 보이는 것이라고는 국방색 옷을 입은 사내들이 전부였다. 그들은 총을 들고 군화를 신고 나에게 말을 걸었다. 그럴 때마다 나는 헛구역질을 하면서 속이 뒤집어지는 느낌을 받았다. 다른 병사들은 군대 생활의 고단함을 담배로 해소했는데, 나에게는 커피가 그런 존재였다. 커피가 있어서 겨우겨우 살아갈 수 있었다.

그러던 어느 날, 아무도 부대를 드나들 수 없을 만큼 눈이 엄청나게 내렸다. 식당까지 가는 길만 겨우 뚫렸다. 그때 부대 안에 커피믹스도 동이 나버렸다. 나는 커피를 마시고 싶었지만 커피믹스가 없어서 속이 탔다. 그래도 어디 한 개쯤 있지 않을까 생각하며 부대 곳곳을 돌아다녔다. 그러다가 독서실 사물함 구석에서 내가 예전에 처박아둔 커피믹스 한 개를 발견했다. 나는 바로 커피를 타서 그 뜨거운 액체를 한 번에 다 들이켰다. 하나뿐인 커피믹스였는데 너무 빨리 마셔버렸다.

더 마시고 싶은데 방법이 없자, 나는 방금 쓰레기통에 버린 종이컵을 주웠다. 다행히 먼지가 묻지 않아서 다시 사용할 수 있었다. 커피 찌꺼기가 남은 종이컵에 다시 뜨거운 물을 부어 연해진 커피를 마셨고, 이제 더는 커피 맛이 나지 않을 때까지 복도에 서서 계속 종이컵에 물을 부어 마셨다. 그날 이후 커피믹스가 없어질 때에 대비하여, 사무실에 잔뜩 있는데 굳이 더 살 필요가 있느냐는 중대장의 말을 무시하면서 100개들이 커피믹스를 BX에서 구매하기도 했다.

얼마나 마셨으면 군의관이 내게 폭식을 주의하라고 경고하면서 동시에 커피도 줄이라고 진지하게 권했을까. 군의관의 말을 듣고 며칠 동안 커피를 마시지 않았는데, 날마다 악몽을 꾸고 밥 먹을 때마다 토할 것만 같아서 커피를 다시 마셨다. 일주일 만에 커피를 탔다. 커피포트를 들고 있는 손이 떨려서 하마터면 뜨거운 물을 쏟을 뻔했고, 종이컵에 커피믹스를 넣을 때는 내용물을 바닥에 쏟아서 소중한 커피믹스 하나를 낭비할 뻔했다. 겨우 커피 한 잔을 타서 뜨겁다고 소리를 내며 커피를 마셨다. 그러자 몸이 편안해지고 우울한 기분이 날아갔다. 그날 나는 다시 들떠서 저녁 메뉴로 나온 치킨너겟을 폭식했다. 예전과 차이가 있다면, 일반 커피믹스보다 설탕의 양을 절반쯤 줄인 제품이었다는 정도.

커피믹스는 내게 살아갈 의지를 주었지만 내 군대 문제를 해결해주지는 못했다. 오히려 쌓이는 종이컵의 수만큼 군대에서 나가고 싶다는 욕구가 커져만 갔다. 해결책은 군대를 나가는 것밖에 없었다. 하지만 나는 나오기 어려운 상황이었다. 현부심 이야기는 부모님에게 꺼내지도 못했다. 전화할 때마다 어머니는 내가 무슨 일을 하는지, 무슨 훈련을 받는지 까먹어서 자꾸 되물었고, 아버지는 항상 그 정도는 버티라는 태도로 일관했기 때문이다.

그런 답답한 통화를 마칠 때마다 나는 터져나오려는 울음을 참고 커피를 찾았다. 아무도 없는 사무실에서 뜨거운 물에 커피를 타서 마시면 마음이 가라앉았다. 나는 퇴원 이후의 하루하루를 그렇게 마무리했다. 커피믹스를 타서 마실 때마다 이걸 마시지 않아도 되는 날이 언제 올까 생각했지만, 상황은 불 꺼진 사무실처럼 어둡기만 했다.

"네, 덕택에 괜찮습니다."

나는 웃으면서 이렇게 대답했다. 커피를 마시고 있으니 정말로 괜찮았다. 오늘 하루도 커피를 수십 잔 마시면서 버틸 것이다. 내일은 어떻게 될지 모르지만, 어제와 오늘은 커피가 있어서 괜찮았고 또 괜찮다. 앞으로 커피믹스를 몇백 개나 소비할지 알 수는 없지만, 커피믹스가 있다면 험난한 군생활도 그럭저럭 버틸 수 있다고 분명히 믿었다.

대답을 마치고 커피 한 잔을 더 마셨다. 기분이 좋아졌다.

03

괴즐나사

"하늘을 달리는 우리 꿈을 보아라…….."

점심을 먹고 생활관으로 돌아갈 때 갑자기 〈공군가〉가 부대 전체에 울려 퍼졌다. 무슨 일인가 하고 의아해했더니 옆에 있던 선임이 말하기를, 병사들의 정신상태가 많이 해이해졌다면서 대대장이 정신전력 강화의 일환으로 점심시간과 저녁시간에 군가를 틀겠다고 했단다. 가만 생각해보니, 그때 부대에는 나 말고도 관심병사가 몇 명 더 있었는데 그게 원인인 것 같았다. 이 좁은 부대에서 관심병사가 상대적으로 많이 나오니 고지식한 지휘관이 그렇게 생각하는 것도 무리가 아닐 터였다.

군대에서 군가란 일종의 노동요 같은 것이다. 고된 훈련 속에 울려 퍼지는 군가는 메마른 땅을 적시는 단비와도 같다. 힘든 훈련을 조금 더 버티게 하는 힘을 부여한다. 또한 군인정신을 담은 가사를 흥겹게 퍼뜨려 사람들 속에 자연스럽게 흡수시킨다. 이런 점에서 군가는 군대에 유용한 존재다. 이 말을 하면 조금 놀라겠지만, 나는 군가 자체는 별로 싫어하지 않았다. 오히려 좋아하는 편이어서, 일부러 찾아 듣기도 했다. 물론 가사 자체는 끔찍하게 여겼기 때문에 멜로디만 즐겼다. 어쨌든 오랜만에 들려오는 군가에 흥이 나서 발걸음이 약간 가벼워졌다.

그런데 독서실에 앉아 가만히 머리를 굴려보니, 내가 마냥 좋아할 일은 아니라는 생각이 들었다. 어떤 집단이든 자신들만의 고유한 노래를 통해서 각 집단의 목적을 이루려고 하기 때문에, '군가는 해로운 것'이라고만 주장할 수는 없다. 다만 그것이 과해졌을 때, 그러니까 기존의 목적을 과잉 실현하는 하나의 폭력으로 다가올 때, 군가만큼 무서운 존재는 없다.

대대장은 군기를 강화하기 위한 방법의 하나로 군가를 자주 틀기로 결정했다. 내가 멜로디에 몸을 맡긴 것도 잠깐이었다. 대대장이 그런 이유로 틀었다고 생각하니 군가는 단순히 노래가 아니었다. 군가가 나더러 왜 그렇게 나약하냐고 질책하는 느낌이 들었다. 군가는 나에게 어서 강인한 병사가 되어야 한다고 재촉했고, 나아진 것이 없는 나를 매일 비난했다.

나는 당연히 이런 속삭임에 응할 마음이 없었지만, 군가가 울려 퍼질 때마다 머릿속에서 행진하는 군사 대열이 자동으로 튀어나오는 바람에 점점 난처해졌다. 그 대열은 저주의 말을 쏟아내면서 나를 군홧발로 짓밟았는데, 그것만으로는 부족했는지 욕을 퍼부으면서 나를 끌고 가 공개총살 해버리고는 했다. 그럴 때마다 상황실로 달려가서 군가를 꺼달라고 부탁하고 싶었지만 그건 불가능했다. 나는 군가가 나오면 그 소리가 제일 안 들리는 곳으로 달려가 군가가 끝날 때까지 귀를 막았다.

이런 나에게 주어진 업무 가운데 하나가 바로 국기 게양식과 하기식이었다. 야간근무가 끝나면 아침에 국기를 게양해야 했고, 오전근무가 끝나면 늦은 오후에 국기를 내려야 했다. 야간근무 때는 워낙 졸리기도 하고 애국가도 틀지 않기 때문에 거부감이 덜했지만, 문제는 오전이었다. 그때는 애국가를 크게 틀고 모든 사람들이 국기를 바라보며 멈춰 있기 때문이었다. 애국가가 울려 퍼지는 가운데 선임이 내린 태극기를 나는 아기를 안는 것처럼 조심스레 받아 모셨다. 마음 같아서는 당장 국기를 짓밟고 찢어버린 다음 태우면서 크게 웃고 싶었지만, 문제가 더 불거지면 어떤 일을 당할지 몰라 그저 속으로 가만히 분을 삭였다. 오전근무가 없는 날에는 하기식을 피하기 위해 저녁 종이 울리자마자 바로 식당으로 달려가 밥을 먹었다. 재수 없게 하기식에 걸려서 국기를 바라보며 경례한 날에는 계속 구역질이 나서 저녁을 포기하기도 했다.

가장 고역스러운 것은 애국가의 "괴로우나 즐거우나 나라 사랑하세"라는 대목이었다. 국가가 나를 군대에 쑤셔 넣은 바람에 지금 이렇게 괴로운데, 어떻게 나라를 사랑할 수 있나. 나에게 폭력을 휘두르는 애인을, 애인이니까 계속 사랑해야 한다는 말과 다를 바 없지 않나. 나라를 잃었던 시기에는 "괴로우나 즐거우나 나라 사랑"하는 것이 간절한 소망이었을지 모른다. 그러나 지금은 한국이라는 나라가 건재하면서 나를 이리도 괴롭힌다. 당시의 나에게 괴로우나 즐거우나 나라를 사랑하라는 것은 국가가 나를 아무리 괴롭혀도 그저 참아가며 국가에 해를 끼치지 말라는 소리로 들렸다.

이런 까닭에 나는 격렬하게 한국이라는 존재에 저항하고 싶어졌다. 단순히 역겨워하는 정도가 아니라, 그들을 더욱더 곤란하게 만들고 싶었다. 단순히 국가의 상징인 국기를 태울지 말지를 두고 고민하는 것은 약하다고 생각했다. 나는 그들에게 엿을 선사하는 방안으로 그들의 제도가 실패했음을 알려주는 것이 좋다고 여겼고, 그래서 예전처럼 화장실에서 목을 걸거나 유서 쓰는 행위를 더 자주 하게 되었다. 내가 사라져버리면 괴로우나 즐거우나 나라 사랑하라는 말이 얼마나 바보 같은지 증명되니, 그들도 분명 당황하리라고 여겼다.

그때 대대장은 약해진 군기를 바로잡고자 군가를 자주 틀었지만, 오히려 나 같은 관심병사의 경우 기존에 있던 군기마저 실종

되고 우울감이 심해져 군대를 이리저리 헤매고 다녔다. 다른 병사들의 긴장감과 군기 향상에는 도움이 되었을지 몰라도, 군기가 약해진 원인이었던 관심병사 중 하나인 나에게는 전혀 통하지 않았다. 선의의 목적에서 나왔을지 몰라도, 결과적으로 나에게는 군가가 하나의 폭력으로 다가왔으며 내 신체와 정신을 해쳤다.

군대 자체를 거대한 폭력으로 느끼면서 일상을 살아가는 나에게는 대대장의 방법이 진통제가 아니라 독약인 셈이었다. 매일 태극기를 만질 때마다 태워버릴까 진지하게 고민하는 병사에게 군가가 어떻게 느껴질지는 뻔한 일이다. 그 무렵에 나는 혹시 기회가 오면 태극기를 태워버리려고, 담배를 피우지도 않는데 라이터를 가지고 다녔다.

지금 생각해보면, 관심병사로 인해 추락한 군기는 군가 따위를 더 튼다고 해결될 일이 아니다. 관심병사는 그 군기를 세우는 동안 너무 힘들어한 나머지 대열에서 이탈한 사람들이다. 그런데 어째서 이런 사람들에게 군기 세우는 과정을 다시 강요하는 건가. 고통은 고통으로 덮을 수 있다고 생각한 걸까. 당시 대대장이 내세운 정책은 지금도 이해하기 힘들다.

그러나 애써 파악해보면, 아무래도 군에서 관심병사를 바라보는 태도와 관련된 측면이 있는 것 같다. 그들은 관심병사를 군기가 빠진 사람들로밖에 보지 않는 것이다. 그러므로 중점을 두는 사항은 결국 군대에서 정상으로 만드는 것, 그러니까 군기가 잡힌 정상적인 병사로 만드는 것이 될 수밖에 없다.

군대로서는 그러는 것이 당연하다. 군대는 전쟁이라는 막중한 일을 처리하는 조직이다. 이런 조직에 군기 없는 병사가 있다면, 그것은 조직 전체를 궤멸시킬 수 있는 중대한 문제다. 그러므로 관심병사를 관리해서 어떻게든 정상으로 되돌리려고 하는 것은 당연한 일이다. 이런 시각에서 볼 때, 관심병사를 다잡는 방안으로 군기 확립을 강조하는 것은 전혀 이상한 일이 아니다. 그렇다면 그때 대대장의 정책에도 어느 정도 수긍할 수 있다.

그러나 내 경우에서 잘 드러나듯이, 그런 정책은 관심병사에게 전혀 도움이 되지 않을 수 있다. 오히려 관심병사의 상태를 더욱 악화할지도 모른다. 나는 지금도 그때 깨진 마음의 조각들을 다시 주워 모아 퍼즐처럼 맞추고 있다. 그럴 때 가끔 노동요로서의 군가를 흥얼거리기도 한다. 그렇지만 오래가지 못하고 곧 멈춘다. 군가가 내게 안겨준 상처가 너무 깊고도 깊기 때문이다.

04

샤워장의 남자들

"그래, 혹시 요즘 잘 안 씻니?"

간부가 곤란하다는 표정으로 천천히 내게 질문했다. 여느 날과 다름없는 단독 면담 시간에 그런 말이 나올 거라고는 예상하지 못했다. 평소처럼 간단히 안부를 묻고, 어떤 기분이 드는지, 병영 생활에 잘 적응하는지만 확인할 것이라고 생각했다. 내가 "무슨 말씀이십니까?"라고 되묻자, 간부는 같은 말을 반복하면서 설명을 덧붙였다.

"그러니까 요즘 상문이한테서…… 냄새가 좀 난다고 해서 말이야. 다른 병사들이 얘기 좀 꼭 해달라고 하더라."

그 말에 나는 한숨을 쉬면서 고개를 푹 숙였다. 그러잖아도 평소에 늘 신경 쓰던 일이었다. 간부가 질문한 대로 나는 잘 씻지 않았고, 내가 느낄 정도로 냄새가 나는 경우가 종종 있었다. 병사들은 내 앞을 지나치면서 노골적으로 표정을 찡그렸고, 그럴 때마다 나는 의류 탈취제를 뿌리고 냄새가 가장 많이 나는 발 정도만 급히 씻고는 했다.

"알겠습니다. 주의하겠습니다."

간부는 옅은 미소를 띠며 앞으로 잘하자는 식으로 내 어깨를 두드린 다음, 다시 업무를 보자고 했다. 나는 화장실에 다녀오겠다고 한 뒤, 화장실 빈 칸에 들어가 문을 걸어 잠그고 변기에 앉아 고개를 푹 숙인 채 생각에 잠겼다.

군대에서 나는 냄새 나고 더러운 사람이었다. 입대한 뒤로 나도 나한테서 누린내가 난다는 사실을 알았다. 그런 냄새를 지워보려고 스킨로션 한 통을 방금 벗어놓은 군복에 들이붓듯이 한 적도 있었다. 아무 조치도 취하지 않았다가는 초등학교 때처럼 왕따를 당할 수 있었기에, 나는 나갈 때마다 방향제를 사와서 몸에 뿌려보았다.

그래도 냄새는 지워지지 않았고, 나를 싫어하는 사람들은 늘어만 갔다. 다른 사람들이 찌푸리는 표정을 볼 때마다 부끄럽고 나 자신이 한심해서 머리까지 이불을 뒤집어쓰고 누워서 몰래 훌쩍거렸다. 아예 세탁기에 들어가서 내 몸을 빙빙 돌려볼까 생각할 정도로 냄새가 몹시 심한 날도 있었다. 깨끗이 씻으면 금방 해결

될 일이지만, 도저히 더는 참을 수 없는 지경이 되어야 겨우 샤워장으로 향했다.

다른 사람들 눈에는 그저 잘 씻지 않는 사람으로 비치겠지만, 사실은 다른 이유 때문이었다. 내가 동성애자이기 때문이다. 단체로 이용하는 샤워장에 들어가서 같은 남정네들에게 욕정을 품으면 죄인이 되는 듯한 느낌이 들었고, 실제로 그러면 어떡하나 하는 불안감 때문에 샤워장에 자주 들어가지 못했다. 만약 발기라도 하면 어떻게 할까? 전혀 내가 좋아하는 사람들이 아니지만, 만일 발기하면 항문성교를 떠올렸다고 벌거벗은 채로 끌려가 부대원들에게 조리돌림 당할 것만 같았다. 감히 전우와 섹스할 생각을 했다면서 주변 사람들이 수군거릴 것 같았다. 가끔 샤워장이 텅텅 비는 시간대를 이용해 씻기도 했지만, 그때는 그 시간대를 자주 놓치는 바람에 제대로 씻지 못해서 결국 한 소리 들은 것이다.

나라고 씻고 싶지 않은 게 아니었다. 남들이 나를 냄새나는 사람으로 여기는 것도 싫었다. 하지만 동성 섹스를 불법으로 규정하는 군대에서, 동성애를 죄악시하는 사람들이 넘쳐나는 이 나라에서, 공동 샤워장에 들어가는 것만으로도 나는 큰 부담을 느꼈다. 나는 죄인도 아니고 다른 사람들은 내가 동성애자라는 사실도 몰랐지만, 샤워장에 들어갈 때마다 사람들이 나를 다 그렇게 여기는 것 같은 가상의 눈초리에 시달려야 했다. 훈련병 때는 씻지 않으면 도저히 참을 수 없을 정도로 냄새가 심했기 때문에 샤워장에 들어가야 했지만, 부대에 배치받은 뒤로는 그럴 일이 별로 없었다. 그래서 나는 점점 눈치를 봤고, 샤워장에 들어가기가 꺼려졌다.

변기 위에 앉아 있던 나는 손으로 머리를 감싸면서 한숨을 내쉬었다. 어쩌다 이렇게 됐을까? 이런 의문은 나를 고등학교 3학년 때의 기억으로 데려다주었다. 고등학교 3학년 말, 일찌감치 수시 전형에 합격하고 마음이 여유로워졌을 때 나는 내가 남들과는 다른 길을 가고 있음을 깨달았다. 예전에는 쳐다보지도 않았던 남성 아이돌 사진을 자주 찾아보게 된 것이다. 여자 연예인에게도 별로 관심이 없던 내가 남성 아이돌 사진을 찾아보다니 신기한 일이었다. 왜 찾아보고 싶었는지는 알 수 없었다. 그냥 자꾸 보고 싶을 뿐이었다.

어느 날 스크롤을 내리다가 어느 아이돌이 상의를 벗은 사진을 보고 한참을 뚫어져라 바라보았다. 잘 깎아낸 조각처럼 보였고, 무척 아름답다고 생각했다. 만져보고 싶다는 생각이 들어서 모니터를 만지작거렸는데, 그러자 몸이 흥분해서 갑자기 바지가 부풀어 올랐다. 그날 나는 그 사진을 보며 손을 흔들었다.

뭐가 어떻게 된 건지 알 수 없었다. 그런데 가만히 생각해보니 예전에도 그랬다. 나는 이따금 게이 포르노를 다운받아서 멍하니 보고는 했다. 그렇지만 자위는 이번이 처음이었다. 나는 어둠고 좁은 방에서 컴퓨터 모니터에 떠 있는 남성의 상체를 보며 자위를 했다. 손의 움직임이 둔해졌을 때, 나는 그동안 느끼지 못한 쾌감에 짧은 탄성을 내질렀다. 여성을 보고 이렇게 흥분한 적이 있었나? 지금까지의 자위는 그저 남들이 하니까 한다는 정도였고, 하고 나서도 별 쾌감이 없었다. 강렬한 이미지가 부족한 탓이겠거니 생각했는데, 지금 나는 영상도 아니고 아무 소리도 나지 않는 남성 아이돌 화보를 보며 강렬한 쾌감을 느꼈다. 그날 나는 난생처음으로 연달아 몇 번을 자위했다.

남성의 몸에 흥분하다니, 나는 이상하다고 여겼다. 동성애라는 개념을 모르지는 않았지만, 동성애가 어떤 것인지 제대로 가르쳐준 사람이 없어서 내가 동성애자일 거라고는 생각도 못 했다. 그저 왜 이러지 하면서 본능에 이끌려 매일같이 남성을 생각하며 자위를 했다.

사실은 내가 동성애자일 가능성을 어렴풋이 생각해보긴 했다. 그러나 애써 부정하려고 했다. 최소한 양성애자일 거라고, 동성애자는 아닐 거라고 스스로 생각했다. 학교 주변에 출몰하는 예수쟁이들이 동성애는 나쁜 것이라고 홍보하며 돌아다녔고, 얼핏 에이즈와 동성애라는 키워드를 함께 본 기억이 있기 때문이었다. 남성에게 흥분한다 해도 내가 동성애자여서는 안 된다고 자신을 타일렀지만, 시간이 지날수록 남성을 더 원하고 여성에게는 눈길이 가지 않았다. 여성에게 눈길이 가더라도 이른바 보이시한 스타일의 여성에게만 관심이 가니, 내가 양성애자일 것이라는 가능성을 버려야 했다.

결국 나는 내가 동성애자라는 사실을 받아들여야 했다. 그와 동시에 이성애자라는 가면을 쓰는 생활이 시작되었다. 대학에 들어가서 만나는 사람들에게 이야기할 이상형의 이성을 미리 만들어두고, 남성들과 대화하는 자리에서는 최대한 여성에게 관심 있는 척을 하고, 여성과 함께 있고 싶다는 소망을 표현했다.

그러는 한편으로 동성애자 커뮤니티에서 뭔가 얻어보려고 애썼다. 나는 동성애라는 개념만 알았을 뿐, 그 외에는 아는 것이 없었기 때문이다. 어떻게 살아가야 하는지, 사귐은 어떻게 해야 하는지 등등을 알아보러 인터넷 세계를 떠돌았지만 내가 원하는 정보는 찾기 어려웠다. 그들이 이미 형성해둔 문화에서 나온 은어들을 알아듣기 힘들어서 오히려 동성애자 커뮤니티와 거리를 두었다. 그렇다고 이성애자 그룹에 잘 섞인 것도 아니어서, 나는 붕 뜬 상태로 지내다가 군대에 들어갔다.

군대에서 남성들과 같이 지내는 동안 나는 연극을 해야만 했다. 어쩌다 호감이 가는 남성들이 있어도 그들에게 접근하는 것 자체가 죄악이라고 생각해 스스로 그들 곁에서 멀어지기도 했다. 더욱이 군법 시간에 군형법 제92조의 6의 "제1조 제1항부터 제3항까지에 규정된 사람에 대하여 항문성교나 그 밖의 추행을 한 사람은 2년 이하의 징역에 처한다"는 내용을 알게 된 뒤로는 행동거지를 더 조심했다. 샤워장을 더 피하게 된 시기가 바로 그 무렵이었다.

나는 항상 스스로를 죄인이라 여겼고, 다른 남성들에게 피해를 주지 않으려면 최대한 조용히 지내야 한다고 생각했다. 그런 생각이 나를 지배할수록 나는 더러워지고 남들이 피하는 사람이 되었다. 그래도 동성애자라는 사실이 밝혀져 사람들이 피하는 것보다는 낫다고 생각했다. 동성애자라고 하면 사람들이 혐오스러워하면서 아예 떠날지도 모르니까. 나는 동성애자라는 사실을 들키지 않고 지저분하고 더러운 사람으로만 낙인찍히는 상황에 안도의 한숨을 내쉬며 화장실을 나왔다. 어쨌든 오늘도 아웃팅 당하거나 커밍아웃할 일은 없었다.

05

또 하나의 실연

"둘이 형제야? 아주 그냥 똑 닮았네."

아주머니가 붕어빵 하나를 더 넣어주면서 한마디 했다. 나와 그는 서로 마주 보며 겸연쩍게 웃었다. 무슨 이유였는지는 모른다. 그저 그 아주머니 눈에는 형제처럼 똑 닮아 보였으니 그렇게 말했겠지.

그러나 닮았다고 하기엔 우리 둘이 너무나 달랐다. 그 무렵의 나는 점점 초췌해졌다. 아직 부대에서는 "너 정도면 괜찮다"고 격려해주고 있었지만, 관심병사가 된 이후로 삶은 어지러움의 연속이었다. 그에 반해 후임인 H 군은 순박한 얼굴을 유지하고 있었다. H 군도 관심병사였는데, 집안 배경이 좋고 부모님도 아들을 확고하게 지지해서 곧 부대를 나갈 터였다. 가끔 심각한 표정을 지었지만, 내 기억 속의 H 군은 언제나 웃는 얼굴이었다. 심각한 표정을 하고 있어도 그 얼굴을 톡 건드리면 금세 미소를 띨 그런 얼굴이었다. 나는 그런 그가 종종 귀엽다고 생각했다.

그에게는 사람의 마음을 안정시키는 아우라가 있었다. 이과 출신인 그에게 이런 말을 했다면 아마도 '그런 건 없다'고 정색을 하면서 몇 시간 동안 과학 이론을 설명했을 거다. 나는 그를 그래서 좋아했다. 작은 감옥 같은 군대에, 조금이라도 학문적인 이야기를 나눌 수 있는 상대가 있다는 것은 천운이었으니까. 물론 그런 인물들이 아예 없지는 않았다. 오히려 생각보다 많았다. 그러나 유독 H 군이 빛났던 이유는, 단순히 내 말을 비웃거나 반박하려 하지 않고 진지하게 토론하려고 했기 때문이다.

나는 처음에는 그의 빛나는 지성을 사랑했다. 찬란한 두뇌를 사랑했다. 그와 함께 있으면 군대가 아니라 어느 대학의 캠퍼스를 거닐면서 대화하는 듯한 착각에 빠졌다. 그는 오만하거나 사람을 피하려 하지 않았다. 자기만의 세계가 있었지만 다른 사람들에게 강요하지 않았다. 그런 점을 부러워한 나는 종종 그에게 도대체 어떻게 하면 그럴 수 있느냐고 물어보고, 조금이라도 따라 해보려고 애썼다. 만약 그가 지금 이 이야기를 들으면 도대체 뭘 배웠는데, 하면서 가볍게 등을 토닥거렸을지도 모른다.

내가 그의 지성을 깊게 사랑할수록, 사람들은 H 군을 미워했다. 그가 관심병사로 지정된 후로 업무에서 자주 제외되었기 때문이다. 그때 나는 이미 관심병사였지만, 최소한의 업무는 하고 있었기 때문에 그렇게 심하게 비난받지는 않았다. (표면적으로는 그렇게 알고 있었다.) 그래서 H 군은 가끔 나에게 상담을 요청했고, 우리끼리 관심병사의 고충을 나누기도 했고, 정신과에 같이 가서 진료를 받기도 했다. 그러면서 우리는 꽤 나쁘지 않은 사이가 되었다. 나는 그에게 마음의 문을 열었고, 페이스북에서 친구를 맺었다. 나는 우리가 어떤 식으로든 서로 의지가 되는 관계로 성장해갈 수 있다고 믿었다. 그리고 이런저런 상황이 그런 가능성을 뒷받침해준다고 믿었다.

페이스북은 해방구였다. 그곳에는 자유의 향기가 있었다. 평소 나는 페이스북에서 솔직한 감정을 공유했다. 군대에 있을 때 나는 죽은 존재였지만, 페이스북에 있을 때 나는 진정 살아 있는 존재였다. H 군도 그곳에서 나와 함께 뛰놀았다. 그는 페이스북에 올린 내 글이 아주 좋다고 칭찬하면서, 글에 대해 조언도 해주었다. 그에게 인정받는 건, 운동회 때 달리기에서 1등 도장을 받는 기분이었다.

나는 이미 페이스북에서 커밍아웃한 상태였는데, H 군은 친구가 된 지 얼마 안 됐기 때문에 그 사실을 몰랐다. 나도 내가 게이라는 사실을 별로 알리고 싶지 않아서 이야기하지 않았다. 하지만 페이스북에서 내가 게이라는 사실을 워낙 자연스럽게 광고하고 다녔기 때문에, H 군도 알 거라고 생각했다. 그런데 어느 날 페이스북에 '언제 내가 게이라는 걸 깨닫게 되었나'라는 글을 올렸더니, 그 글을 보고 H 군이 댓글로 물었다.

"이 상병님, 게이입니까?"

나는 그렇다고 대답하면서, 알고 있지 않았느냐고 물었다. 그의 답글은 없었다. 그는 그제야 내가 게이라는 사실을 안 것이었다. 나는 순간 두려움에 휩싸였다. 당시 내 아군은 대부분 전역을 앞둔 병장들이었다. 일병이나 이병 중에서는 H 군이 유일한 내 아군이었다. 그런데 그 아군을 잃게 생겼다. 그러면 나는 정말 살 수 없을 것 같았다. 나는 H 군이 있는 생활관으로 들어갔다. H 군은 침대에 앉아서 뭔가 골똘히 생각하고 있었다. 나와 눈이 마주치자, H 군이 내게 말했다.

"저한테 오지 마십시오."

나는 입술을 꽉 깨물면서 조용히 그 자리를 떠났다.

자기한테 오지 말라는 H 군의 말에 나는 내가 동성애자로 살아가고 있음을 뼈저리게 깨달았다. 기본적인 대인관계마저 거부당하며 살아야 하는 삶. 그동안 말로만 들어왔던 동성애자가 겪는 현실. 부대원들이 에이즈에 관해 이야기하면서 "게이는 더럽다"고 했을 때는 겨우 분을 삭였는데, 이때는 분노가 한계치를 넘어섰다. H 군을 향한 분노라기보다는, 나를 이런 세상에 떨군 하느님을 향한 분노였다.

막 문을 닫으려는 순간, 나를 불러 세우는 목소리가 들렸다. 뒤를 돌아보니 H 군이 다급히 문을 열고 나를 바라보고 있었다. H 군은 나를 다시 생활관으로 불러들이고서 말했다.

"미안합니다, 이 상병님. 그렇게 반응할 줄 몰랐습니다."

H 군이 자초지종을 설명했다. 자신은 내가 동성애자라는 사실을 알고 놀랐지만, 별일 아니라 생각하고 장난 좀 치고 싶었다고 했다. 나는 쓴웃음을 지으면서 장난이라고 하면 무례한 태도도 다 용서되느냐고 물었다. H 군은 다시 한 번 고개 숙여 사과한 뒤, 동성애자든 아니든 상관없이 자신에게는 내가 여전히 호감이 가는 사람이라고 했다.

내가 그에게 호감이 가는 사람이었다는 사실과, 동성애자라는 사실이 추가되어도 그 호감은 변하지 않는다는 사실을 알자 분노가 금세 가라앉았다. 물론 H 군을 향한 앙금은 남아 있었지만, 그 뒤로 동성애자와 관련된 이야기가 나올 때면 특히 신경 써준다든가, 내가 불편해할 만한 질문은 아예 하지 않은 점. 그리고 무엇보다도 내가 동성애자든 아니든 평소와 똑같이 대해준다는 점 때문에 앙금은 점점 사라졌다.

그때 부대에서 내가 동성애자라는 사실을 아는 사람은 인심 좋은 군종 목사님과 H 군밖에 없었다. 군종 목사님은 자주 만나기 어려웠기 때문에 나는 자연스레 H 군에게 더 의지했다. 나는 시간이 날 때마다 H 군을 보러 갔다. 너무 자주 가면 그가 부담스러워할 것 같아, 그가 독서실에서 책을 읽고 있으면 나는 맞은편에 앉아서 아무 말 없이 글을 쓰곤 했다. 글을 쓰다가 바라보면, H 군은 오로지 책에만 집중하고 있었다. H 군이 책에 집중하는 것처럼, 나는 H 군의 새까맣고 깊으면서 초롱초롱한 눈동자를 집중해 바라보며 괜히 미소 짓곤 했다. 어쩌다 H 군과 눈이 마주치면 얼굴이 달아올라 H 군 뒤쪽에 있는 책장을 보는 척하면서 헛기침을 하기도 했다.

온종일 군복을 입고 다니는 날들이지만, H 군과 같이 있는 순간만큼은 군대에 있기를 잘했다고 생각했다. H 군이 곁에 있을 때는 커피도 약도 먹지 않고 행복하게 미소 지을 수 있었다. 그런 H 군과 더 오래오래 같이 있고 싶었다.

그때부터 나는 H 군이 등장하는 꿈을 꾸었다. 꿈에서 나는 그의 손을 잡고 큰 목소리로 사랑한다고 말했다. 얼굴을 붉히면서 그도 나에게 사랑한다고 말했다. 우리는 군복을 입은 채로 손을 잡고 여기저기 돌아다녔다. 그때는 봄이 아니었지만, 꿈속에서는 우리 머리 위로 벚꽃 잎이 조금씩 흩날렸다. 군대에서 꾼 꿈 중에서 유일하게 밝은 꿈이었다. 매일 그런 내용의 꿈을 꾸다 보니 '혹시……' 하는 기대가 생겼다. 동성애자에 대한 편견이 없으니 어쩌면 나를 받아줄지 모른다는 기대는 어느새 확신으로 변했고, 나는 언젠가 그에게 고백해야겠다고 굳게 결심했다.

어느 날, 나는 H 군과 함께 부대 밖으로 외출하게 되었다. 우리는 부서가 다르기 때문에 일정을 맞추기 어려웠는데, 우연히도 외출하는 날짜가 똑같았다. 더욱이 그날 외출하는 병사는 그와 나밖에 없었다. 우리는 철문 밖으로 나가서 버스를 타고 시내로 향했다. H 군은 무슨 생각을 그리 골똘히 하는지 창틀에 턱을 괴고 바깥 풍경을 바라보았다. 시내에 도착한 우리는 각자 할 일을 위해 헤어졌다. 그에게 점심이라도 사주면서 조용히 이야기하고 싶었는데 입이 떨어지지를 않았다. 태연하려고 애썼지만, 그날 피시방에 있는 내내 언제 말할까, 아니 말을 꺼낼 수나 있을까 하고 계속 애를 태웠다.

H 군과 나는 부대에 복귀하기 위해 다시 정류장에서 만났다. 그는 온종일 즐거웠는지, 나올 때와 달리 행복한 표정을 하고 있었다. 그의 기분이 좋아져서 다행이라고 생각했다. 이런 상태에서 말하면 조금 더 가능성이 있지 않을까. 그러나 버스가 부대에 거의 도착할 때까지도 나는 H 군에게 하고 싶은 이야기를 건네지 못했다.

버스에서 내린 우리는 부대를 향해 나란히 걸어갔다. 이제 정말로 시간이 얼마 남지 않았다. 더는 기회가 없을 거라는 생각에 나는 그에게 말하기로 했다.

"나는 네가 참 좋다."

"저도 이 상병님 좋아합니다."

"어?"

"아, 그런 게 아니라, 좋은 사람이라고 생각합니다."

"나는 그런 건데."

H 군은 내 말을 듣고 입을 꾹 다물었다. 그는 복잡 미묘한 표정이었다. 나는 그가 나를 거부한다고 직감했다. 그런 말을 하면 상대가 떠나갈 게 뻔한데, 나는 그에게 고백을 해버렸다. 부대로 들어가서 보고를 마친 뒤, H 군은 인사도 하지 않고 곧장 생활관으로 쪼르르 올라갔다. 동성애자에게 고백을 받았으니 저런 반응을 보이는 것도 전혀 이상하지 않을 것이다. 나는 H 군에게 피해가 갈까 봐 더는 아무 말도 하지 않았고, H 군을 보러 가지도 않았다.

어느덧 H 군과 나는 점점 멀어졌다. 기껏해야 가끔 근황이나 몇 마디 묻는 그런 사이가 되어버렸다. H 군도 나를 피했고, 나도 H 군을 의식적으로 피했다. 부대에서 나올 때까지 이런 상태가 이어졌다. 나는 애써 괜찮은 척하고 싶었지만, 다시 어두운 꿈에서 허우적거렸다. 또 한 번의 실연이었다.

06

제92조의 6

"피고인, 마지막으로 할 말 있습니까?"

"존경하는 판사님. 저는 게이가 맞지만, 애널섹스를 하지 않았습니다! 혹여 했더라도 처벌받을 이유가 전혀 없습니다!"

나는 판사의 물음에 벌떡 일어서서 이렇게 말했다. 판사는 내 말을 듣고 경직된 표정을 지으며 바로 편견을 선고했다.

"주문. 피고 병장 이상문에게 징역 2년을 선고한다."

그러고는 판사들은 곧바로 일어나 법정을 나가버렸다. 나는 "판사님!" 하고 크게 외쳐봤지만, 그들은 들은 척도 하지 않았다. 헌병들이 포승줄에 묶인 나를 법정 밖으로 끌고 갔다. 나는 몸부림을 치면서 그 상황을 벗어나보려고 했지만, 나를 붙들고 있는 헌병들의 힘이 워낙 세서 다리만 바둥거릴 뿐 아무것도 할 수 없었다.

"판사님! 저에게는 죄가 없습니다!"

공허한 외침이 법원 복도에 울려 퍼졌다.

나는 헉 소리를 내며 침대에서 일어났다. 온몸에 식은땀이 흘러 체련복이 흠뻑 젖어 있었다. 거친 숨을 몰아쉬며 주위를 둘러보니 다른 병사들은 자고 있었다. 시곗바늘은 새벽 3시를 향하고 있었다. 꿈이었다는 걸 깨닫고 잠시 안도의 한숨을 내쉬었지만, 이런 꿈을 내리 사흘 동안 꾸어서 몸이 몹시 피곤했다. A 대위 사건을 접한 지 나흘째 되는 날이었다.

육군으로 복무하던 A 대위가 군대에서 동성과 성교했다는 이유로 체포되어 재판을 받으면서 사회적으로 큰 논란이 되었다. 게다가 시민단체인 군인권센터의 발표에 따르면 당시 육군참모총장 장준규가 동성애자 군인을 색출해 처벌하라는 지시를 내렸는데, A 대위는 그 함정 수사에 걸려 체포된 것이기 때문에 파장이 더 컸다. A 대위가 처벌받은 근거가 되는 조항은 군형법 제92조의 6(추행)이다. 해당 조항은 다음과 같이 규정하고 있다.

제92조의 6(추행) 제1조 제1항부터 제3항까지에 규정된 사람에 대하여 항문성교나 그 밖의 추행을 한 사람은 2년 이하의 징역에 처한다.

그러니까 동성애자 군인은 단지 성교를 했다는 그 이유만으로도 처벌받을 수 있는 애매한 조항이었다. 처음 이 조항을 알았을 때, 나는 오해를 사서 처벌받을 수도 있겠다 싶어서 샤워장에 자주 들어가지 못했다. 나는 그때까지 섹스를 해본 적이 한 번도 없었지만, 동성애자 군인을 색출하라고 한 전례가 있으니 증거를 조작해서라도 나를 체포하지 않을까 하는 망상에 빠졌다. 그날 나는 내가 커밍아웃 한 사실을 유일하게 알고 있던 간부인 군종 목사님을 찾아가 그의 손을 꼭 잡고 울면서 "제발 부탁이니, 제가 동성애자라는 사실을 알리지 말아주세요" 하고 빌었다.

사람들이 우연히 내가 동성애자라는 사실을 눈치챌 수도 있다는 불안감에 사람들과의 접촉을 줄였고, A 대위를 옹호하는 사람들이 많았던 페이스북을 하기 위해 온종일 사지방에 틀어박혀 있기도 했다. 커피와 약을 먹는 주기가 더 짧아졌고, 폭식하는 횟수가 늘어났다. 혹시라도 내가 A 대위처럼 되지 않을까 하는 불안은 꿈에서까지 이어져, 마음이 진정될 때까지 군사법원에서 실형을 선고받는 꿈을 계속 꾸었다.

나는 아무 죄도 짓지 않았지만, 동성애자 처벌을 표적으로 하는 악법 때문에 죄인처럼 웅크리고 살았다. 가뜩이나 관심병사라는 칭호 때문에 괴로운데 스트레스가 더 쌓인 것이다. 생각하면 웃긴 일이다. 서로 사랑을 했는데 범죄자가 되다니, 이 얼마나 어이없는 일인가. 그러나 법조문에서는 그들의 사랑을 처벌한다고 한다. 이 21세기에, 국가인권위원회가 설치된 나라에서.

이 조항을 옹호하는 사람들은 군기를 지키기 위해서 당연히 필요하다고 한다. 하지만 진정 군기를 확립하기 위해 이런 조치가 필요하다면, 일반적인 성교는 왜 처벌하지 않는 것인가. 동성애자보다 이성애자가 많은 사회에서 성性군기를 확립하려면, 동성애자보다 이성애자를 규제하는 게 더 당연하지 않을까. 그러나 현실은 대부분 동성애자만 처벌한다. 어째서 그들만 공격하는가. 구구절절 여러 가지 변명을 늘어놓겠지만, 나는 그 이유가 오직 하나라고 생각한다. 그들은 동성애자가 더럽고 보기 싫은 것이다. 그래서 애초에 법을 만들 때 계간鷄姦이라고 하면서 동성 간의 성교를 깎아내렸다.

국군은 '국민의 군대'의 준말이다. 이 국민의 군대가 하는 역할은 무엇인가. 당연히 나라와 국민을 지키는 것이다. 그 국민의 범주에서 특정한 사람이 제외되지는 않는다. 국민이라면 누구나 보호받아야 한다. 그러나 군대는 그 원칙을 스스로 어기고 있다. 동성애자라는 사람들을 분리하고 처벌한다. 지켜주어야 할, 그리고 군인으로서 나라를 지키고 있는 동성애자 군인들을 무시하는 데서 그치지 않고 때리기까지 하는 것이다. 이것이 진정 인권이 보장되는 군대인가? 민주적인 군대인가? 도대체 무슨 자격으로 '국민의 군대'라고 하는가.

국민에는 한 종류의 사람들만 있는 게 아니다. 온갖 종류의 사람들이 있다. 어떤 부류의 사람이건, 지켜주어야 하는 것이 군대다. 그러나 지금의 군대는 누군가에게는 그저 억압의 상징으로밖에 보이지 않는다. 우리는 묻고 또 물을 수밖에 없다. 군대가 지키고자 하는 국민은 도대체 누구냐고.

국군은 자유민주주의의 파수꾼이라고 자랑하기를 좋아한다. 그러나 우리는 이것이 빈말뿐인 경우를 자주 보아왔는데, 군형법 제92조의 6도 한 가지 사례다. 국군이 자유민주주의를 무어라고 생각하는지는 모르겠지만, 적어도 그것이 어떤 사람들을 혐오할 수 있는 권리가 아니라는 점은 인지한다고 생각하고 싶다. 혹시 아니라고 해도, 자유민주주의의 파수꾼이라는 이름을 내걸고 있는 이상은 그 이름에 걸맞게 행동해야 한다.

그러나 현실은 여전히 어둡기만 하다. 많은 사람들이 A 대위를 구하기 위해 백방으로 노력했지만, A 대위는 결국 2017년 5월 24일 보통군사법원에서 징역 6개월에 집행유예 1년을 선고받았다. 언론들은 A 대위가 유죄 선고에 충격을 받아 그 자리에서 쓰러서 머리를 다쳤다고 보도했다. 그리고 대한민국 헌법과 국방부 부대 관리훈령은 이렇게 말하고 있다.

대한민국 헌법

제10조 모든 국민은 인간으로서의 존엄과 가치를 가지며, 행복을 추구할 권리를 가진다. 국가는 개인이 가지는 불가침의 기본적

인권을 확인하고 이를 보장할 의무를 진다.

제11조 ①모든 국민은 법 앞에 평등하다. 누구든지 성별 종교 또는 사회적 신분에 의하여 정치적·경제적·사회적·문화적 생활의 모든 영역에 있어서 차별을 받지 아니한다.

국방부 부대 관리 훈령

제253조(기본원칙) ① 병영 내 동성애자 병사는 평등하게 취급되어야 하며, 동성애 성향을 지녔다는 이유로 차별받지 아니한다.

병영 안에서 섹스를 하면 성군기 위반으로 처벌받을 수 있다. 이것은 동성애자나 이성애자 모두에게 해당한다. 그러나 다시 말하지만, 동성애자는 병영 밖에서 사랑을 나눌 때조차 처벌받는다. 동성애자들은 군대에 끌려왔다는 이유 하나만으로 사랑할 자유마저 박탈당하고 더러운 범죄자 취급을 받는다. 그러나 그들은 알까. 그래도 동성애자들은 여전히 서로를 사랑하리라는 것을. 군형법 따위가 사랑을 막을 수는 없다. 물러서야 할 것은 오늘도 체포당할까 숨죽이며 두려워하는 동성애자들이 아니다. 동성애자의 사랑을 처벌하고 혐오하도록 내버려두는 군형법 제92조의 6(추행)이다.

단순히 군대에만 책임을 물으면 안 되겠다. 그동안 군형법이 바뀔 때마다 이 조항을 내버려둔 국회도, 성소수자들이 부당함을 호소할 때 애써 문제를 회피하려고 한 사람들도, 알면서도 모른 척했던 나도 이 조항이 계속 살아 숨 쉬게 만든 공범이다. 이제라도 군대에 그들이 있다는 사실을 인정하고 어떻게 하면 불편 없이 지낼 수 있을지 같이 고민해야 한다. 그렇게 된다면 활자에 박혀 있는 군형법 제92조의 6도, 우리 마음속에 있는 군형법 제92조의 6도 사라질 터이니. 하루빨리 그런 날이 와서 군대 내에서 숨죽이며 울고 있는 사람들이 눈물을 닦을 수 있으면 좋겠다.

07

자괴감 들고 괴로워

"그래서 저는 ○○○ 후보를 찍었지만 ○○○ 후보에 대해서
는……."

"상문아, 우리 신분이 뭐니?"

"네, 군인입니다."

"군인은?"

"정치적 중립을 지켜야 합니다."

"알면 됐다."

제19대 대통령 사전투표일, 나를 비롯한 여러 병사가 간부의
인솔에 따라 관공서에서 투표를 마치고 오는 길이었다. 평소 나
는 정치와 사회 이야기 하는 것을 좋아했기 때문에 그날도 변함

없이 내 이야기를 들어주는 선임에게 대선 관련 이야기를 하고 있었다. 그런데 그 이야기가 간부의 귀에 들어가자, 간부가 나를 제지하면서 군인의 정치적 중립을 강조한 것이다.

대한민국 헌법 제5조 제2항은 "국군은 국가의 안전보장과 국토방위의 신성한 의무를 수행함을 사명으로 하며, 그 정치적 중립성은 준수된다"고 규정하고 있다. 그동안의 군사정권에서 일어난 부정적인 사건을 반성한다는 뜻에서 삽입된 중요한 조항이다. 나 또한 그 조항이 필요하고 반드시 있어야 한다고 믿지만, 억지로 끌려와서 헌법에 명시된 각종 자유권을 박탈당한 나에게 그것은 강요된 의무, 일종의 폭력 같았다.

나는 부대로 가는 봉고에서 잠시 생각에 잠겼다. 2016년 11월 4일이었다. 당시 나의 상관이던 대통령 박근혜는 박근혜-최순실 게이트와 관련해 두 번째 해명과 사과를 발표했다. 대통령은 이렇게 말했다.

"스스로를 용서하기 어렵고 서글픈 마음마저 들어 밤잠을 이루기도 힘이 듭니다. 무엇으로도 국민의 마음을 달래드리기 어렵다는 생각을 하면 '내가 이러려고 대통령을 했나?' 하는 자괴감이 들 정도로 괴롭기만 합니다."

그때부터 자괴감이라는 단어는 조롱의 의미로 쓰였다. 나도 속으로 그런 조롱에 동참했지만, 한편으로는 그 말에 공감이 가기도 했다. 이 문구만큼 내 심정을 잘 표현하는 말은 없다. 군대에서 정말 이러려고 내가 태어났는가 하는 자괴감이 들고 괴로웠다. 차이가 있다면 박근혜는 스스로 대통령이라는 자리를 선택했다는 것이고, 나는 강제로 군대에 왔다는 것 정도다. 사람들은 군인이 제복 입은 시민이라고 말하지만, 실제로는 제복 입은 죄수일 뿐이다. 억지로 끌려와서, 대부분의 자유를 박탈당한다.

그 무렵 나는 매일같이 시간이 날 때마다 화장실에 가서 쭈그려 앉아 울었다. 정말 자괴감이 들어 미칠 것 같았다. 저들은 우리를 자유롭게 부려먹는데, 나는 왜 자유롭게 살기는커녕 죽을 걱정을 해야 하는가? 나는 왜 자유로울 수 없는가? 잠깐만 참고 기다리면 된다고 다독이지만, 나는 단 1초라도 그들의 속박 속에서 살기 싫었다. 속박에서 벗어나기 위해 차라리 죽는 편이 더 나을지도 모른다는 생각에 그 계획을 남몰래 계속 실행하곤 했다.

부대는 그런 내 기분과 반대로 늘 조용하면서 화목했다. 일과가 끝난 뒤 축구를 하거나 사지방에서 인터넷을 하는 사람들이 가끔 시끄럽게 떠드는 것 말고는 큰일이 없었다. 세상은 시끄러운데 부대는 아무 일도 없다는 듯 날마다 똑같은 일과가 진행되었다. 가끔 회식을 하고, 휴가를 나가는 사람들은 여전히 콧노래를 부르며 짐을 쌌고, ASSA 캠프(전역 전 공군에서 주관하는 사회복귀 프로그램)를 기다리는 병장들은 넋 놓고 앉아 있었다. 불안해 보이는 사람은 오직 나뿐인 것 같았다.

그럴수록 나는 세상과 격리되어 살아가는 나 자신의 처지를 더 비관했다. 몹시도 급하게 흘러가는 세상. 그 세상을 실시간으로 볼 수 있지만 나는 그곳에 참여하지도 못하고, 시간이 멈춘 부대에서 그저 하늘을 올려다보며 자유만을 갈망했다. 뭐라도 하지 않으면 나 자신이 먼지 같은 존재가 될 것 같아 미칠 지경이었다. 이래도 죽을 기분이 들고 저래도 죽을 기분이 든다면, 차라리 가끔 하던 것처럼 저항해봐도 좋지 않을까 생각했다. 그런 이유에서 나는 위험한 짓을 시작했다. 페이스북 프로필 사진으로 정치적 의사를 표시한 것이다.

페이스북에는 정치적인 사안을 두고 다양한 이야기를 하는 사람들이 워낙 많았기 때문에 단순히 프로필 사진 하나 바꾸었다고 해서 무슨 대단한 사람이 되는 것은 아니었다. 그러나 나는 군인이었고, 그런 일을 금지당하는 사람이었다. 그래서 페이스북 친구들과 주변 지인들까지 합세하여 나의 행동에 심각한 우려를 나타냈지만, 그러거나 말거나 나는 계속 프로필 사진을 유지했다. 오히려 나는 역정을 내기까지 했다. 군대가 나를 그렇게 파괴하는데, 나도 한 번쯤은 군대에 엿을 먹일 수 있지 않느냐고 그들에게 강조했다. 그러자 그들은 나를 설득하는 것을 포기했다.

그러나 사건은 터지고 말았다. 어느 날 간부가 나를 부르더니 내 페이스북에 대해서 진지하게 물었다. 나는 정치적인 사안에는 의견을 표명하지 않았다고 거짓말을 했지만, 간부는 신고가 들어왔다면서 내 페이스북을 캡처한 사진을 조용히 보여주었다. 순간 나는 그 사진을 보고 쓰러질 것 같았다. 이제 영창에 가야 하는구나. 내가 군대에 와서 이렇게까지 되는구나. 겨우 몸을 지탱한 채 간부가 준 사진을 든 손이 몹시도 떨렸다. 거기에는 분명 내 페이스북 사진이 있었다. 결국 나는 사실을 인정할 수밖에 없었다.

간부는 내게 자세한 사실을 말하라고 요구했다. 나는 왜 페이스북에 그런 게시글을 올렸는지, 언제 올렸는지, 말을 더듬어가며 설명했다. 간부는 그 말이 사실이냐고 다시 물어본 다음, 내게 종이 한 장을 주면서 내가 말한 내용을 적으라고 했다. 종이에는 '진술서'라는 세 글자가 크게 적혀 있었다. 간부는 올바른 진술서 작성 양식을 잠깐 설명한 뒤, 그렇게 적으라고 내게 펜을 쥐여주었다.

나는 말없이 진술서를 써내려갔다. 조용한 사무실에 분침이 움직이는 소리와 내가 글씨 쓰는 소리만이 울려 퍼졌지만, 내 귀에는 온갖 소리가 들렸다. 군홧발 소리가 크게 들렸고, 문이 '쾅' 하고 열렸으며, 나를 체포한다고 선언하는 쩌렁쩌렁한 목소리가 귀에 박혔다. 그런 소리에 나는 진술서를 쓰면서 몸을 움찔움찔했다.

진술서를 다 쓰자 간부는 붉은 인주를 꺼내면서 손에 찍으라고 했다. 나는 군말 없이 엄지를 인주에 깊게 눌러 넣은 다음 진술서에 꾹 눌러 찍었다. 그렇게 진술서가 완성되자 간부는 잘 처리될 테니 너무 걱정하지 말라면서 나에게 생활관으로 올라가라고 했다.

나는 애써 태연한 척을 하며 다시 생활관으로 올라오자마자 화장실에 들어가서 얼굴을 손으로 감싸고 울었다. 나는 왜 죄인이 되어야 할까. 내가 전생에 무슨 죄를 지었나. 군대에서 내 처지는 언제나 슬펐지만, 그때는 유난히 더 슬펐다. 억지로 끌고 와서는, 자유롭게 말할 수 있는 권리마저 제한하다니 참을 수 없었다. 국민이 아니라 그냥 사람 형상을 한 가축 취급을 받는 느낌이었다.

화장실에서 나와 손을 씻으면서 거울을 보니 이마에 붉은 문양이 잔뜩 찍혔다. 나는 그것을 보고 한참 웃었다. 마치 이마에 낙인이 찍힌 노예 같은 내 한심한 모습이 그저 웃길 뿐이었다. 겨우 웃음을 참고 세수를 했다. 이마에 찍혔던 붉은 문양은 지워져서 깔끔한 얼굴이 됐지만, 계속 그 문양이 남아 있는 기분이었다.

나는 그 기억을 떠올리면서 잠깐 웃었다. 그러는 사이 내가 탄 차량은 부대 앞에 도착했고, 나는 다시 철문 안으로 들어갔다. 부대 안 풍경을 바라보면서 나는 노예가 주인집으로 돌아왔다고 읊조렸다. 그런 시절이었다. 도저히 떠날 수 없던 곳에서, 누릴 수 없는 권리를 누리려고 부단히 애쓰던 시절. 오르지 못할 나무는 쳐다보지도 말라고 했지만, 본래는 오를 수 있던 나무를 그리워하는 것은 당연한 일 아닌가.

언제쯤 나는 자유를 되찾을 수 있을까? 죽는 것도 내 뜻대로 안 되는 상황에서 내가 나갈 수 있는 방법이라고는 전역뿐인데, 그때까지는 아직 너무나 많은 시간이 남았다. 나는 그 시간을 기다리기 힘들었지만, 뾰족한 수가 없었다. 박근혜가 말한 것처럼, 이러려고 군대에 왔는지 그저 날마다 자괴감을 느낄 뿐이었다.

08

하번 보고

아침 기상 시간을 알리는 벨소리가 유난히 크게 울려 퍼졌다. L 병장은 신음을 내면서 조금씩 의식을 되찾으려고 해보았다. 10분 뒤에 점호가 있기 때문이다. 점호가 끝나면 잠깐이나마 다시 자는 호사를 누릴 수 있기 때문에, 그때까지만 참으면 잠도 다시 불러올 수 있었다.

잠시 뒤척이면서 일어나려고 하던 L 병장은 자신이 점호를 받지 않는 헌병임을 생각해냈다. 아무래도 오랜만에 기상 벨소리를 들어서 착각한 모양이다. 일병 이후 어느 순간부터 들리지 않던 이 벨소리가 최근에 다시 들리자 L 병장은 '오랜만에 부대에 돌아와서 그런가?' 하고 생각했다. 아니면 업무에 익숙해져서,

초반에는 피곤한 나머지 듣지 못하던 것을 다시 듣게 됐는지도 모르겠다.

하지만 어쨌거나 지금은 신경 쓸 일이 아니었다. L 병장은 점호를 받지 않아도 됐고, 오전에 근무도 없었다. 이것이 중요한 사실이었다. 이 사실 때문에 L 병장은 더 자도 된다는 안도감과 점호 벨소리에 대한 짜증을 동시에 느꼈다. 그러나 그것은 찰나였고, L 병장은 다시 잠의 세계로 빠져들었다.

사람들은 L 병장이 군대에 가서 규칙적인 생활을 하리라고 예상했지만, 그것은 군생활의 극히 초반 이야기일 뿐이었다. 번번이 바뀌는 근무 스케줄 때문에 자는 시간이 일정하지 않았다. 또한 그가 맡은 보직의 특성상 쉬는 시간에는 거의 간섭하지 않았으므로, 어떤 날은 근무시간 이외의 모든 시간을 잠으로 소비하기까지 했다. 어떻게 보면 그는 사회에 있을 때보다 더 불규칙적으로 잠에 빠져드는 생활을 하게 되었다고 할 수 있다.

L 병장은 잠깐 깨어났다가 다시 잠드는 게 마음에 들었다. 실제로는 짧지만 숙면하는 듯한 기분이 들어서였다. 또한 스멀스멀 밀려오는 걱정을 멀찌감치 치워버리는 마법과도 같은 잠을 선사했기 때문이다. 그러나 이 잠은 그리 오래가지 않았다. 또다시 잠을 방해하는 목소리가 들려왔다.

"L 병장님, 아침 드십시오."

L 병장은 "어" 하고 짤막하게 대답한 다음, 비몽사몽 중에 고민

을 시작했다. 늘 똑같은 고민이지만, 언제나 사람을 심각하게 만드는 고민이었다. 아침을 먹지 않으면 점심때까지 잘 수 있었다. (그는 오늘부터 야간근무다.) 사실 먹어 봤자 배가 부르다는 정도의 이득밖에 없었다.

그러나 이건 다른 사람들의 경우였다. L 병장은 사정이 조금 달랐다. 그는 모종의 이유 때문에 간부에게 주기적으로 약을 타 먹어야 했다. 약을 먹으려면 공복은 지양해야 했고, 따라서 식사는 일종의 의무가 되었다. 그런데 L 병장은 아침에 잘 일어나지 못하기 일쑤였다. 간부는 직접 올라와 깨워가며 약을 먹였지만, 결국에는 "힘들면 아침 약을 건너뛰어도 된다"는 말을 하게 되었다.

그 말을 들었을 때 L 병장은 해방감을 느꼈지만, 다른 한편으로는 죄책감이 들었다. 나 때문에 고생하는데, 약 때문에 또 스트레스를 주는 것은 아닌가 생각했기 때문이다. 특히 최근 들어 더 신경 써주는 느낌이 들어서, L 병장이 느끼는 부담감은 배가 되었다. 그래서 아침을 먹어야 하는지 말아야 하는지를 두고 L 병장은 늘 치열하게 고민했다. 머릿속에서 수많은 논쟁을 거친 결과, 마침내 부담감이 승리했다. 그렇다, L 병장은 일어나서 아침을 먹기로 한 것이다.

짧은데도 부스스한 머리를 하고 일어난 L 병장은 삐걱거리는 2층 침대를 조심조심 내려왔다. 혹시라도 밑에서 자는 사람이 있다면 방해가 되지 않을까 싶어서였다. L 병장은 부대 전입 때부터 이런 상황을 싫어했다. 남에게 폐를 끼치고 싶지 않은 것은 물론이고, 자신 또한 자는 동안에는 별로 기분 좋지 않은 삐걱거림을 느끼기 싫었기 때문이다. 수면 초반에 자주 뒤척이는 그는 삐걱거리는 소리가 항상 불만이었다. 어떨 때는 욕을 하고 싶을 정도였다. 그러나 부대에 비치된 침대는 대부분 그러했고, 아무 생각 없이 2층을 고른 L 병장의 탓도 있었다.

L 병장은 짧게 한숨을 쉬며 삐걱거림이 멈춘 것을 확인하고 생활관 밖으로 나갔다. L 병장은 슬리퍼를 질질 끌며 신발장으로 가서 체련화로 갈아 신었다. 양말을 신지 않아서 그런지 신발의 까끌까끌한 감각이 발에 고스란히 느껴졌다. 처음에는 거북했는데, 양말 신기가 귀찮아서 하도 자주 이러고 다니다 보니 이제는 익숙해졌다.

생활관을 나서려던 찰나, 그는 모자를 깜빡한 것을 깨달았다. 그는 생활관에서 체련모를 꺼내 쓰고 식당으로 걸어갔다. 그런데 L 병장의 체련모는 다른 병사들의 체련모와 큰 차이가 있었다. 바로 계급장이 없다는 점이다.

원래 군대에서 쓰는 모자에는 대개 계급을 표시하게 되어 있지만, L 병장의 체련모에는 계급장이 없었다. 사연은 이렇다. 어느 날 그는 또 체련모를 잃어버리고 말았다. 주기적으로 일어나는 일이라 금방 찾겠거니 했는데, 그는 끝내 체련모를 찾지 못했다. 그리하여 이를 대체할 방안을 마련해야 했다.

처음에는 군모를 쓰고 다녔지만, 그것은 L 병장을 튀게 만드는 행위였다. 절대 바라지 않는 일이었다. 다행히 그는 어디서 버려진 체련모를 하나 용케 구해왔다. 일병 계급장이 붙은 체련모였다. 체련모에 붙이는 계급장은 계급별로 하나씩밖에 주지 않는데, 잃어버린 체련모에 병장 계급장이 붙어 있었으니, L 병장은 퍽 난감한 처지에 놓였다.

선임들에게 부탁해봐도 그들 역시 병장인지라, L 병장에게 계급장을 줄 수 있는 상황이 아니었다. 하는 수 없이 L 병장은 차악이라 생각하고 아예 일병 계급장을 뗐다. 적어도 '덜' 눈에 띌 것이라고 그는 기대했다. 그러면서도 내심 이 상황이 마음에 들었다. 다들 계급을 표시해야 하는 곳에서 계급장 없이 다니니 자신이 '무계급'의 상징이라도 된 것처럼 느꼈기 때문이다. 평소 군대에 환멸을 품고 있던 L 병장으로서는 의도치 않았지만 이런 사소한 것으로 '저항'하는 셈이었다. 물론 계급장을 뗐다고 해서 'L 병장'이 'L 씨'가 되는 것은 아니었다. 체련모에 계급장이 없이 다녀도 L 병장은 여전히 L 병장이었다.

L 병장은 무거운 몸뚱이를 끌고 식당으로 갔다. 부대가 워낙 작아서 식당까지 채 5분도 걸리지도 않았지만, 졸음이 쏟아지니 모든 것이 귀찮게 느껴졌다. L 병장은 바퀴 달린 의자를 이용해 내리막길을 금방 내려가면 좋겠다고 생각했다. 하지만 그건 큰

용기가 필요한 일이었다. 그는 그런 일을 실행에 옮길 만한 위인은 아니었다.

이런 생각을 하는 사이 금세 식당에 도착했다. 그런데 식당 TV가 꺼져 있었다. L 병장은 아쉬웠다. 뉴스를 본다는 핑계를 대고 혼자서 밥 먹을 기회가 사라졌기 때문이다. 그렇다고 해서 밥을 먹는 무리에 낄 용기가 있는 사람도 아니었다.

그는 집단생활에서도 늘 혼자를 추구했다. 그래서 밥도 대부분 혼자 먹었다. 어떤 사람들은 그를 보고 "왕따냐"라는 농담을 던지곤 했는데(주로 간부들이었다), 그는 그 농담을 대충 받아넘기면서 "왕따는 아니지만 아싸다"라고 대답하고 싶어 했다. 그는 사람들의 손길을 피하는 쪽에 속했기 때문이다. 그는 군대가 싫었기 때문에 이렇게 생각하곤 했다. '공동체에서 혼자 떨어져 나와 지워진 존재가 되는 것, 그것이 나의 군생활.' 이렇게 해서라도 군대에 있다는 소속감을 조금이라도 덜고 싶은 것이 그의 소망이었다.

생각해보면 그렇다. 그렇게 싫어하는 조직에 누가 정을 붙이고 싶겠는가? L 병장은 항상 그런 식으로 군대와 자신을 분리하려고 노력했다. 그것은 이를테면 '정신 승리' 같은 것이어서, 자기만족 수준에서 한 발짝도 더 나아가지는 못했다. 그렇지만 이렇게 해서라도 군대에서 '어찌 되었든' 살아갈 수 있다면, 그것은 그에게 큰 의의가 있었다. L 병장은 언제나 위태로운 군생활을 했기 때문에, 그의 이러한 노력은 그를 걱정하는 모든 이를 안심시키기에 충분했다. (그럼에도 L 병장은 이미 '위태'한 상황을 뛰어넘어 자신이 '미쳤음'을 거의 확신하는 상태였다.)

L 병장은 식판에 밥과 반찬을 담아서 적당히 구석진 곳에 자리를 잡았다. 오늘의 메뉴는 냉동 너비아니였다. L 병장이 아주 좋아하는 메뉴 중 하나였다. 워낙 좋아하는지라 2개 가져가라고 하면 3개를, 3개 가져가라고 하면 4개를 가져오곤 했다. 이 작업에는 눈치가 필요했다. 걸리면 급양병의 제지를 받기 때문이었다. 그래서 잽싸게 집고, 초과분은 재빨리 해치움으로써, 가져가라고 한 수량만큼만 가져온 것처럼 할 필요가 있었다. 그리하여 그가 초반에 조금 과하게 허겁지겁 먹는다 싶으면, 정량보다 더 많이 가져온 것이라고 이해하면 될 것이다. 이것이 L 병장에게는 스트레스를 푸는 주요한 방법 가운데 하나였다.

항상 허겁지겁 더 많이 먹는 것이 그에게는 군생활의 유일한 낙이었다. 그런 방식으로 스트레스를 풀면 좋지 않다는 사실쯤은 그도 아주 잘 알았다. 하지만 그에게는 딱히 다른 방도가 없었다. 운동에 취미가 있는 것도 아니고, SNS를 하는 것도 한계가 있었다.

단기간에 스트레스를 최소화하고 효과가 오래가게 하는 방법은 L 병장에게 '먹기'밖에 없었다. 그래서 급양병이 적극적으로 제지할 정도로 먹은 날도 있었다. 이 경험에 대해서 군의관은

"양을 조절하라"고 충고했고, 그도 그래야 옳다고 생각했다. 그러나 너비아니 같은 반찬이 나올 때는 내면의 목소리가 '조금만 더 욕심을 내라'고 호소했으며, 그는 호소에 충실히 따랐다.

L 병장은 밥을 먹으면서 다음에는 무엇을 할까 생각했다. 오후에 예정된 교육을 제외하면 그에게는 모든 시간이 비는 시간이었다. 더 잘 수도 있었지만, 한 번 깨고 나면 잠을 이루기 힘들었다. 아마 오늘도 사지방에서 시간을 축낼 테지만, 그래도 혹시 뭔가 새로운 일이 없을까 잠깐 생각해보았다. 하지만 결론을 내지 못했다. 그래서 오늘도 자연스럽게 사지방행이었다.

식사를 마친 뒤 식판을 내며 "잘 먹었습니다" 말하고 급히 식당을 떠났다. 아침에는 사지방에 은근히 자리가 없으므로 얼른 가서 자리를 확보해야 했다.

그는 부스스한 머리를 한 채 사지방으로 들어가 SNS에 접속했다. 수많은 알림이 떠 있었다. 하루를 시작할 때 L 병장의 기분을 좋게 만드는 요소 중 하나가 바로 이것이었다. 얼마나 많은 사람에게 관심을 받는지가 그의 주된 흥밋거리였다. 군대에서는 외롭게 지낸다고 생각했기 때문에 온라인상에서나마 관심을 받는 존재라는 것을 확인하고 싶어 했다. (사실 그가 사회에 있을 때도 마찬가지였다.)

알림을 확인하고 댓글을 달다 보니 할 일이 없어졌다. 본래 SNS라는 게 알림을 처리하면 별로 할 게 없다. 그래도 L 병장은 기본 2시간 동안 SNS 페이지의 스크롤을 무의미하게 내려보거나, 갑자기 어떤 생각이 나면 글을 올리거나 했다. 그 글들은 대개 자신이 놓인 환경에 관한 내용으로, 꽤 수위가 높은 편이었다.

병사가 군대를 비판하는 것은, 어느 정도 자기희생을 염두에 두고 해야 하는 일이었다. 또한 (L 병장의 표현을 빌리자면) "그놈의 정치적 중립"과도 얽힌 문제였기 때문에, 걸렸다가는 좋지 못한 일을 당할 수도 있었다. 그런데도 L 병장은 끊임없이 그런 글을 올렸다. 징계를 받은 적이 있는데도 말이다.

그래서 가끔 "위험한데 왜 그러느냐?"고 물어보는 사람이 있었다. 도대체 L 병장은 SNS를 왜 이렇게 사용하는 걸까. 그냥 간단하게 일상생활을 이야기하거나 친구들과 가볍게 대화를 나누는 용도로만 써도 될 텐데 말이다. 이에 대해 L 병장은 항상 힘주어 답했다. "이렇게 자유가 억압된 곳에서 적어도 내가 내 의견을 마음대로 말할 수 있는 자유만큼은 침해받고 싶지 않았다. 그래서 위험이 따르더라도 나는 계속할 것이다." (징계를 받은 뒤로 그 수위가 많이 낮아지기는 했지만) 이것은 L 병장이 할 수 있는, 군대에 대한 가장 실질적인 저항 중 하나였다.

'먹기'가 그저 스트레스를 푸는 도구에 지나지 않는다면 SNS는 스트레스도 해소하고 자아도 실현하는 행위였다. 그렇게라도 하지 않았으면 L 병장은 진작 세상과 이별했을지 모른다. 그의 생각에 '세상과 이별하는 것'보다는 '징계를 받는 것'이 더 합리적으로 느껴졌다. (그러나 군대라는 체제가 그를 더 옥죄면 L 병장은 늘 '세상과의 이별'을 진지하게 고려했고, 때로는 준비해서 실행하기도 했다.) L 병장이 SNS에서 수위가 높은 비판적인 글들을 작성하는 이유였다.

그는 오늘도 어김없이 자유롭게 그런 시간을 보냈다. 조금 눈치는 보이지만, 뭐 어쩌겠는가. 살아가려면 이렇게 해야만 하는데! 그러지 않으면 살아갈 수 없는데! 억지로 끌려왔다는 이유만으로 죽으면 그야말로 쓰레기 죽음 아니겠는가.

SNS를 한창 하는 도중, 문득 그는 또다시 졸음이 쏟아져오는 것을 느꼈다. 가서 자야겠다고 생각하면서도 SNS의 유혹에서 빠져나오기 힘들었다. 그 유혹이 다른 사람들에게는 LOL이나 오버워치 같은 것이었지만 L 병장에게는 SNS였다. 평소 같았으면 졸음을 이겨내고 계속했겠지만, 그날따라 L 병장은 졸음을 이길 만한 힘이 없었다. 어쨌든 자기 전에 해야 할 일이 있었다. 바로 약을 먹으러 가는 일이었다.

L 병장은 사무실로 내려갔다. 담당 간부는 아직 출근하지 않았다. L 병장은 얼른 자고 싶었지만, 약을 먹기 전까지는 잘 수 없었다. L 병장은 사무실에 들락날락하는 과정을 몇 번 반복했다.

들락날락하기를 네 번쯤 했을 때 드디어 담당 간부가 출근해서, 그는 약을 먹을 수 있었다. 담당 간부는 L 병장에게 환한 얼굴로 잘 쉬었는지 물어본 다음 약을 주었다. L 병장은 항상 그 간부에게 미안한 마음이 들었다. 정말 좋은 사람이었다. 항상 꼼꼼하게 L 병장을 챙겨주었다. L 병장은 그 간부를 만난 것을 굉장한 행운으로 여기면서, 자신이 도움은커녕 오히려 폐만 끼친다는 사실이 몹시 미안했다.

　L 병장은 약봉지를 뜯고 물과 함께 약을 삼켰다. 다 먹고 나서 경례를 하고 생활관으로 올라왔다. 갑자기 자괴감이 확 밀려들었다. 그 간부가 아무리 좋은 사람이라 해도, L 병장은 그에게 약을 타먹는 것을 썩 좋아하지는 않았다. 자신에게 뭔가 문제가 있음을(그것은 사실이지만) 다른 사람한테 보여주는 것이라고 생각했기 때문이다. 그런 이유로 L 병장은 약을 자기가 보관하고 싶었지만, 마약류니 뭐니 해서 부대가 관리해야 한다고 했다. 그래서 약은 정해진 시간에 간부에게 받아서 그 자리에서 바로 먹어야 했다. 또한 '마약류 관리 대장'에 주기적으로 서명해야 했다.

　L 병장에게는 이 모든 일이 촌극 같았다. 군대에 오지 않았으면 먹지도 않았을 약을 먹으면서 이렇게 살아가다니. 그리고 이 약을 먹기 위해서 번번이 웃는 얼굴로 와야 하다니. 그리고 결국 그 약에 의존하게 되다니.

　L 병장은 만약 군대에 오지 않았더라면, 상담관에게 자살 미수 사실을 털어놓지 않았더라면 어떻게 됐을까 생각해보았다. 그러면 조금이라도 더 정상적인 군생활을 하지 않았을까. (아니면 그 전에 먼저 죽어버렸을지도 모른다.)

어쨌든 L 병장은 약을 다 먹었다. 이제 그를 방해할 것은 아무 것도 없었다. 그저 편히 다시 자면 되는 일이었다. L 병장은 운동화를 벗고 나서 슬리퍼로 갈아 신고, 생활관으로 들어가자마자 삐걱거리는 2층 침대로 올라갔다. L 병장은 눕자마자 금방 잠에 빠져들었다.

L 병장은 꿈을 꾸었다. 그는 '현역 복무 부적합 심사'라고 적힌 서류를 들고 앞으로 나아가고 있었다. 누가 봐도 기분 좋은 발걸음으로 가볍게 걷고 있었다. 그런데 갑자기 L 병장이 넘어졌다.

L 병장이 넘어지면서 뒤를 돌아보았더니, 대대장이 그의 발목에 족쇄를 걸어놓고 가지 말라고 했다. 그러나 L 병장은 무시하고 다시 전진했다. 이전보다 발걸음이 무겁기는 했지만 충분히 걸어갈 수 있었다. 그러다가 L 병장은 또 넘어졌다. 이번에는 부모님이었다. L 병장의 부모님은 족쇄 두 개를 걸어놓고서는 가지 말라고 말했다.

그는 잠시 망설이다가 다시 앞으로 나아갔다. 그러나 족쇄가 너무 큰 데다 세 개나 됐기 때문에 힘이 많이 들었다. 그리고 계속해서 넘어졌다. 열 번째 넘어졌을 때, 그는 바닥에 주저앉아 울었다. 하염없이 울었다. 울면서 서럽게 외쳤다.

"도대체 왜 안 되는 거냐고!"

이렇게 서러워하다가 L 병장은 문득 족쇄가 사라진 것을 알아차렸다. 기쁜 마음에 서류를 찾아서 가던 길을 다시 가려고 했는데, 서류까지 같이 사라지고 없었다. 오직 그만 혼자 남아 있었다. L 병장은 당황하면서도 일단 앞으로 나아가보기로 했다. 계속 전진하다 보면 뭐라도 나올 것 같은 기분이었기 때문이다. 하지만 보이는 것은 땅과 하늘뿐이었다. 그리고 들리는 것은 L 병장 자신의 숨소리와 군화가 바닥에 부딪히는 소리, 이 두 가지였다.

아무리 걸어도 아무것도 나오지 않자, L 병장은 일단 쉬기로 했다. 매끈한 바닥에 앉아 숨을 고르며 앉아 있자니, 자신의 처지가 몹시 초라하게 느껴졌다. 그러나 어쩌겠는가, 지금 처지보다 더 나빠지지 않기를 기대해야지.

웬만큼 쉬었다고 생각한 L 병장은 다시 일어나 걸음을 재촉하려고 했다. 그런데 갑자기 땅이 흔들리더니 큰 구멍이 생겼고, 그는 속절없이 그 구멍에 빠지고 말았다. L 병장은 어두운 구멍 속으로 한없이 추락했다. 주위가 하도 어두웠기 때문에 순간 L 병장은 자신이 추락한다는 사실도 인지하지 못할 정도였다.

처음에는 무서웠지만, 계속해서 아래로 떨어지기만 하다 보니 나중에는 적응해버렸다. 도대체 이게 무슨 일인지, 바닥에 닿으면 어떻게 될 것인지 생각했다. 그런데 주변에서 목소리가 들리기 시작했다. 평소 알고 지내던 사람들의 목소리였다. 그 목소리들은 L 병장을 지목해서 말하는 듯이 이야기하기 시작했다.

"그건 네 의지가 없는 탓이야."

"너처럼 나약한 인간은 전혀 도움이 안 돼."

"너 때문에 우리만 힘들어졌잖아! 책임지라고!"

"뒈지려면 얼른 뒈지던가!"

"주변 사람들 고생하는 거 안 보이냐!"

L 병장은 "아니야!"라고 계속해서 외쳤지만, 그 외침이 묻힐 정도로 주위에서 떠들어댔다. 귀를 막아보기도 했지만 역부족이었다. 계속되는 추락, 사방에서 들려오는 목소리에 그는 완전히 공황 상태에 빠지고 말았다. 끊임없이 "아니라고!" 외치면서.

그러던 중 L 병장은 주머니에 뭐가 들어 있는 것을 알아차렸다. 걸어올 때는 분명 주머니에 아무것도 없었는데 말이다. 꺼내보니 커터 칼이었다. L 병장은 잠시 물끄러미 바라보다가, 결심했다는 듯 소매를 걷고 칼로 자신의 손목을 그었다. 아프건 말건 개의치 않고 계속해서 그었다.

피가 위로 솟구쳤다가 L 병장을 향해 떨어졌다. 그리고 사방의 검은 공간과 접촉하면서 어느새 빨간색과 새로운 무늬를 만들어내고 있었다. 무늬가 커질수록 목소리들이 변했다. L 병장은 그 소리를 똑똑히 들을 수 있었다.

"그래! 잘하고 있어!"

"평소에 이렇게 했으면 얼마나 좋아!"

그 소리에 자신감이 커진 L 병장은 계속해서 자기 손목을 그었다. 피가 계속해서 사방팔방으로 튀었다. 그는 피를 보며 희열을 느꼈다. 해방되는 기분을 느꼈다. 그리고 이제는 자기를 괴롭힐 사람이 없다고 생각하며 기뻐했다.

그가 67번째로 손목을 그었을 때, 피는 더 이상 나오지 않았다. 그런데도 L 병장은 자꾸만 손목을 그었다. 그러다가 바닥과 머리가 충돌했다. 머리에서 나온 피인지, 손에서 나온 피인지 구분할 수 없을 정도로 피가 바닥에 흥건했다. 하지만 분명한 것은, L 병장은 그 어느 때보다도 행복하다는 사실이었다.

L 병장이 이렇게 한창 꿈을 꿀 때, 누가 또 L 병장을 깨웠다. 그는 L 병장에게 점심 먹을 시간이라고 알렸다. L 병장은 비몽사몽 중에 고개를 끄덕이고는 잠시 멍하니 앉아 있었다.

평소에는 꿈을 다시 되감아본 경우가 없는데, 이 꿈은 몹시도 생생했기 때문에 찬찬히 곱씹어보았다. 남들에게 들려주었으면 분명 "끔찍하다"고 했겠지만, L 병장은 희한하게도 기분이 좋았다. 현실에서도 그렇게 해방된 기분을 느끼면 좋을 것 같았다. 실제로 L 병장은 자살을 시도한 적이 몇 번 있었는데 모두 미수에 그치고 말았다. 막상 고통을 참아낼 자신이 없었기 때문이었다.

하지만 L 병장이 꾼 꿈에서는 달랐다. 그는 해냈다! 그는 드디어 자유를 얻었다! 죽음이라는 자유를! (비록 현실은 아니지만.) 그는 흡족했다. 여느 때 같으면 하도 졸려서 점심을 건너뛰었겠지만, 이번에는 그러지 않았다. 가뿐히 침대에서 뛰어내린 뒤, 운동화로 갈아 신고 점심을 먹으러 식당을 향해 달음박질했다. 그때의 L 병장을 봤다면 누구건 '아, 저 사람은 기분이 좋구나!'라고 판단할 만큼 L 병장은 기분이 좋았다.

점심을 먹은 뒤 생활관으로 다시 들어가려는데, 후임이라는 사람들이 수없이 경례를 했다. L 병장은 허리를 굽히거나 최대한 성의 있게 응대하려고 노력했다. 입대할 때부터 그랬지만, L 병장은 경례 문화를 제대로 받아들이지 못했다. 도대체 이런 것을 왜 해야 하는지 의아하게 생각했는데, 그의 주장을 풀어보면 다음과 같다. '다 똑같은 사람인데 왜 억지로 위계질서를 세워야 하는가? 더구나 끌려온 사람들 아닌가? 이런 사람들끼리 경례를 시키는 것은 높은 사람들에게 집중하지 못하게 하려는 기만술에 불과하다.'

이런 이유로 그는 경례에 대해서 거의 환멸에 가까운 감정을 품었다. 그렇지만 경례를 피할 방법은 거의 없었다. 경례를 하지 않거나 받지 않으면 이상한 사람 취급을 받기 십상이었으니까. 아니, 이상한 사람 취급을 받는 것은 차라리 다행이었다. 어떤 사람들한테는 버르장머리 없는 사람으로 찍히기 때문이었다. L 병장은 경례도 싫었지만, 그런 상황에 맞닥뜨리는 것 또한 싫었다. 그래서 어떻게 할까 궁리하다가 나온 방안이 이것이다.

나한테 경례하는 사람의 경례는 최대한 성심성의껏 받아주되, 나는 '경례를 거부하고 한 인간으로서의 인사를 하고 싶다'는 메시지를 전달하자. 그것이 L 병장이 생각해낸 해결책이었다. L 병장의 그런 인사를 받는 사람들은 몹시 부담스러워하는 눈치였지만, 그 스스로에게는 아주 마음에 드는 방식이었다. 그는 그렇게 답례할 때마다 자신이 살아 있는 인간임을 자각할 수 있었다. 이상하게 보일지 몰라도, 그에게는 이것이 살아가는 방식 가운데 하나였다.

생활관으로 들어가서 L 병장은 군복으로 갈아입었다. 근무는 없었지만, 매일 주기적으로 열리는 교육에 참석해야 하기 때문이었다. 교육은 매일 2시간 정도 있었다. 특정 근무가 없으면 반드시 참석해야만 했다.

교육이라고는 하지만 사실 별 내용이 없거나, 헌병들끼리 수다 떠는 시간에 불과했다. L 병장은 두 가지 모두 귀찮았지만, 후자보다는 전자를 더 좋아하는 편이었다. 전자의 경우 시간이 빨리 가고, 대화에서 소외될 일도 없었기 때문이다. 물론 대화에도 끼기는 했지만(순전히 L 병장만의 생각이다), 왠지 자신이 항상 소외당하는 기분이 들었다.

그들이 일부러 L 병장을 따돌리는 건 아니었지만, L 병장은 언제나 그런 기분을 느꼈다. 처음에는 입원했다가 돌아온 지 얼마 안 되어 그런가 보다 했다. 그러나 복귀한 지 한 달 가까이 지났는데도 똑같은 것을 보면, 그냥 자신이 분위기에 동화하지 못하기 때문인 듯했다. 이런 이유에서 L 병장은 수다 떨기보다는 교육받는 쪽을 원했다.

교육 시간에 맞춰 사무실로 내려간 L 병장은 적당한 곳에 앉았다. 교육이 시작되었다. 담당 간부는 몇 가지 전달 사항을 알려준 다음, 오늘은 총기를 분해 결합할 거라고 말했다.

L 병장은 적어도 수다는 떨지 않아도 되니까 그리 나쁘지 않다고 생각했다. 중앙 현관에 모포를 깐 다음, 간부가 시범을 보이고 나면 L 병장도 그대로 따라서 총기를 분해 결합했다. 처음에는 제대로 하기 어려웠지만, 몇 번 하고 나니 꽤 그럴듯하게 할 수 있었다.

적어도 다른 사람들 눈에 L 병장은 잘 적응하는 것처럼 보였다. 그러나 총을 대하는 L 병장의 생각을 들여다보면, 그런 인상은 잘못됐다는 것을 알 수 있었을 터이다. L 병장은 총기를 사람을 죽이는 살인 도구라고 명확히 정의했다. 그리고 그 살인 도구를 자기가 만져야 하는 위치에 있다는 현실이 너무나 싫었다. 그래서 총을 보면 파괴하고 싶은 충동을 느낀 적이 한두 번이 아니었다. 그런데 그는 총을 파괴하는 것이 아니라, 그 총으로 자신을 파괴하려고 여러 번 작정했다.

이 사실은 부대 내에서도 극소수만 알고 있는데, L 병장은 공포탄으로 자살을 시도하려고 한 적이 있었다. 공포탄으로 어떻게 자살할 수 있느냐고 반문할 수 있겠지만, 그는 총을 입에 넣어서 자신에게 중상을 입히려고 했다. 죽기는 싫지만, 죽을 만큼 다쳐서 이 조직을 벗어나고 싶은 열망이 강했던 것이다. 그러나 결국에는 미수로 끝나고, 그는 관심병사로 지정되었다. 사실 자살은 이때 말고도 몇 차례 더 시도했다. 공포탄 사건은 그중 하나일 뿐이다. 관심병사로 지정된 이후, L 병장의 군생활은 그야말로 꼬일 대로 꼬였다.

그는 수많은 관리체계에 편입되어야 했다. 온갖 상담이란 상담은 다 받았으며, 정신과를 들락날락해야 했다. '적응 장애 의심 증상'이라는 판정을 받았고(L 병장은 이 판정을 받아들일 수 없었는데, 자신은 정도가 더 심각한 것 같았기 때문이다) 약을 꾸준히 먹어야 했다.

L 병장이 생각하기에 약은 별로 효과가 없는 듯했다. 그러나 적어도 먹는 그 순간만큼은 왠지 진정이 됐기 때문에 약을 모아 두었다가 한꺼번에 먹기도 했다. (혹시라도 고통 없이 죽을 수 있지 않을까 하는 기대가 있었다.) 한때는 증상이 심각해져서, 그는 경기도 성남에 있는 국군병원 정신과에 입원하기도 했다. (그는 이곳 이야기는 하기를 꺼렸는데, 그의 말에 따르면 "사람이 사는 곳이 아니다".) 그리하여 부대에서는 L 병장을 둘러싼 소문이 무성하게 퍼졌다.

완전히 미쳤다느니, 아픈 척한다느니, 온갖 이야기가 오갔다. L 병장은 이런 소문들을 들어도 아무렇지 않은 척했지만, 사실은 몹시 힘들었다. 자기들이 뭔데 남의 고통을 두고 함부로 왈가왈부한단 말인가? 자기들이 L 병장이라는 건가? 도대체 무슨 합리적인 의심을 한다느니 하며 난리를 치는지 모르겠다고, L 병장은 소문을 들을 때마다 생각했다.

L 병장은 그들에게 이렇게 말한들 뭐가 달라지겠느냐고 결론을 내렸다. 그래 봤자 L 병장이 정상인데 연극을 한다고 제멋대로 판단할 게 뻔했다. 그래서 L 병장은 소문을 들어도 무어라 변명하기 싫었고, 혼자서 가슴앓이만 했다. 분명한 것은, L 병장은 지금도 고통스러워하고 군대에 환멸을 느낀다는 사실이다.

잠시 멍하니 있다가, 촤르륵 하는 소리와 함께 L 병장은 정신을 차렸다. 다른 사람들의 총기 분해 결합 훈련이 시작된 것이었다. L 병장은 그 모습을 보며 또다시 생각에 잠겼다. 그 총을 빼앗아서 상황실로 달려가 실탄을 꺼낸 다음 '탕!' 하는 소리와 함께 생을 마감하면 여러모로 참 용감하지 않겠느냐고 여겼다. 하지만 그에게는 그렇게 할 수 있는 깡도 없었고, 실행한다고 해도 자물쇠를 여는 데 시간이 걸려서 금방 제지당할 것이 뻔했다. 그저 L 병장의 희망사항일 뿐이었다.

어느새 교육시간이 끝났다. L 병장은 총기 집어넣는 것을 도와준 다음 생활관으로 돌아왔다. 무엇을 할까 고민했지만, 많이 피곤했던 모양인지 청소시간 전까지 또 자기로 했다.

L 병장은 삐걱거리는 침대에 누우면서 이번에는 꿈을 꾸지 않았으면 하고 바랐다. 진정한 숙면이란 꿈을 꾸지 않는 것이라 생각하기 때문이었다. 아무리 좋은 꿈이라도, 꿈을 꾸는 바로 그 순간 숙면은 저 멀리 날아가는 것과 마찬가지였다. 왜 그런지는 몰

라도, 경험상 꿈을 꾸지 않을 정도로 자야 푹 쉴 수 있다고 생각한 듯하다. 아무튼 그는 꿈을 꾸지 않기를 고대하면서 잠자리에 들었다. 그러나 안타깝게도 그는 꿈을 꾸고야 말았다. 그 꿈의 내용은 요즈음 들어 가장 기묘했다. 여기에 풀어보면 다음과 같다.

L 병장은 뭔가에 쫓기고 있었다. 잔뜩 겁을 집어먹은 채 계속 달리고 있었다. 그의 체력은 저질인데, 그 저질 체력을 뛰어넘게 할 정도로 계속해서 달리게 만드는 것은 대체 무엇이었을까? 그것은 바로 커다란 개였다. 실물은 보이지 않았지만, 그림자로 미루어 아주 큰 개라고 짐작할 수 있었다.

L 병장은 그 개가 자신을 잡아먹으리라 확신하고서 달리고 또 달렸다. 그러나 '왈왈!' 짖어대며 다가오는 개의 체력은 참으로 무궁무진하여, 알량하게나마 비축되어 있던 L 병장의 체력은 점점 바닥났다. L 병장이 달리는 속도가 점점 느려지더니, 마침내 개한테 잡아먹히고 말았다. 개는 L 병장을 말 그대로 '뜯어먹었다'. L 병장은 고통에 몸부림쳤지만, 너무 지쳐서 일어날 수조차 없었다. 자기 살이 뜯겨나가는 모습을 그저 하염없이 바라봐야만 했다. 그때 주위 사람들이 지나가면서 L 병장에게 던지는 말이 귀에 들어왔다.

"세상에! 저렇게 작은 개한테 지다니!"

"정말 의지가 없네. 어떻게 저렇게 작은 개한테 먹히냐!"

"그러니까 당해도 싸지!"

L 병장은 실소를 터뜨릴 뻔했다. '이게 작은 개라고? 내가 보기에는 이렇게 큰데? 저 사람들은 참 어이없는 소리만 하는군.' 그러면서도 순간 L 병장은 두려움을 느꼈다. 진짜 작은 개면 어떡하지? 정말로 약한 존재한테 내가 굴복한 거라면 어떡하지? 그렇다면 저들의 말이 맞는 게 아닌가!

L 병장은 다시 개를 보려고 눈알을 굴렸다. 그 순간 허연 이빨이 다가오더니 그의 눈알을 씹어 먹기 시작했다. L 병장은 완전히 의식을 잃었다. 주변에는 수군거리는 인물들과 눈알을 찹찹거리며 먹고 있는 개만이 남았을 뿐이다. 꿈은 후임이 청소시간이 됐다고 깨울 때까지 이어졌다. 그제야 비로소 L 병장은 일어날 수 있었다.

청소시간에 헌병이 하는 일은 쓰레기통 비우기밖에 없었다. 그것도 가위바위보 같은 게임을 통해서 한 사람에게 몰아주곤 했기 때문에, 거의 안 하는 날도 많았다. 그날도 가위바위보를 했는데, 운이 좋아서 쓰레기통 비우는 일을 하지 않았다. (이럴 때면 L 병장은 죄책감을 느꼈다. 그러잖아도 하는 일이 별로 없는데, 또 민폐를 끼치는 것 같았기 때문이다.)

L 병장은 청소에 방해가 되지 않게끔 독서실 구석에 앉아서 조금 전에 꾼 꿈을 떠올려봤다. 그 꿈은 과연 무엇을 이야기하려고 했을까? L 병장은 아무래도 자신의 고통이 그렇게 형상화한 것 아닐까라는 결론을 내렸다. 개는 곧 고통이고, 잡아먹히는 건 고

통에 정복당하는 나이고, 비웃는 사람들은 말 그대로 비웃는 사람들이고……. 그런데 어째서 그 꿈은 의식이 없어졌는데도 나를 깨어나게 하지 않고 계속 고통과 비웃음 속에 머물게 했을까? 무슨 이유로? 그것은 아무리 생각해도 답이 간단히 나오지 않았다. L 병장은 이 문제에 대해서는 결론을 내릴 수가 없었다.

이렇게 생각에 빠져 있다가 9시 55분이 된 것을 알아차렸다. 곧 저녁 점호시간이었다. 생활관에서 대기해야만 했다. 그는 생활관으로 가서 멍하게 앉았다. 피곤했다. 오늘은 계속 자기만 했는데도 피곤했다. 마치 그 꿈이 현실인 것처럼, 그러니까 꿈이 아니라 현실에서 정말 그랬던 것처럼 느껴져서 계속 피곤한 것 같았다.

저녁 점호가 끝난 뒤, 그는 군복으로 다시 갈아입었다. 한 시간 뒤면 근무가 시작되기 때문이었다. 남들은 하루를 마무리하는 시점에, L 병장은 하루를 시작했다. 옷을 다 입고 나니 50분 정도가 남았다. 보통 10분 전까지 내려가서 교대하는 것이 예의였으니, 실제로는 40분이 남은 셈이다. 그날 마침 연등(연장등화)이 있어서 사지방에서 잠시 인터넷을 하다가 독서실에 들러 야간근무 동안 필요한 것을 챙겼다.

5분 정도 시간이 남았다. 그 자투리 시간에 L 병장은 멍하니 앉아 있었다. 피로가 엄습했다. 오늘은 왜 그런지 자꾸 피로가 몰려왔다. 마치 아무리 치워도 끝이 없는 눈 같았다. (5분 동안 L 병장은 조금 전의 꿈을 생각할 수도 있었지만, 머리를 복잡하게 하는 문제여서 당분간은 미해결 상태로 놔두기로 했다.) 신기한 일은, 이렇게 피곤이 몰려오는데도 야간근무에서는 존 적이 별로 없다는 사실이다. 물론 야간근무에 처음 투입되거나 아주 피곤한 날에는 금방 곯아떨어졌지만, 대개는 자고 싶어도 잠이 오지 않았다. 그저 극도로 피곤하기만 했다. 당직사관은 어지간하면 근무에 간섭하지 않기 때문에 야간에는 실컷 조는 병사들이 많았는데, L 병장은 유독 그러지 못했다.

시간이 되자 그는 후임을 데리고 야간근무에 들어갔다. 야간근무에서 L 병장과 후임이 해야 할 일은 네 가지밖에 없었다. 첫째는 한 시간마다 번갈아가며 CCTV를 보는 것이고, 둘째는 정해진 시간에 순찰하는 것이고, 셋째는 아침 시간대에 태극기를 게양하는 것이고, 마지막 넷째는 아침에 초소 근무자들이 먹을 밥을 싸주는 것이었다. (초소 근무자들이 근무하는 중에 식사 시간이 끝나버려서, 밥을 따로 챙겨주지 않으면 그들은 밥을 먹을 수 없었다.) 그 밖에는 그저 자기가 할 일을 하면서 앉아 있으면 만사 오케이였다.

L 병장이 먼저 CCTV를 보기로 했다. 당직사관은 대부분 CCTV 보는 일에도 참견하지 않았기 때문에, 티만 나지 않는다면 충분히 딴짓을 할 수 있었다. (그러면 아무것도 안 하는 셈이라고 할 수 있겠다.) 오늘 당직사관도 그런 사람이었지만, 어쩐 일인지

L 병장은 오래간만에 제대로 보기로 했다.

　L 병장은 허리를 꼿꼿이 세우고 화면을 바라보았다. 부대 정문과 초소들이 보였는데, 마치 황무지에 세워진 건물 같았다. 불이 켜져 있지 않았다면 흉가라고 생각했을지도 모를 노릇이었다. 아무튼 초소 안에서 졸음을 참아가며 정문을 지키는 헌병들을 생각해보면 부대는 분명히 정상으로 돌아가고 있었다. (정상이 아닌 L 병장이 정상이 과연 무엇인지 알까마는.)

　L 병장은 미동도 않고 정자세로 화면을 응시했다. 누가 보면 정말 열심히 CCTV를 보는 것 같았을지도 모른다. 그러나 애초부터 L 병장은 위험요소를 발견하는 일은 하지 않고, 자신만의 생각으로 머리를 채워갔다. 주로 군대에 관한 생각이었는데, 지금까지 살펴본바 결코 긍정적인 생각이 아니라는 사실쯤은 충분히 짐작할 수 있을 것이다.

　L 병장의 머릿속에서는 한 무리의 군인들이 오와 열을 맞추어 행진했다. '착착착' 하는 소리와 함께 군인들은 더욱 힘차게 행진했다. 강철이라도 달린 듯 착착착 소리는 점점 커져만 갔다. 그 소리가 머릿속에 울려 퍼지자 L 병장의 정신은 고통스러워했다. "제발 그만!"이라고 외쳤지만, 군홧발 소리는 오히려 더 커졌다. 그러고는 곧 L 병장을 덮쳤다. 군인들은 L 병장이 보이지 않는지 그를 마구 짓밟고 앞으로 나아갔다.

　군인들이 거의 지나갈 때쯤, 마지막 줄에 있던 병사 두 명이 그를 억지로 일으켜 세우더니 오와 열을 맞추게 하면서 무리에 강제로 합류시켰다. 그의 정신은 군인들 무리에 섞여서 좀비처럼 걸어 나갔다. 그 무리에 동화한 것처럼 힘차게 걸어 나갔다. 그때 애국가가 흘러나오면서 태극기가 게양되자, 일제히 정지해 경례를 붙이면서 외쳤다. "위대한 대한민국을 위하여!" 여기까지 생각이 미치자, L 병장은 자기가 무엇을 하는지 깨달았다.

"이런 미친 생각을 하다니……."

문득 이렇게 중얼거렸지만, 어찌 보면 현실이 투영된 것인지 모른다고 생각했다. 그의 상상 중에는 공상도 있었지만, 현실을 반영하는 것도 충분히 많았다. 방금 전의 생각도 당연히 그런 종류라고 할 수 있었다. L 병장은 자신이 군대에 잠식당하고 조종당하는 듯한 현실이 생각을 통해서도 자연스럽게 드러나는 상태가 참으로 서러웠다. 한편으로는 실소가 나왔다.

남들은 그런 L 병장을 욕했다. 앞에서 언급했듯이, 그들은 L 병장이 이상한 '척'을 하는 거라고 굳게 믿는 경향이 있었다. 게다가 이런 식으로 악용하는 사람이 있다는 소문이 돌았던 터라(그 소문도 그들이 멋대로 가정한 것일 뿐이었다), L 병장의 경우는 더 오해받기 딱 좋은 상황이었다.

L 병장은 무얼 어떻게 더 증명해야 할지 짜증이 날 때가 많았다. L 병장은 정말로 군대가 힘들었고, 자살도 시도했다. 심지어 장기 입원까지 했다. 그 뒤로는 사람들의 말을 흘려들은 편이었

지만, 여기저기서 수군대는 소리는 여전히 들려왔다. 이런 이유로 L 병장은 군대에서 자기를 믿어주는 사람은 없다고 생각했다. 잘 대해주는 간부들에게마저 의심의 눈초리를 보냈다. (물론 이 것은 L 병장이 잘못 생각한 것이어서, 그런 간부들에 대한 의심은 곧 철회했다.) 그 정도로 L 병장은 사람에 대한 불신이 컸다.

그리하여 이전에는 그냥 우울하고 가라앉기만 하던 감정이 분노로 바뀌어갔다. 시도 때도 없이 눈물 나던 L 병장에서 끊임없이 짜증과 분노에 휩싸이는 L 병장으로 바뀐 것이다. 속으로 부글부글 끓을 때가 많았지만, 워낙 소심한 탓에 '아직' 바깥으로 표출하지 못할 뿐이었다. 만일 기회가 있었다면 L 병장은 임 병장처럼 총기를 난사했을지도 모른다.

이런저런 생각에 빠져 있는데, 후임이 와서 "교대 시간입니다"라고 했다. L 병장은 CCTV 감시 근무 일지에 '특이사항 없음'이라고 적고 교대했다. 이러기를 야간근무 시간 동안 계속 반복했다. 그러다 문득 시계를 보니 벌써 순찰할 시간이 되었다. L 병장은 졸고 있는 후임을 깨워서 순찰하러 갈 채비를 했다.

순찰 장비를 차고 당직사관에게 보고한 뒤 곤봉을 꺼냈다. 원래는 총기를 사용하는데, 눈이 많이 내려서 넘어지기라도 하면 다칠 위험이 있기 때문에 눈이 다 녹을 때까지는 곤봉을 사용하기로 했다. L 병장은 한쪽 어깨에 탐조등을 메고 가슴 쪽에는 무전기를 장착한 뒤 후임과 함께 순찰에 나섰다.

몹시도 깜깜한 어둠 속에서 탐조등을 켜고 첫 번째 순찰 코스로 향했다. 목적지에 도착해서 순찰함을 열었다. 순찰표는 없었다. L 병장은 '역시나!' 하고 생각했다. 순찰표를 제대로 넣는 사람은 드문 편이었다. 가끔 지적을 받거나 제대로 하는 몇 사람만 순찰표를 넣었다. 어차피 순찰이야 매번 하는 일이었지만, 대체로 순찰표가 없을 때가 편했다.

L 병장과 후임은 어두운 부대 안을 계속 걸었다. 그에게는 이 순간이 마치 자신의 현실을 보여주는 듯했다. 깜깜한 밤, 빛은 드물게나 찾아볼 수 있는 밤. 희망이 없는 자신을 그대로 투영하는 것 같았다. 탐조등만이 그들의 앞을 환하게 비추었는데, 자신의 마음속에는 그런 것이 없다고 느꼈다. 정말이지 우울한 일이었다. 누구나 마음에 하나씩 달고 산다는 등불이 L 병장에게는 없는 듯이 보였다.

너무나도 깜깜한 마음이어서, 그곳에 빛이 환하게 비친다면 익숙해지지 못할 것 같았다. 그런 이유로, 그에게 호의를 품고 다가오는 사람이 어떨 때는 너무 낯설게 느껴지고 부담스럽기까지 했다. 그러니 누가 만나자고 해도, 아무리 익숙해도, 정말로 결심이 서지 않으면 만나기 힘들었다.

어느새 순찰 코스를 다 돌고, L 병장은 당직사관에게 보고를 했다. 순찰 장비를 해체하고 시계를 봤더니 근무가 끝나려면 3시간 정도가 남았다. CCTV를 두어 번 보고, 태극기를 게양하고, 초소 근무자에게 밥을 챙겨주기만 하면 그의 하루는 마무리되는 것이었다.

CCTV 보는 일은 금방 끝났다. 모두 꾸벅꾸벅 조는 상황실에서 혼자 깨어 있어 적막함을 느끼긴 했지만, 여하튼 이제 CCTV 감시는 하지 않아도 된다. L 병장은 당직사관에게 "태극기 게양하고 하번하겠습니다"라고 보고한 다음 상황실을 나왔다.

L 병장은 국기 게양대의 줄을 풀었다. 후임이 태극기를 가져왔다. 태극기를 조심해서 묶고 올리기 시작했다. 올라가는 태극기를 보자 L 병장은 속이 약간 울렁울렁했다. 태극기를 보면 항상 그랬다. 예전에는 없던 감정이다. 태극기가 과연 무엇인가. 이 나라, 대한민국이라는 나라의 상징이다. 군대에서 아끼고 아끼는 그 대한민국의 상징. 그러므로 L 병장은 군대에 품은 혐오감을 태극기에도 어느 정도 투영할 수밖에 없었다.

L 병장은 '태극기를 제일 짓밟던' 국군에서 태극기를 숭상하는 꼴을 보니 너무 우스웠다. 태극기를 숭상하는 국군. 그리고 국군을 싫어하는 L '병장'. 참으로도 아이러니했다. 그가 태극기에 감정을 투영하면서부터, 태극기도 하나의 큰 스트레스로 다가왔다. 때때로 그의 감정이 극단으로 치달으면, 마치 나치의 하켄크로이츠 깃발처럼 느껴지기까지 했다. (지금은 그런 극단적인 생각을 버리기는 했다.) 심지어는 태극기를 태워버리려고 구체적인 계획을 세운 적도 있었는데, 마음속에서 그건 아니라는 소리가 들려

와 그만두었다.

그 뒤로 태극기를 대하는 극단적인 생각들이 완화하기는 했지만, 태극기를 보면 울렁거리는 속은 나아지지 않았다. 아마 제대하고 나서 한참 지나면 나아지지 않을까 하고 L 병장은 생각했다.

L 병장은 아침을 먹은 뒤 초소 근무자들이 먹을 도시락을 쌌다. 그런 다음 약을 먹기 위해 8시 30분까지 기다리는 동안 사지방에서 SNS를 즐겼다. 8시 30분이 되자 L 병장은 사무실로 내려가 약을 먹고, 생활관으로 돌아와 옷을 갈아입고 삐걱거리는 침대에 올라가서 바로 잠이 들었다.

L 병장이 침대에 누운 지 30분이 지났을 때 간부가 생활관으로 올라왔다. 다른 헌병들을 찾으려고 왔는데, 생활관에는 L 병장만 곤히 자고 있었다. 간부는 잠시 L 병장의 표정을 살폈다. 편안한 표정으로 자고 있는 L 병장. 그 모습을 보고 간부는 미소 지었다. 다시 사무실로 내려간 간부는 관심병사 일지에 이렇게 적었다.

"20××/××/××. L 병장 기분이 상당히 좋았음."

5
장

가
석
방

01

메모

1. 적응 장애

진단서에는 내 증상이 영어로 '적응 장애'라고 적혀 있다. 적응 장애라……. '장애'라는 진단은 군대에 와서 난생처음으로 받아 보았다. 기분이 이상했다.

나는 내가 군대에서 제대로 된 이성을 붙잡고 있다고 생각했다. 그런데 그렇게 보이지 않나 보다. 당연히 그럴 수 있다고 생각한다. 확실히 나는 군대에 제대로 '적응'하지는 못했으니까. 여기에 있으면 답답하고 우울하기만 하다. 가만히 있어도 기운이 저절로 빠진다. 벗어나보려고 여러 가지를 시도했다. 극단적인 방법도 시도해봤다. 하지만 그 감정에서 벗어나기는 너무 어려웠다.

적응 장애라는 판정에는 관심병사라는 낙인이 세트로 따라다닌다. 그래서일까? 주위에 나를 특별 관리 대상으로만 보는 사람들이 넘쳐난다. 때로는 혐오하는 기운도 느꼈다. 그러나 나는 제대로 항의하지 못한다. 적응하지 못한 탓에 혜택이라면 혜택을 받는 건 사실이었으니까.

뭐가 되었든 모든 것은 이 군 탓이고, 이 군의 잘못일 것이다. 적응 장애라는 진단을 받은 나약한 이 군의 잘못이다. 그래, 이렇게 생각하는 편이 나도 그들도 서로 편하다.

2. 총성

알 수 없는 총성이 자주 들린다. 실존하는 총성은 아니지만 내 귀를 후벼 판다. 어디서 쏜 걸까? 알 수 없다. 다만 내 머리 옆에서 쐈다는 것 정도는 알 수 있다. 그런데 누가 쏘았을까? 나? 다른 사람? 아니면 또 다른 존재?

어쨌든, 사방에서 총성이 들린다. 이 총성은 나에게 아무 예고 없이 다가온다. 총성이 들리는 순간, 나는 일시적으로 죽는다. 그런데 잔인하게도, 정말 잔인하게도, 그 영혼은 다시 살아나서 총성을 듣는다. 그래서 차라리 신체를 없애버리자고 결심할 때도 있었다. 목을 줄에 걸어본다든가. 나의 이러한 행위가 굉장히 미련한 짓임을 안다. 그러나 나는 알면서도 계속 반복했다. 지금도 가끔 옆에서 총성이 들린다. 총성은 나에게 무엇을 알려주고 싶은 걸까.

3. 내가 담배를 찾은 이유

담배를 찾은 적이 있다. 실제로 피우지는 않았지만, 그때 나는 왜 그랬을까. 풀어보면 이렇다. 나는 너무 답답했다. 언제나 무언가를 내뱉고 싶었다. 군대라는 사회에서 너무나도 답답해 미칠 것 같을 때가 자주 있었다. 속에 있는 것들을 모조리 꺼내버리고 싶었다. 그러나 내가 할 수 있는 일은 기껏해야 한숨을 내쉬는 것뿐이었다.

그럴 때 담배 피우는 사람들을 보면서, 그들이 내뿜던 연기에 매료되었다. 이 세상 걱정은 전부 내던지는 사람들 같았다. 그래서 나도 담배를 피우면 좀 괜찮아지지 않을까 생각했다. 비타민 담배 같은 것으로 흉내만 조금 내다 싱겁게 끝내고 말았지만.

4. 하품

하품을 해도 눈물이 주르륵 흐르지는 않았다. 그냥 조금 비치는 정도였다. 그런데 관심병사가 되고 나서는 주르륵하고 나온다. 그래서 하품을 한꺼번에 여러 번 하면, 무슨 서글프게 운 것 같은 얼굴이 되었다. 처음에는 별로 신경 쓰지 않았는데, 그런 증상이 계속되자 요즘에는 조금씩 신경을 쓴다. 왜 그럴까. 원인을 정확하게 알려면 의학적으로 살펴봐야겠지만, 나는 그 분야의 지식이 없으니까 나름대로 해석해보았다. 아무래도 서럽게 펑펑 울고 싶은데 그럴 만한 조건이 안 되니까, 하품으로라도 배출하려는 속마음이 섞인 것 아니었을까.

솔직히 그랬다. 그냥 펑펑 울고 싶을 때가 많았다. 하지만 그러지 못했다. 흐느낄 기회가 별로 주어지지 않았다. 그래서 그런 감정들을 가슴속 깊이 숨겨두었다. 그러나 감정이 계속 솟구쳐 오르는 것을 막을 수 없었기 때문일까. 그나마 눈물을 흘려도 이상해 보이지 않는 하품을 할 때 내보낸 것 아닐까. 이것이 하품할 때 주르륵하고 흐른 눈물에 대해 내린 결론이다.

02

분실물 센터

부대에 있을 때 나는 무언가를 자주 잃어버렸다. 이를테면 체련모나 전투모 같은 물건을 잃어버렸다가 찾고, 찾았다가 다시 잃어버리는 과정을 거듭했다. 뭔가를 잃어버리지 않은 날은 스스로를 퍽 기특하게 여기기까지 했다. 내가 물건을 잃어버려 걱정하고 있으면 어떤 선임은 "언젠가는 돌아온다"고 위로해주기도 했다. 실제로 그랬다. 독서실 구석에 처박힌 체련모라든가 침대 밑에 먼지와 함께 지내는 벤딩 따위를 발견하면 어이가 없어서 헛웃음이 나왔다.

잠깐잠깐 불편하기는 했지만, 그렇게 해서 찾으면 불편할 일은 없다. 이런 경험을 통해 나는 잃어버린 것들이 언젠가는 돌아온다고 생각하게 되었다. 그러나 내가 잃어버린 또 다른 것, 그것들은 언제 되돌아올까. 군 복무 말기에는 이런 의문을 품었던 것 같다.

많은 것을 잃어버렸다. 군대에 가서 뭔가를 얻기를 소망했는데 말이다. 제대할 무렵이 되면 살도 빠지고, 공부도 열심히 하고 책임감이 더 강해진 멋진 사람이 될 거라고 믿었다. 그러나 결과적으로 그렇게 되지 못했다. 자신감, 용기, 삶에 대한 의지 등, 내가 잃어버린 것이 산더미 같다. 나는 그것들을 진심으로 되찾고 싶었다. 이리저리 뛰어다니면서 최선을 다했다. 매일같이 나를 혁신할 계획을 세우고 조금씩 실천해보려고 했다. 달리기, 영어 단어 외우기, 훈련에 성실히 임하기 등등. 그러나 나는 그 모든 목표를 제대로 실천하지 못했다. 그런 일을 해보려 애쓰다가도 허무한 감정들이 밀려들면, 책을 덮고 가만히 허공을 응시하곤 했다. 열정 같은 것은 내 감정의 영역에 더는 존재하지 않았다.

그 자리를 다른 것들이 대체했다. 우울함, 불안감, 자괴감 등등. 무슨 질량 보존의 법칙이라도 적용되는 듯, 잃어버린 것은 되찾지 못하고 전혀 원하지 않는 것들만 쌓였다. 그런데도 나는 무의미한 희망을 부여잡고 계속 계획을 세우고 뭔가를 시도하려 했다. 그러느라 군대에서 받은 월급 대부분을 책값으로 탕진한 적도 있었다. 하지만 계획은 끝내 제대로 지켜지지 못했고, 분실한 감정들은 찾지 못했다. 눈에 보이기는 했다. 내가 잃어버린 감정들이 눈앞에 너무나도 명확하게 보였다. 손을 뻗으려 하면 멀어지는 게 문제였을 뿐이다. 생생하게 보이는데 가질 수 없어서 나는 더 괴로워했다.

날이면 날마다 희망 고문을 당하는 기분이었다. n번째 계획이 무산된 뒤 포기하려는 그 순간에 분실된 감정들이 보이면, 그것을 붙잡아야 한다는 의무감에 휩싸여 달려나갔다. 그러나 손에는 아무것도 잡히지 않고, 그러면 그날도 나는 주저앉아서 어린아이처럼 엉엉 울고 마는 것이었다. 쌓이지 않아야 할 것만 가득 쌓이고 좌절만 느끼는 나날이 끊임없이 반복되었다.

나는 잃어버린 것들을 진정 되찾고 싶었다. 입대하기 전에도 우울에 시달렸지만, 그래도 당차게 살아야겠다는 포부가 있었다. 넘어져도 다시 일어날 수 있었다. 그런데 군대에 와서는 마냥 넘어지기만 했다. 때로는 아예 일어나지 못하기도 했다. 마치 어둠 속에서 살아가는 듯한 기분을 느꼈다. 빛이라고는 한 줄기도 보이지 않고, 그저 이리저리 헤매면서 지낼 뿐이었다. 아무 감정이든 찾지 못하면 죽을 것 같은 기분에 시달렸다. 나는 감정을 대신할 무언가를 갈구하면서, 커피믹스에 약을 넣어 꾸역꾸역 신경질적으로 감정을 채워갔다.

감정에도 분실물 센터 같은 것이 있어서, 내 감정을 거기에서 되찾고 싶다는 생각이 간절했다. 그러나 그런 건 없었다. 한번 흘러간 물은 거슬러 되돌아오지 않듯이, 그 감정들은 넓디넓은 바다로 흘러들어가 되찾을 수 없을 정도로 내게서 멀어져갔다. 잠수해서 찾아보는 노력이라도 하면 괜찮을지 모르겠지만, 부정적인 감정이 산처럼 쌓인 탓에 그러기도 힘들었다. 그럼 나는 어떻게 하면 좋았을까. 그때 나는 어떻게 해야 할지 정말로 알 수가 없었다. 그저 하루빨리 군대를 떠났으면 하는 소망만 있을 뿐이었다.

이런 나날이 이어지면 때로는 극단적인 생각까지 들었다. 에두르지 않고 바로 말하면, 자살. 사라진 내 감정들, 그렇지만 눈에는 빤히 보이는 그 감정들을 생각해보면, 그것을 되찾기 위해서라면 어떤 극단적인 방법이라도 사용하고 싶었다. 진심이었다. 그렇게라도 해서 탈출할 수 있다면, 내 감정을 되찾을 수만 있다면 얼마나 좋을까 하는 환상에 매일 흠뻑 취했다. 덕분에 화장실에 목을 걸러 가는 것이 내게는 일상이 되어버렸다.

하지만 그런 행위는 나를 파괴할 뿐, 실제로 얻는 것은 아주 찰나적인 해방감에 불과했다. 그런 행위가 끝나면 또다시 고통만 주어질 뿐이었다. 말하자면, 극단적인 행위는 극히 단기적인 처방에 지나지 않았다. 이런 과정을 거치면서 나는 죽음을 회의적으로 바라보게 되었다. 죽으려는 시도가 이렇게 잠깐의 해방감만 안겨줄 뿐이라면, 죽는 것도 마찬가지 아닐까 하는 결론에 다다랐기 때문이다. 이런 생각을 한 뒤로 나는 죽을 만큼 괴로워도 죽지는 않기로 했다.

그와 함께, 분실한 것을 되찾으려면 어떻게 해야 하겠느냐는 질문도 폐기했다. 죽는 것조차 시도하지 않는다면, 감정을 되찾기 위한 다른 해결책은 그리 많지 않았기 때문이다. 이후 내가 새로이 던진 질문은, "되찾지 못한 상황에서 나는 어떻게 살아야 할까?"였다. 안타깝게도 그때나 지금이나 이 고민에 대한 적절한 답이 떠오르지 않는다. 오히려 더 큰 상실감에 빠질 뿐이다. 남들은 군대를 무사히 다녀오는 것 같은데, 나는 왜 그렇게 감정의 쓰레기만 잔뜩 만들고 관심병사의 삶을 살았을까.

죽는 것이 해답이 아니라는 사실을 깨달았지만, 그렇다고 살아나가는 것도 자신이 없었다. 죽음과 삶을 모두 두려워하면서 방황해도 답이 나오지 않았다. 그러니 날마다 바닥에 납작 엎드려 오늘 하루도 무사히 지내게 해달라고 하느님께 기도하는 수밖에 없었다. 나는 점점 좌절을 향해 달려갔다. 희망은 사라졌고, 희망을 되찾으려는 시도는 그만두었다. 당시 상병이던 내 심정을 일부 옮겨본다.

냉정하게 말해서 나는 지금 군대에 억지로 다니고 있다. 세상에 그런 사람이 너뿐이겠느냐고 반문할지 모르겠다. 당연히 모든 병사가 억지로 다니고 있다. 그런데 그중에서도 나는 더 심각한 상황에 직면하고 있다. 나는 군대와 맞지 않아 주변에서 현부심을 적극적으로 권유받은 상태였다. 하지만 부모님의 반대로 좌절되고, 나는 만기전역이라는 끔찍한 최종점을 향해 강제로 고개를 돌려야만 했다. 그리하여 나는 이제 상병 말이 되어가는 이 시점에도 '군대에서 이렇게 살아야겠다'라는 확신이 없다. 아무 계획도 없다. 언어를 공부하고 있지만, 그것마저도 군대가 안기는 좌절감 때문에 무산되었다가 다시 계획을 세웠다가를 반복하고 있다. 이렇게 말하니 나에게 희망이란 없어 보인다. 맞다. 지금 나에게는 군생활에 대한 희망이 전혀 없다. 희망은커녕, 전혀 잘할 수 없는데 지금 여기에 강제로 있다 보니, 내 인생 자체가 분실되었다는 생각까지 든다. 아니, 실제로 분실되었다. 나는 지금 인생이 분실된 채 그저 하나의 개체로만 겨우 꾸역꾸역 살아갈 뿐이다. 이에 대해서는 어떤 처방도 도움이 되지 못하고 있다.

그래도 아직 마음속 깊은 곳에서는 '언젠가는 돌아온다'는 일종의 희망을 품고 있다. 기적을 바라고 있다. 그 기적이 일어나리라고 확신하지는 않는다. 그러나 지금은, 아무리 희망 때문에 상처받았다고 할지라도, 그 희망에 의존하지 않으면 목숨조차 이어가기 어려운 상태다. 그리하여 나는 아직도 희망을 조금이나마 품고서, 억지로 군대에 머무르고 있다. 비록 모든 것이 사방으로 흩어지고 분실되어, 껍데기밖에 없지만.

03

새하얀 잠

첫 원고를 완성하고 모든 기억을 지우려고 했다. 하지만 나는 다시 글을 쓰고 있다. 군대에서의 기억을 머릿속에서 조금씩 다시 꺼냈다. 그런데도 떠오르지 않는 일은 어쩔 수 없다. 두 번째 입원은 왜 했는지 아무리 머리를 쥐어짜도 생각이 나지 않는다. 두 번째에는 국군수도병원에 입원했다는 사실만 기억날 뿐이다. 심지어 언제 두 번째로 입원했는지조차 모르겠다. 그 정도로 나는 군대를 철저히 잊으려고 노력했는데, 그럼에도 도저히 잊히지 않는 기억이 몇 개 있다. 그중 하나가 바로 세 번째 입원을 하게 된 이유다.

두 번째로 퇴원한 뒤로 부대에서 나를 좋아하는 사람은 아무도 없었다. 아무리 긍정적으로 봐줘도 동정하는 정도가 전부였다. 헌병들끼리 상황을 공유하는 기록장에는 '이상문이처럼 군 생활을 편하게 해야 한다'고 조롱하는 문장도 적혀 있었다. 그래도 나는 아무 말도 꺼내지 못했다. 대부분 나를 골칫거리로 여기는데, 이런 문장이 적혀 있었다고 말해봐야 신경 쓸 일이 늘었다고 푸념만 하리라 생각했기 때문이다. 나는 매일 공중전화 부스에서, 독서실 구석에서, 아무도 없는 사무실에서 닭똥 같은 눈물만 흘렸다. 그 무렵에도 커피는 계속 마셨지만, 그동안 워낙 많이 마셨던 터라 효과는 예전만 못했다. 나는 커피의 대체재를 찾으려 노력했는데, 그때 내 눈에 띈 것이 바로 퇴원하면서 가져온 남은 약들이었다.

사실 내가 가지고 있으면 안 되는 약물이었다. 다른 부대에서 어떤 병사가 약을 한꺼번에 수십 알 먹고 사망한 사건이 있었고, 내가 커피로도 우울감을 떨쳐내지 못할 때 약을 서너 알씩 먹는다는 것을 간부가 알았기 때문에, 약물은 간부가 줄 때만 먹을 수 있었다. 그런데 내가 두 번째로 입원할 때, 먹고 있던 약이 많이 남아서 그것을 병원에 가져가게 했다. 그러나 병원에서는 새로운 약을 처방했기 때문에, 그때 가져간 약 수십 알이 그대로 남았다. 남은 약은 퇴원하는 내 손에 들려졌고, 약의 존재를 까먹은 부대의 실수로 계속 내가 보관하게 되었다.

나는 그 약을 아무도 보지 않는 곳에서 몰래 커피와 함께 한 알씩 먹었다. 그러면 몸이 갑자기 진정되면서 편안한 느낌이 들었다. 마치 오랫동안 걸어 다니다가 푹신한 소파에 앉은 그런 느낌이었다. 그래서 그때는 담배로 우울감을 낮춰볼까 하는 고민도하지 않았을 정도다. 나는 커피와 약이 주는 느낌에 중독되어 매일같이 즐겨 먹었는데, 여기에다 원래 받아야 할 약을 까먹고 받으러 가지 않으면 간부가 수시로 올라와서 약을 주는 바람에 먹는 횟수가 더 늘어났다.

그래도 처음에는 딱 한 알이었다. 더 많이 먹으면 한꺼번에 먹고 사망한 병사처럼 될까봐 다량으로 복용할 생각은 하지 않았다. 더욱이 커피와 함께 먹으면 기분 때문인지 유난히 효과가 좋았다. 커피의 달달함은 평소와 똑같이 기분을 좋게 하고 약은 약대로 우울한 감정을 많이 완화해주어서, 자살 생각을 한 번도 하지 않고 넘어간 날도 있었다. 하지만 그런 나날이 계속되자 약에내성이 생겨서 나는 더 많은 약을 원했고, 우울한 감정이 심해질수록 다량의 약을 먹었다.

그날 나는 독서실 구석에 앉아서 책을 읽다가, 문 하나를 사이에 둔 저쪽 책장에서 사병들이 이야기하는 소리를 들었다. 정확한 내용은 기억나지 않지만, 그들은 내 후임 중 관심병사였던 사람을 비난하고 있었다. 그들이 맡은 일이 워낙 힘든 업무인데, 배정된 자리는 적고 사람을 보내주는 시기는 늦어 일손 하나가 아쉬운 판에 그 후임이 관심병사여서 업무에서 배제됐기 때문이다. 같은 관심병사인 내 이야기는 나오지 않았지만, 나는 다른 관심병사의 이야기를 듣는 것만으로도 괴로웠다. 다른 병사가 나를 비난한다면 분명 비슷한 이유일 것이 뻔했기 때문이다.

그들의 대화는 짧았지만, 내 불안감은 오래갔다. 사방에서 나를 비난하는 목소리가 들려왔다. 알 수 없는 존재들이 소리쳤다. 나는 고개를 숙이면서 아니라고 작은 목소리로 외쳐봤지만, 그들의 목소리는 끊임없이 들려왔다. 그 정도에서 멈추었다면 버틸 수 있었을 텐데, 나는 시선을 아래로 떨구었지만 주변에서 손가락질하는 그림자들을 볼 수 있었다. 사실 독서실은 시곗바늘 움직이는 소리만 들릴 만큼 고요했겠지만, 나는 수십 명의 사내들이 나를 에워싸고 성토하는 소리가 하도 시끄러워 귀를 틀어막고 싶을 정도였다.

나는 허공에 손을 휘두르면서 꺼지라고 말했다. 그래도 그들은 여전히 내 옆을 굳게 지키고 서서 자기 할 일을 하고 있었다. 나는 더는 안 되겠다 싶어서 바로 옆에 두었던 약봉지를 꺼냈다. 입으로는 계속 "꺼져!"라고 외치면서 남은 약봉지를 전부 뜯었다. 책상 위에는 이내 수십 알의 흰 알약이 쌓였다.

나는 커피를 타놓은 텀블러 뚜껑을 열어 한 모금 마신 뒤 아무 망설임 없이 약을 한꺼번에 털어 넣었다. 그러나 한꺼번에 약을 삼키기는 무리였는지, 기침이 나오는 바람에 절반쯤을 뱉어냈다. 그렇게 많은 양의 알약을 입에 넣고 뱉기를 몇 차례 반복하고 나서야 겨우 약을 전부 다 처리할 수 있었다. 약을 다 털어 넣은 나는 다음 근무 시간까지 조금이라도 자야겠다 생각하고 그 자리에 엎드려 잠을 청했다.

시간이 얼마나 지났을까? 누가 나를 흔들어 깨우는 게 느껴졌다. 아직 잠이 덜 깬 몽롱한 상태였기 때문에, 그저 근무 시간이 돼서 나를 깨우는 줄로만 알았다. 나는 깨워준 사람이 누구인지 보지도 않은 채 죄송하다고 말하며, 생활관으로 가서 군복으로 갈아입으려 했다. 그런데 잠깐 일어섰다가 자리에 주저앉아서 다시 졸았다. 그러자 옆에 있던 사람이 자면 안 된다고, 일어나라고, 계속 내 몸을 흔들었다. 누구일까 하고 쳐다봤지만 누군지 알 수 없었다. 목소리를 들으니 군의관이었다. 단순히 졸린 게 아니라 약에 취해 졸린 상태라서 그 정도가 평소보다 심했다.

나는 눈도 제대로 뜨지 못했고, 눈을 떠도 주변이 흐릿하게 보여서 가까이 있는 사람조차 제대로 알아보지 못했다. 몇 사람이 나를 끌고 생활관으로 갔다. 운동화를 신으면서도 조는 바람에 제대로 서지 못하고 앞으로 고꾸라지려고 하자, 그들은 계속 내 팔을 붙잡고 바로 세워주었다. 나는 보다 못한 주변 사람들이 도와준 끝에 겨우 신발을 신을 수 있었다.

내가 신발을 신자 사람들이 내 몸을 차 안으로 밀어넣었다. 나는 지역 의료원으로 향하는 자동차 뒷좌석에 군의관과 함께 앉았다. 군의관이 자지 말라고 계속 말했지만, 그러거나 말거나 나는 도착할 때까지 졸았다. 군의관의 목소리가 점점 답답하다는 듯이 변해갔지만, 나는 그런 것에 신경 쓰기도 어려울 정도로 비몽사몽간을 헤맸다. 옆에서 자꾸 흔들어대니 나도 눈을 크게 뜨고 정신을 차려보려 했지만, 이상하게도 눈에 힘이 전혀 들어가지 않았다. 순간 당황해서 다시 눈을 깜박거려봐도 여전히 눈을 크게 뜰 수 없었다. 그제야 뭔가 잘못되었다는 것을 깨달았지만, 그 희미한 의식은 자고 싶다는 생각에 점령당해 이내 묻히고 말았다.

다행히 목적지에 도착해 차에서 내렸을 때는 약간 잠이 깨서, 적어도 서 있을 때 넘어지지는 않았다. 그런데도 머릿속에는 여전히 자고 싶다는 생각뿐이었다. 침상이 마련되자 나는 바로 누워 곯아떨어졌다. 잠에 취해서 자세히는 기억하지 못하지만, 딱 한마디만큼은 또렷하게 기억한다.

지역 의료원 침상에서 잠에 빠져들기 직전, 군의관은 내게 이렇게 말했다.

"이제 정신 좀 차려라."

그러나 나는 그 말의 의미가 뭔지 생각도 하지 못한 채로 다시 잠에 빠져들었다.

04

보호자 동의

지역 의료원을 나와서 부대로 돌아온 나는 그나마 부담 없이 말을 걸 수 있었던 선임에게 무슨 일이 있었는지 물었다. 그는 내가 나체로 책상에 엎드려서 곤히 자고 있었으며, 그 모습을 발견한 병사가 당직사관에게 보고해서 여러 사람들이 나를 끌고 나와 지역 의료원에 입원시켰다고 이야기해주었다. 내 기억으로는 끌려갈 때 체련복은 입었던 것 같은데, 나체였다는 이야기를 듣고 깜짝 놀랄 수밖에 없었다.

결국 이런 일들로 세 번째 입원이 결정되었다. 다만 이번에는 국군수도병원이 아니라 대구에 있는 국군병원에 입원했다. 입원해야 할 사람이 워낙 많아서 순서가 밀린 탓이었다. 국군대구병원은 이전에 갔던 병원들보다 규모가 작았고, 조금 외진 곳에 있어서 한결 조용했다. 정신병동에 있는 환자도 국군수도병원에 견주면 절반도 안 되는 것 같았다. 이런 환경이라면 정신이 더 차분해지고 요양도 충분히 할 수 있을 것 같지만, 아무리 환경이 좋은들 뭐 하나? 내가 받아들이지를 못하는데.

나는 지칠 대로 지쳤다. 병장씩이나 됐는데도 이룬 게 하나도 없었다. 성공적인 군대 생활은 신기루가 되었고, 현부심 절차를 두고 부모님과의 갈등이 계속되었다. 커피도 약도 아무 소용이 없었다. 종이컵 한 줄을 사흘에 다 쓸 만큼 마셔대도 기분이 나아지지 않았다. 사회에서 행복했던 기억들이 나에게 다가와 어서 군대에서 나오라고 손짓했기 때문에 나는 더욱 눈을 부라리며 군대에 혐오감을 느꼈다.

의사들도 내가 커피와 약에 의존했다는 사실을 알았는지, 나와 면담한 이후로 더는 나에게 약을 처방하지 않았다. 아무 소리도 들리지 않는 국군대구병원에서, 나는 가져간 에스페란토 회화책을 암기하거나 책도 별로 없는 병동 서재에서 그나마 흥미를 끄는 책들을 꺼내 읽었다. 그 외에 이전에 입원했을 때처럼 음악 치유 프로그램 등에 참여했는데, 흥미가 떨어져서 집중하지는 못했다.

그 시기에 내가 가장 집중한 것은 부모님과의 타협이었다. 현부심을 위해서는 부모의 동의가 필요한데, 동의가 이루어지지 않으니 마음이 조급해졌다. 나는 어엿한 성인인데, 보호자 동의가 웬 말인가? 동의 없이 하는 방법도 있다고 들었지만, 자세한 내용을 모르는 나는 그저 매일 전화할 때마다 부모님에게 현부심을 하고 싶다고 매달릴 수밖에 없었다. 그러나 부모님은 얼마 남지 않았으니 끝까지 버티라고 했다. 이전이라면 모를까, 지금은 너무 많이 왔다는 것이다.

확실히 나는 병장이 되었고, 전역까지는 반년도 남지 않았다. 부모님은 그동안 내가 잘 버텨왔으니 또 입원하는 한이 있어도 남은 시간을 다 채워서 나오기를 바랐다. 그러나 그들은 잘못 알고 있었다. 나는 한순간도 괜찮은 적이 없었다. 물론 내가 그들에게 괜찮다고 말했으니 뭐가 문제인지 몰랐을 수도 있고, 갑자기 왜 나오고 싶다고 하는지 이해하지 못할 수도 있다.

그래서 나는 전부 털어놓았다. 당신들이 걱정할까 봐 솔직하게 말하지 못했다고, 너무 힘들고 괴로워서 죽고 싶어도 당신들을 생각하며 버티려고 애썼지만, 이제 더는 안 되겠다고. 나는 이쯤 되면 잘 타협할 수 있다고 생각했다. 서로 이해하면서 훈훈하게 마무리 할 수 있다고 믿었다. 그러나 돌아오는 대답은 언제나 똑같았다.

"조금만 더 하면……."

조금만! 조금만!

이 말을 들을 때마다 나는 괴로웠다. 내가 지금 당장 이렇게나 괴로운데, 도대체 무엇 때문에 이러는 걸까. 언제던가, 이런 내가 창피해서 계속 여기에 쑤셔 넣으려고 하는지 물어본 적이 있다. 그러나 이 질문에 대한 답은 없고, 사회에서 받을 불이익 같은 이야기만 나왔다. 나는 전화기를 들고 울면서, 아무도 응답하지 않는데 끊임없이 소리를 질렀다.

"나가고 싶다고! 나가고 싶다고!"

제대로 들어주는 사람이 없었다. 현부심 처분을 받고 나오면 사회에서 불이익을 받을 게 뻔하다고, 전역할 날도 얼마 남지 않았는데 그것도 못 버티느냐고, 조금만 버티면 좀 더 나은 세상에서 살 수 있는데 왜 그러느냐고 말하는 소리가 귓가에 계속 맴돌았다. 나는 욕을 쏟아부어가며 그 말소리를 쫓아내려 했지만, 그러면 환청은 환영이 되어 나를 둘러싸고 괴롭혔다. 부모님을 주축으로 대대장과 간부들의 모습을 한 환영이 나를 비웃고 채찍을 내리치면서 어서 군복을 입으라고 재촉했다. 군복은 병원에 맡겼는데 어떡하느냐고 항변하면, 이제 다 괜찮아졌으니 퇴원하겠다고 말하라고 압박했다.

"이제 다시는 그럴 수 없어!"

이렇게 말해도 그들은 제대로 들어주지 않았다. 오히려 내 무능함을 두고 자기들끼리 난상토론을 벌였다. 그런 날이 사흘 정도 반복되자 나는 그들이 무슨 말을 하건 신경 쓰지 않기로 했다. 계속 저런다면 묵묵히 저주의 말을 들으면서 현부심을 위해 부모님과 끊임없이 투쟁할 수밖에 없었다. 늘 같은 말이 오갔고, 서로 답답한 마음만 쌓였다. 부모님의 말투에서 피곤함이 묻어났지만, 부모님이 그런다고 해서 물러설 일은 없었다. 이제는 정말 내가 군대에서 나가지 않으면 삶에 아무 의미가 없다고 생각했다. 나는 소리를 지르기도 하고 전화기 앞에서 무릎을 꿇기도 했으며 아무 말 없이 펑펑 울기도 했는데, 마침내 부모님이 먼저 백기를 들었다.

그들은 나에게 딱 한마디만 했다.

"네 마음대로 해라."

나는 그 말을 사실상의 허락으로 해석하고는 전화기를 집어던져 부술 정도로 신이 나서 펄쩍 뛰었다. 이제 드디어 군대를 나갈 수 있다! 현부심 절차를 밟을 수 있다! 그리하여 나는 퇴원 날짜를 잡았다. 현부심을 위해 여러 가지 할 일이 있는데, 내가 병원에 있으면 진행하기 어려운 면도 있고, 어차피 군대에 적응하지 못하는 애를 병원에 가둬봤자 별 효과가 없다고 생각한 사람이 많았기 때문이다. 덕분에 국군대구병원에서 마지막 일주일은 하루하루를 활짝 웃는 얼굴로 보냈다. 환청도 환영도 점점 사라져서, 군대에서 무사히 빠져나갈 수 있게 허락해주신 하느님께 기도를 길게 올리기도 했다.

군대에 있으면서 이렇게 행복한 적이 있었던가? 수료식을 끝낸 뒤 버스를 타고 집에 갈 때보다도, 첫 휴가를 나와 친구들과

술잔을 기울일 때보다도 흥분했다. 대학교 1차 전형에 합격했을 때 하도 신이 나서 만세를 크게 외치다가 형광등을 고장 낸 적이 있는데, 그 순간에 견줄 만한 행복이었다. 병원에서는 커피와 약을 먹지 못해 괴로운 감이 없지 않아 있었지만, 마지막 며칠 동안에는 그것들마저 찾지 않을 정도로 나는 행복했다. 병동 창문으로 들어오는 햇살은 눈부셨고, 밖에서 어디를 향해 바쁘게 달려가는 병사들은 활기차 보였다.

그러나 막상 퇴원할 때는 나를 데리러 온 군의관을 보고 표정이 굳어졌다. 나에게 다정하게 대해주던 군의관이 떠나고 새로 부임해온 군의관이었는데, 당연히 그와 나는 아무런 교류도 없었다. 나는 그에게 관심병사의 부정적인 이미지를 보여주고 싶지 않았다. 괜히 웃었다가는 꾀병이라고 할지도 모르는 일 아닌가. 부대에서 내 이미지는 이미 회복 불가능할 정도로 좋지 않았다. 그래도 나는 정말 아프고 군대를 싫어하기 때문에 이런 사달이 났다는 점을 확인시켜주고 싶었다.

우리는 말없이 차를 타고 부대로 갔다. 나는 조용히 창밖을 바라보았고, 군의관도 정면만 응시했다. 아무 말이 없으니 나는 불안해져서, 뭐라도 좋으니 그가 말을 꺼내기를 바랐다. 그동안 병원 생활은 어땠는지 따위의 상투적인 질문이라도 좋았다.

한참을 달리다가 군의관이 한마디 했다. 그가 무슨 말이든 해주기만을 바라던 상황이었으니 분위기가 풀어지는 걸 기뻐해야

맞겠지만, 오히려 내 표정은 점점 일그러지다 못해 썩어갔다. 그리고 현부심을 진행한다는 기쁨이 깨끗이 사라지고, 언제나 나와 함께해온, 군대에 대한 부정적인 감정이 내 마음을 채워갔다.

그는 내게 이렇게 말했다.

"그래, 이러니까 이제 좋으냐?"

05

달관 병장

"네? 잘 듣지 못했습니다."

아니다. 나는 확실하게 잘 들었다. 그래, 이제 이러니까 좋으냐. 내가 들은 말을 애써 부정해볼 뿐이었다. 그가 어떤 의미에서 그런 말을 했는지는 너무 뻔한 일이었다. 그는 내가 군대를 빠지려고 입원과 퇴원을 반복한다고 믿는 것이다. 그렇지만 혹시라도 다른 의견을 이야기하지 않을까 하는 일말의 기대감이 있어서 못 들은 척 되물어봤다.

"군대 빼려고 해도, 남들을 그렇게 힘들게 하면 안 된다."

"조용히 군대 빼는 방법이 있는데 왜 굳이 이런 방법을 쓰나."

그는 계속해서 이런 식의 이야기를 했다. 그래서 나는 "왜 그러십니까. 저한테"라고 할 수밖에 없었다. 그러자 그는 "왜 그러겠어? 너 같은 놈들 때문에 내가 고생인데"라고 대답했다. 맞는 말이라서 더는 대꾸하지 못하고 울먹이기만 했다. 그렇게 되고 싶어서 그런 게 아닌데도, 연극한다는 비난을 수도 없이 받았다. 그래서 나는 많은 해명을 해왔고, 그런 사실이 기록에 적혀 있어도 제삼자의 시각에서 보면 단순히 군대 빼려고 난리 치는 거짓말쟁이일 뿐이었다. 나는 기분이 몹시 나빴지만, 관심병사가 한 번쯤은 듣고 넘어가는 말에 불과했다.

퇴원 후에 나는 국방부에서 만든 홍보 영상을 통해 내가 좋아하던 배우 유승호 씨를 보았다. 그는 늠름한 모습으로 멋지게 웃었고, "나는 ○○부대의 조교입니다"라고 소개되었다. 그렇게 될리는 없지만, 만약 내가 그런 광고에 나온다면 어떻게 소개될지 진지하게 생각해보았다. 아무래도 "나는 ○○부대의 관심병사입니다"라고 하는 것이 가장 적절하다. 그렇다, 나는 이 60만 대군에서 가장 문제시하고 관리가 많이 필요한 관심병사다.

관심병사인 나는 특별 취급을 받으며 산다. 주기적으로 상담을 받고, 힘든 근무에서는 자동으로 열외가 되고, 병원에서 진단을 받는다. 이렇게 주변에서 챙겨주는데도 나아질 기미는 보이지 않았다. 오히려 그런 내 처지가 너무 한심해서 군대에서 어서 탈출하고 싶다는 욕구만 커지고, 군대에 더더욱 적응하지 못했다.

그 무렵 나는 관심병사인 내 처지에 대해 이렇게 적었다.

(관심병사 제도가 내게는) 전혀 도움이 되지 못하는 것 같다. 오히려 이 제도가 나를 더 괴롭히는 느낌만 커진다. 나는 슬프다. 내가 겪지 않아도 될 것을 도대체 왜 겪어야 하며, 그 속에서 나는 왜 고통에 몸부림쳐야 하는가. 그저 슬프고 또 슬플 따름이다. 나는 그러고 싶지 않았다. 이렇게 군대에서 비참하게 살기를 절대 원하지 않았다. 오히려 군대에서 나 자신을 키울 거라고 당당히 다짐하던 사람이었다. 그러나 그것은 하나의 허상에 지나지 않았고, 나는 그것에 철저히 배신당했다. 우울증은 깊어졌고, 끝난 줄 알았던 자살 시도는 몇 년 만에 재개되었다. 관심병사로 산다는 것. 마치 큰 혜택을 받는 것처럼 보이지만, 실상 거기에는 이런 괴로움과 고통이 수반된다. 다른 사람들의 경우는 잘 모르겠지만, 적어도 나에게는 관심병사로 살아간다는 것 자체가 큰 비극이다.

나는 죽을 만큼 괴로웠지만, 죽음도 순간적인 행복만 안겨준다고 생각해 죽지 않기로 했다. 하지만 나는 계속해서 죽을 계획을 세우고 실행하려 했다. 왜 그랬을까? 비슷한 시기에 쓴 글에서는 이렇게 설명하고 있다.

오늘도 자살 생각을 한다. 어제 시내에 잠깐 나갔는데, 약국에서 수면유도제를 사려다가 말았다. 수면유도제로 할 것은 다름 아닌 자살 시도였다. 물론 그런 시도가 굉장히 미련하다는 사실을 알고 있다. 수면유도제로는 자살할 수 없다. 구토하다가 위세척을 받는 극한상황으로 갈 뿐이라고 한다. 그걸 알면서도 나는 왜 수면유도제를 사려고 했나. 차라리 그런 극한상황에 내몰려서 거의 죽는 상태에 이르기를 바라는 것이다. 너무나도 내가 비참해서, 차라리 그런 상황에라도 내몰림으로써 사람들의 동정이나마 얻고 싶었는지도 모른다.

그러나 불쌍한 이상문 병장. 가엾게도 아무의 동정도 얻지 못했다. 관심병사 초기에는 약간 동정을 얻기는 했지만, 아주 잠깐일 뿐이었다. 그들은 나를 제대로 이해하지 못했다. 내가 왜 이렇게 고통스러워하는지, 왜 군대를 싫어하는지 알아주지 않았다. 그저 업무에서 계속 빠지니 꿀을 빨고, 남들에게 고통만 주는 사람으로 취급했다.

내가 이렇게 말하면, 그러는 사람들을 붙잡고 한번 얘기라도 해보면 좋지 않았을까 생각할지도 모르겠다. 그러나 그러면 좋겠다고 깨달았을 때는 이미 늦었다. 나는 병장이 되었고, 부대 사람들의 피로감은 쌓일 대로 쌓였다. 나와 그들 사이에는 크고 견고한 벽이 생겨서, 이제는 내가 무엇을 말하더라도 관심병사의 김빠진 변명이 되어버렸다. 거기에 결정타를 가한 것이 바로 군의관의 그 한마디였다. 그는 모든 사람들이 내게 말하고 싶었지만 차마 대놓고 말하지는 못한 독설을 날렸다.

군의관의 모진 말을 들으며 부대로 돌아온 나는 어떤 설득도 하지 않기로 했다. 아무리 제대로 이야기해도 똑같은 대답만 들을 것이라고 확신했다. 이미 군대 빼려고 난리를 피운다는 낙인이 찍힌 상황에서 그들의 이해를 구하는 것은 바보 같은 일이라는 생각도 한몫 거들었다. 부대로 돌아온 나는 조용히 할 일을 하면서 지냈다. 근무 시간 외에는 온종일 사지방에 틀어박혀 살았다. 누가 뭐라고 지적해도 한 귀로 듣고 한 귀로 흘렸다. 어차피 무능한 병장이라고 뒤에서 수군대는 소리를 들어왔으니, 이제 거리낄 것도 없었다.

언젠가는 다른 병사들이 이상문 병장처럼 근무에 자주 빠지는 군대 생활을 해야 한다고 말하는 소리를 우연히 들었다. 며칠 전만 해도 그런 말을 들으면 기분 나빠하며 혼자 몰래 울었지만, 이제는 그런 감정을 금세 지워버리고 일상으로 돌아가 시간을 낭비하며 지냈다.

나는 퇴원 후 부대에 머무르는 동안 마지막 휴가 때 무엇을 할 것인가만 고민했다. 현부심 절차를 밟기로 결정하면서 서류 등을 심사하는 긴 기간에, 남은 휴가를 다 쓰라고 부대에서 말했기 때문이다. 부대로서는 골칫덩이를 자신들이 맡는 것보다 집으로 보내 잠시라도 관리에서 벗어나는 쪽이 더 편했을지 모른다. 그러니 나를 휴가 보내기로 한 것은 아주 현명한 선택이었다.

나를 탐탁지 않게 여기기는 부모님도 마찬가지였다. 그들은 알아서 하라고 말해놓고도 현부심 절차를 제대로 이해하지 못해서, 전화할 때마다 앞으로 어떻게 되느냐고 나에게 종종 물어보았다. 그때마다 나는 일부러 제대로 대답하지 않았는데, 제대로 대답해줘도 이튿날이면 또 물어본 적이 많았기 때문이다. 또한 이미 되돌리기에는 늦었지만, 만약 부모님이 현부심을 취소하겠다고 난리라도 치면 내가 몹시 곤란해지기 때문이었다. 부모님은 아쉬운 투로 계속 군생활에 대해 이야기했지만, 그러거나 말거나 나는 곧 휴가를 나갈 거라는 말만 했다.

아무도 관심병사인 나를 좋아하지 않았다. 한때는 내 눈치라도 보면서 뒷담화를 하던 사람들인데, 이제는 내 앞에서 대놓고 말하니 나는 그저 바보처럼 웃으면서 지나칠 뿐이었다. 어차피 나는 곧 군대에서 나갈 거니까 실컷 욕해보라는 마음이었다.

다만 집에서는 조금 분위기가 달랐다. 부대 사람들이야 다시 본다 해도 같이 살 사람들이 아니니 별 생각이 들지 않았지만, 부모님은 매일같이 마주쳐야 하는 사람들이기 때문이었다. 나는 부모님을 볼 때마다 계속 불안했다. 그들이 내게 군대에서 버티라고 한 말들이 끊임없이 머릿속에 떠올랐다. 이렇게 부모님과 나 사이에는 새로운 벽이 생겼지만, 나는 그들을 원망하지 않기로 했다. 결국 우리 모두 똑같은 피해자일 뿐이니까.

나는 철문을 넘어 마지막 휴가를 나왔다. 간부 차를 타고 부대 밖으로 나왔을 때 나는 뒤도 돌아보지 않고 웃으면서 다시 휴가 계획을 떠올렸다. 차는 그런 내 기분을 아는지 힘차게 달렸다. 나는 창문을 열고 바람을 느끼며 밖을 내다보았다. 그리고 속으로 외쳤다.

'이제 이 긴 여정도 드디어 끝이 보이는구나!'

06

내 이름은 군대

〈태양 아래〉라는 영화가 있다. 북한으로 다큐멘터리를 찍으러 간 러시아 감독이, 북한 당국이 현실을 감추고 연출하려는 장면을 몰래 찍은 영화다. 감독은 진미와 그 가족의 꾸며진 일상을 가감 없이 보여주는데, 나는 마지막 장면에서 진미가 우는 모습을 보고 꾸며진 삶이란 무엇인지 진지하게 생각했다. 이 영화는 한국에서도 개봉했는데, 당시 대통령이던 박근혜가 관람하기도 했다. 이것은 분명한 정치적 메시지가 되었다. 대통령은 북한의 현실을 보고 북한을 조롱하면서 대한민국은 북한 같지 않다는 사실을 강조했다.

훈련소 시절 도수제식을 처음 배우던 때가 생각난다. 도수제식에서는 줄 맞춰 서는 법이라든가 군인답게 걷는 방법 따위를 배웠다. 처음에는 각자 연습하다가 마지막에는 훈련병들이 다 함께 모여서 오와 열을 맞추어 행진했다. 딱딱 발을 맞추어 힘차게 걷는 훈련병들. 마치 한 사람이 걷는 것처럼 보이는 이 모습은, 정도는 약하지만 뉴스에서 볼 수 있는 북한군의 열병식 장면과 크게 다르지 않은 느낌이었다. 훈련병들은 조교의 구령에 맞춰 연병장을 계속 빙빙 돌았다. 단순히 걷기만 하지만, 어느 쪽 발을 먼저 내딛고 방향을 바꿀 때는 어떻게 해야 하는지 신경 써야 했기 때문에 생각보다 힘들었다.

몇 바퀴를 돌았는지 헤아리는 것조차 까먹었을 무렵, 교관이 연병장 한가운데로 우리를 불러 모으더니 훈련을 마친다면서 우리에게 말했다.

"방금처럼 군인답게!"

무리 속에서 걷는 내가 군인처럼 보였나. 나는 자꾸 의문이 들었다. 나는 불호령을 듣지 않으려고 내 발에 온 감각을 집중하며 앞에 있는 훈련병에게 의지해서 연병장을 빙빙 돌았을 뿐이다. 그런 내가 군인이라니 처음에는 우습기 짝이 없었지만, 훈련병들이 훈련하는 모습은 그런 식으로 찍혀 외부에 공개되었다. 스스로를 군인으로 인정하지 않는데 군인으로 홍보되는 내 처지가 진미와 무엇이 다른지, 대통령이 북한과 우리를 비교할 자격이나 있는지, 나는 한숨을 내쉬며 영화관을 나왔다.

마지막 휴가는 한 달 정도 받았다. 가끔 서류를 떼러 국군수도병원을 방문할 때 말고는 사실상 민간인처럼 지냈다. 온종일 뒹굴다 부모님 눈치가 보여 밖으로 나가는 하루하루를 반복하던 어느 날, 피시방에서 나는 에버노트에 군대에 대해서 써놓은 글을 발견했다. 나는 그 글들을 가만히 읽다가 이왕이면 목표한 대로 끝을 보자고 생각했다. 그날부터 집에 틀어박혀 노트북만 붙들고 있었다. 그렇게 해서 글을 거의 마무리할 무렵, 부대로 돌아갈 준비를 하려고 짐을 뒤적거리다가 메모 한 장을 발견했다. 급하게 갈겨쓴 내 글씨였다.

예수님께서 그에게 "네 이름이 무엇이냐?" 하고 물으시자, 그가 "제 이름은 군대입니다. 저희 수가 많기 때문입니다" 하고 대답하였다. 그러고 나서 예수님께 자기들을 그 지방 밖으로 쫓아내지 말아달라고 간곡히 청하였다. 마침 그곳 산 쪽에는 놓아기르는 많은 돼지 떼가 있었다. 그래서 더러운 영들이 예수님께, "저희를 돼지들에게 보내시어 그 속으로 들어가게 해주십시오" 하고 청하였다. 예수님께서 허락하시니 더러운 영들이 나와 돼지들 속으로 들어갔다. 그러자 이천 마리쯤 되는 돼지 떼가 호수를 향해 비탈을 내리 달려, 호수에 빠져 죽고 말았다.

마르 5, 9-13

군종실에 있을 때였다. 목사님을 만나러 갔는데 목사님이 안 계셨다. 그날따라 심심했던지, 비치되어 있는 성경이나 읽으려고 펼쳤더니 이 구절이 나왔다. 내 상황이 상황인지라 기막힌 우연이라고 생각하며, 메모지에 얼른 그 구절을 옮겨 적었다. 예수님이 게라사인들의 지방에 갔을 때 사람들이 간청하여 귀신 들린 사람의 문제를 해결하는 대목이다. 그 순간만큼은 하늘이 내게 무슨 메시지를 주는 거라고 확신했다. 내가 평소 생각하는 군대 이미지를 완벽하게 설명하는 글이었기 때문이다.

나는 귀신을 군대에 빗대어 표현했는데, 어쩌면 군대에 대해 이보다 적절한 비유는 없을 거라고 생각한다. 군대에서 사람들은 떼를 지어 몰려다니는 귀신이 된다. 훈련병 때부터 병장 때까지 오와 열을 맞추어 걸어 다니는 병사들을 보면, 그 속에 있는 각각의 사람이 그저 부속품으로밖에 보이지 않았다. 내가 그 무리에 포함되어 같이 걸을 때도 마찬가지였다. 내가 거기에서 멋대로 이탈하더라도 그 무리는 여전히 앞으로 잘 나아갈 것 같았다. 부속품이 되는 과정은 험난했다. 내 영혼이 강제로 뽑혀 귀신이 되기를 매일같이 강요받았다. 내가 가장 사랑하던 부모님마저도 영혼을 어서 국가에 바치라고 강요했다. 나는 이런 상태를 도저히 참을 수 없어, 비탈을 내리 달려 호수에 빠져 죽고 싶은 기분만이 가득했다.

그러다가 실랑이 끝에 드디어 현부심 절차를 밟기로 하면서,

예상보다 일찍 군대를 벗어난다는 희망을 품었다. 그러나 이 결정은 너무 늦은 것이었다. 육군이었으면 벌써 전역했을 시기였고, 공군을 기준으로 해도 남은 날짜가 그리 많지 않았기 때문이다. 그래서 만나는 사람들마다 지나가는 투로 꼭 이런 말을 했다.

"조금만 더 버티지."

"그 정도면 아깝지 않나."

처음에는 그럴 때마다 구구절절한 사연을 이야기하거나 역정을 냈지만, 나중에는 그 모든 것을 그만두었다. 그들이 무슨 이야기를 하든 그저 조용히 고개만 끄덕이고, 속으로는 '나는 귀신이 되고 싶지 않아. 아직 살고 싶거든!' 하고 외쳤다. 그렇다. 어느 기계의 부속품이 되어 영혼 없이 살아가는 것은 나에게 죽음과도 같았다. 나는 군대를 벗어나기 위해 죽고 싶었지만, 역설적이게도 군대에 의해 죽음을 당하는 방식은 원하지 않았다. 죽어도 내 의지로 스스로 죽고 싶어서 발버둥 친 것이 군대에서 시도한 자살이었다. 나는 진미처럼 살고 싶지도 않았고, 그걸 보고 우리는 다르다고 하는 위선자들 아래에서도 살고 싶지 않았다.

부대로 돌아가는 날, 나는 꿈을 꾸었다. 병사들이 귀신처럼 창백한 얼굴을 하고 아무런 표정도 없이 행진하고 있었다. 그들이 내 앞을 지나갈 때 나는 그들 군모 위에 매달린 하얀 줄 하나를 보았다. 의아해하면서 자세히 봤더니, 하얀 줄 끝의 풍선 같은 물체에는 사람이 붙어 있었다. 군복을 입지 않은 민간인들이었다.

그들은 제발 여기에서 꺼내달라고 울면서 소리치고 있었다. 나는 깜짝 놀라 어떻게 하면 도울 수 있는지 물었는데, 바로 그때 별을 단 장군이 무서운 표정으로 다가와 나를 그들에게서 떼어놓았다. 나는 그들을 풀어주라고 소리쳤지만, 장군은 나를 무시하고 시체 같은 병사들을 계속 행군시켰다. 하얀 줄 위의 사람들이 끊임없이 울부짖자, 장군은 짜증이 났는지 큰 가위를 가져와 줄을 아예 잘라버렸다. 그 순간 나는 잠에서 깼다.

날이 밝으려면 아직 멀었지만 나는 다시 잠들지 못하고 쭈그려 앉아서 가만히 생각에 잠겼다. 우리는 원하지 않는데도 군대에서 강제로 귀신이 된다. 정상적으로 다니는 사람과 나 사이에는 영혼을 완전히 빼앗기거나 빼앗기지 않은 정도의 차이만 있다. 결국, 모두 자신을 잃거나 잃어가는 불쌍한 사람들이다. 누구한테 역정을 낼 것인가. 적어도 이제 나는 병사들에게 그럴 이유가 없다는 사실을 알았다. 내가 내 영혼을 찾으려고 난리를 친 것처럼, 그들은 자신의 영혼을 빼앗겨 귀신처럼 조용히 살고 있을 뿐이다. 24개월이라는 기간 동안 우리는 영혼을 빼앗긴 귀신이 되었다. 이름은 군대였다.

07

종이 한 장

'위국헌신 군인본분爲國獻身軍人本分'

'훈련은 전투다!'

나는 이 문구들을 다시 보리라 생각하지 않았는데, 결국 다시 보게 되었다. 마지막 휴가를 마친 뒤 나는 진주에 있는 공군 교육 사령부로 향했다. 교육사령부에 설치된 병역관리심사대에 입소 하기 위해서였다. 현부심의 마지막 단계였다. 그곳에서 최종 판 정을 받아야 내 병역의 항방을 알 수 있었다.

이 심사에서 전시근로역이나 사회복무요원 판정을 받으면 군 인 신분을 벗어날 수 있다. 물론 자대로 복귀하는 경우도 있지만, 여기까지 왔다는 것은 사실상 군대 내에서 폐기 처리를 당한 것과 마찬가지이므로 그럴 가능성은 거의 없다. 2주 동안 통제와 지시만 잘 따르면 위에서 나에 대한 처분을 내릴 것이고, 나는 그 결과대로만 하면 된다.

나는 평소 얼굴도 자주 보지 못하던 간부와 함께 교육사령부로 갔다. 교육사령부로 들어가기 전에 그 간부는 나에게 백반을 사주면서, 나오면 더 맛있는 것을 먹으라고 말해 주었다. 내가 군대에서 느낀 마지막 따뜻함이었다. 그는 병역심사대에 나를 인계한 뒤 나에게 인사했다. 나는 그동안 고생한 담당 간부에게 고마웠다고 전해달라는 말과 함께 작별 인사를 했다. 병역관리심사대 관리병에게 짐을 검사받은 다음, 군복에서 체련복으로 갈아입었다. 2주간의 병역관리심사대 생활이 시작되었다.

2주 동안 무엇을 했는가. 특별한 일은 없고, 정말 단순한 활동만 했다. 앉아서 보드게임을 하고, 틀어주는 영상을 보고, 시간이 되면 밥을 먹고, 자기 전에 청소를 했다. 그것이 현역 부적합 심사 과정에서 하는 일의 전부였다. 그래서 군생활의 마지막인데도 막상 '그때의 생활은 이랬습니다' 하고 얘기할 만한 게 별로 없다. 그러나 거기에서 느낀 감정들은 다행히도 기억이 난다. 지금부터는 그 이야기를 하려 한다.

병역관리심사대에는 관심병사들만 모인다. 사연은 다양하다. 구체적으로 어떤 사연인지는 말할 수 없다. 그러나 그 사연 때문에 많이 상처받고 정신이 너덜너덜해졌다는 것 정도는 밝힐 수 있다. 그런 사람들이 모인 곳이지만, 군대 생활에 어떤 문제가 있었다는 정도이지 사람 자체가 잘못되거나 하지는 않았다. 그냥 어디서나 볼 수 있는 평범한 사람들이었다. 그런 사람들을 보며 '무엇이 군대에서 이들을 비정상으로 만드는지' 짧게나마 고민하지 않을 수 없었다. 그리고 비정상이라는 낙인 아래 살아와야 했던 나날을 떠올리면서, 처음 만난 그들에게 작지만 동질감을 느낄 수 있었다.

때에 따라 분위기가 다르다는데, 내가 들어갔을 때는 사람들이 조용했다. 마지막에야 조금 친해져서 대화를 나누곤 했지만, 대부분은 침묵이 주를 이루었다. 그 침묵은 불안의 증표였다. 앞에서 "여기까지 왔다는 것은 사실상 군대 내에서 폐기 처리를 당한 것"이라고 쓰긴 했지만, 그래도 마음속에서는 조금이라도 존재하는 '자대로 복귀'라는 가능성이 자꾸 가슴을 후벼 판다. 시도 때도 없이 마음을 파먹는다. 부대에서 다시는 오지 말라고 나를 여기에 보냈는데, 만에 하나 돌아가면 어떻게 되겠는가. 나도 부대도 서로 곤혹스러울 것이다. 지금 상상해도 끔찍한데, 결정이 나지 않은 그 당시에는 어땠겠는가.

이런 불안감 때문에 행동 하나하나가 조심스러워진다. 관리대에서는 "행동 하나가 영향을 끼치지는 않으니 쓸데없이 과장하거나 하지 말라"고 경고했지만, 사람 마음이 어디 그런가. 어서 군대를 나가고 싶고, 내가 군대에서 힘들었다는 사실을 증명하고 싶은 게 거기 있는 병사들 마음이다. 그래서 지침을 어기고 과격한 행동을 하다가 다시 부대로 돌아가는 사례도 있다. 마음을 놓고 가만히 있기 어렵다. "이 병사는 꾀병으로 그런다"고 할까 봐 웃다가 참기도 했다. 후반으로 갈수록 조금 풀어지긴 했지만, 마음 한구석에는 혹시나 하는 불안감이 남아 있었다.

부모님과의 갈등도 이때 최고조에 다다랐다. 현부심을 잘못 이해한 부모님과, 제대로 이야기하면 철회한다고 난리가 날 것 같아서 정확하게 이야기하지 않는 나 사이에 실랑이가 벌어졌기 때문이다. 그들은 이 절차를 거치면 내가 군대에서 나올 수 있다는 사실을 알자 처분을 좀 미루면 안 되겠느냐고 했다. 나는 당연히 그 말을 거부하며 고성을 지르면서 울어버렸다. 그러느라 제한된 통화 시간이 지나고 말았다. 관리병은 곤란한 표정을 지었지만, 딱히 조치를 취하지는 못했다. 부모님 쪽에서 전화를 먼저 끊었기 때문에 나는 흐느끼면서 수화기를 붙들고 있었다. 얼마나 흐느꼈으면 이 모습을 본 상담관이 순서를 바꾸어 나부터 상담할 정도였다.

이런 일들이 일어나는 와중에도 심사는 계속되었다. 그사이 긴장이 조금 느슨해진 관심병사들은 서로 농담을 던지기도 했다. 그중에는 "저 사람은 자대로 복귀하게 될 것 같다"는 농담도 있었다. 기분 나쁜 농담이지만, 어차피 농담하는 사람도 자대로 복귀할지 모른다는 점은 마찬가지니까 다들 그냥 웃어넘겼다.

드디어 심사가 끝나고, 어떤 운명이 될지 판가름하는 날이 왔다. 군복으로 갈아입고 짐을 챙긴 뒤 조용히 앉아서 기다렸다. 그러고는 얼마 지나지 않아 보호자가 기다린다는 면회실로 향했다.

면회실로 들어간 나는 몸이 굳어버렸다. 부모님이나 친척이 온 것이 아니라 부대 주임원사가 왔기 때문이다. 나는 '아, 떨어졌구나! 부대로 다시 가야 하는구나!' 하고 속으로 좌절했다. 그런 심리가 표정에 금방 드러나서, 옆에 있던 사람까지 걱정했다. 그리고 설마설마하던 농담이 현실이 된 건 아닌지 걱정해주었다. 내 귀에는 아무 소리도 들리지 않았다. 그저 걱정만이 태산이었다. '이제 부대에서 어떻게 하지?' 그 생각만 했다.

결과를 설명받기 위해 주임원사 앞에 어색한 태도로 앉아서 기다렸다. 몇 분이 채 안 되는 시간이었지만, 하도 초조해서 정말이지 엄청나게 긴 시간처럼 느껴졌다. 잠시 뒤 담당 부사관이 와서 코팅된 작은 종이 한 장을 내주었다. 전역증이었다. 그러고는 내가 전시 근로역 처분을 받았으며, 이제 집으로 가면 된다고 했다.

그 순간 모든 긴장이 풀어지면서 안도감을 느꼈다. 집으로 보내려면 보호자가 필요한데, 사정상 부모님이 오지 못하자 부대 주임원사가 데려다주려고 온 것이었다.

집으로 향하는 차 안에서 주임원사와 나는 거의 말이 없었다. 기껏해야 휴게소에 들렀을 때 그가 언제까지 돌아오라고 말하고 내가 알겠다고 대답한 것이 전부였다. 우리는 끝까지 아무 말이 없었다. 그 침묵은 부모님과 만날 때까지 이어졌다. 부모님은 집 근처에서 나를 데려가려고 기다리고 있었다.

주임원사와 부모님이 서로 인사를 나누었다.

"아이고, 정말 고생 많으셨습니다."

"아닙니다. 부모님이 정말 고생 많으셨습니다."

간부는 부대에 전화하고는 바로 떠나버렸다. 나는 그쪽을 향해 "감사합니다" 하고 허리 숙여 인사한 뒤 조용히 부모님 차에 올라탔다. 집에 도착하자마자 나는 바로 내 방으로 들어가 짐을 정리하고, 오늘 받은 전역증을 가만히 들여다보았다. 이 종잇조각 하나를 받으려고 656일을 고통에 몸부림치면서 지냈다. 이 종잇조각 하나를 받으려고.

종이를 한참 뚫어져라 바라보다가 문득 시계를 보니 벌써 자정이 넘었다. 전역증을 받은 이튿날이 된 것이다. 드디어 나는 군인에서 다시 사람이 되었다. 영영 군대를 떠났다.

에필로그

집에 왔다. 그렇게 오고 싶었던 집이건만, 나를 반가이 맞아주는 사람은 없었다. 우울한 생각에 빠진 것도 잠시, 냉장고에 있는 반찬을 꺼내 늦은 저녁을 먹었다. 아버지는 누워서 조용히 TV를 보고 있었다. 나는 고개를 푹 숙이고 밥을 떠먹었다. 이날이 오면 그래도 뭔가 뿌듯할 줄 알았는데, 아무 느낌도 들지 않았다. 식어버린 소시지를 꾸역꾸역 마저 입에 넣고 일어서려고 할 때, 나지막한 목소리가 들려왔다.

"그래도 전역 축하한다."

아버지의 말이었다. 그는 내게 눈길조차 주지 않았지만, 축하한다고 말을 건넸다. 분명 기뻐해야 할 말인데 아무런 감정도 생기지 않았다. 나도 아버지처럼 시선을 주지 않으며, 그저 고맙다고 짤막하게 대답한 다음 내 방으로 들어왔다. 나는 전역증을 물끄러미 바라보며, 드디어 끝났다고 안도의 한숨을 내쉬었다. 그게 전부였다.

이튿날부터 나는 미필자처럼, 군대와는 전혀 연이 없는 사람인 것처럼, 여기저기 돌아다니면서 일상을 이어갔다. 이따금 친구들을 만나 전역 축하 모임을 갖기도 했지만, 그때도 친구들을 만난다는 자체에 의의를 두었을 뿐 축하하는 대상에는 별로 관심을 두지 않았다.

그렇지만 아직은 군대와 완전히 연이 끊긴 것이 아니었다. 몇 가지 일이 남아 있었다. 교육사령부로 급하게 이동하느라 미처 챙겨오지 못한 짐을 부대에서 보내주기로 했고, 국군재정단에서 '군 월급은 선입금 개념'이라면서 내게 얼마를 토해내라고 연락했기 때문에, 잠시 동안 나는 군대와 연결되어 있었다. 모든 일을 마무리한 후에는 '공군 병사의 이야기', 이른바 '공병기'라는 제목의 수기를 세상에 선보일 준비를 했다. 글을 정리하고, 개인 출판을 지원해주는 출판사에서 요구하는 양식에 맞춰 책을 등록했다.

그렇게 해서 내 이야기가 모든 사람에게 처음으로 공개되었다. 그러나 이 비루한 병사 출신의 이야기에 관심을 기울인 사람은 별로 없었다. 책은 소수에게만 읽혔고, 나는 그 사실을 인정했다. 어차피 기대는 많이 하지 않았다. 그저 내 이야기를 들어주는 사람이 있으면 그것만으로 충분했다. 초기의 어떤 독자는 "이 우울한 이야기의 끝이 너무 허무해서 더 우울했다"고 말했는데, 나 또한 현부심을 받아서 사회로 나오면 근사하지는 않더라도 최소한 인상적인 결말이 기다리고 있으리라 생각했다. 하지만 그렇지 않았다.

공허한 나날이 이어졌다. 그렇게나 다니고 싶었던 학교에 돌아가서도, 하고 싶었던 활동을 열심히 해도, 왠지 텅 빈 느낌이 자꾸만 따라다녔다. 나는 그 텅 빈 느낌을 채우기 위해 필사적으로 해결책을 찾았다. 주로 선택한 방법은 폭식이었다. 나는 내가 끌어다 쓸 수 있는 최대한의 돈을 모아 먹는 데 투자했다. 어느새 우울함과 폭식, 그리고 자금 부족으로 인해 다시 우울감에 도달……. 이런 악순환이 거듭되었다. 정신은 점점 더 망가졌다. 나는 스스로를 비하하면서, 차라리 군대에서 죽는 게 더 좋았을지도 모른다고 여기기까지 했다.

그러나 정신과를 방문하지는 않았다. 정확하게 말하면 '못했다.' 돈 때문이기도 했지만, 정신과로 들어서면 다시 군대가 떠오를 것 같아 두려웠기 때문이다. 실제로 최근까지도 나는 계속 군대 생각을 하면서 스스로를 학대했다. 나는 군대에 있을 때와 마찬가지로 무너지고 있었다.

비극이 끝나지 않자, 나는 진지한 마음으로 삶을 마무리하기로 결정했다. 법정 양식에 맞는 유서를 쓰고, 어떤 방법으로 죽는 것이 덜 고통스러운지 찾아보았다. 그리고 그 일정이 거의 확정되었을 때, 여전히 우울증으로 인한 폭식을 계속하고 있을 때, 나는 누군가 나에게 했던 저주의 말을 떠올렸다.

'스스로가 만든 고통에 빠져 비참하게 죽어갈 것.'

누가, 왜, 언제 이런 말을 했는지는 잘 기억나지 않는다. 어쩌면 나 스스로 망상에 빠진 것일 수도 있다. 어느 쪽이 되었든, 나는 죽으려고 작정하던 순간에 그 말을 떠올렸다. 그리고 그 말을 떠올리자마자 모든 자살 계획을 폐기하고, 유서도 찢어서 버렸다. 우울한 감정이 갑자기 사라진 것은 아니었다. 오히려 나는 죽지 못했다는 사실에 더 우울해져서 눈물을 흘렸다.

그런데 그 저주의 주장과 달리, 스스로 만든 고통도 아닌 우울함에, 그러니까 군대 때문에 형성되고 심해진 우울함에 목숨까지 버린다는 것은 미련해 보였다. 우울한 기운이야 어쩌지 못한다 해도, 목숨마저 양보하고 싶지는 않았다.

"저는 공군 출신이에요."

학교로 돌아간 날 누가 군 이력을 물어볼 때 나는 이렇게 대답했다. 군대에 갈 일을 걱정하는 사람에게는 꼰대처럼 조언하며 이것저것 알려주었다. 어떻게 공군에 갈 수 있는지, 어떤 점을 주의해야 하는지 등등. 전혀 모르는 사람이 봤더라면 내가 평범하게 전역했다고 여길 수 있을 만큼 나는 열렬하게 연기했다. 사람들은 속았고, 나도 속았다. 군대 때문에 죽음을 선택하지도 않았고, 오히려 그 점을 이용해 스스로를 보통 사람인 것처럼 위장했다. 이제는 내 이름 앞에 그 어떤 수식어도 붙지 않는 사회로 나왔건만, (비록 우울하긴 해도) 군대 때문에 죽지는 않겠다고 선언했건만, 나는 그렇게 해왔다.

그러다가 학교 도서관에서 우연히 같은 부대 출신의 선임을 만났다. 과제를 하려고 책을 고르는 나에게 그가 먼저 인사를 건넸다. 겉으로는 그의 인사를 우호적으로 받았지만, 속으로는 바짝 긴장하면서 우울함이 터져 나오려는 것을 막고 있었다.

내가 관심병사로 막 지정됐을 때 그는 전역 직전이었기 때문에 그나마 우호적으로 인사할 수 있었던 사람이다. 10초도 채 안 되는 짧은 만남이었지만, 지난 기억을 모두 떠올리기에는 충분했다. 나는 손으로 얼굴을 가리면서, 뭔가 잘못되었다는 사실을 이제야 깨달았다. 괴물에서 탈출했지만, 여전히 괴물을 사랑하고 괴물이 되어가는 중인 나 자신이 보였다. 이제 더 이상 그렇게 살 수는 없다고 생각했다. 뭔가 바뀌어야 한다고 고민하기 시작했다.

나는 내 언어를 찾기로 했다. 그래서 고른 언어가 바로 에스페란토다. 이 언어는 자연어가 아니다. 1887년 폴란드의 자멘호프 박사가 만든 인공 언어다. 세계 평화를 위해 중립어로 창안되었지만, 지금은 아는 사람만 아는 인지도 낮은 언어가 되어버렸다. 입대 전에 우연히 에스페란토를 접한 나는, 그 언어의 사상에 반해 바로 공부를 시작했다. 군대에서도 계속 공부하려고 했지만, 관심병사로 지정되고 입원과 퇴원이 거듭되는 바람에 제대로 실천하지 못했다. 내가 에스페란토를 본격적으로 다시 공부한 것은 전역 이후였다.

남들이 잘 모르는 언어를 중얼중얼하면서, 나는 내 생각을 새롭게 표현하기 시작했다. 아직은 미숙하지만, 나는 더 자유로운 사고를 하는 데 에스페란토의 큰 도움을 받고 있다. 조지 오웰의 『1984』에서 신어New Speak가 인간의 사고를 탄압하는 수단이었다면, 나에게 에스페란토는 정반대의 수단이다. 예전에 『1984』의 주인공과 내 처지를 비교한 적이 있는데, 비슷한 상황에 놓였지만 서로 다른 결말을 맞이하게 되었다.

"Mi ne estas soldato. Mia nomo estas SangMoon."

나는 에스페란토 예문을 연습하다가 이렇게 적었다. '나는 군인이 아닙니다. 내 이름은 상문입니다'라는 뜻이다.

이런 식으로 나는 군대에서 벗어나려고 꾸준히 노력하고 있다. 새로운 언어를 배우면서까지 과거의 기억을 극복하려 하고 있다. 물론 아직은 요원한 일이다. 사람들은 여전히 군대와 나를 연결해서 생각하기를 좋아한다. 순전히 그들의 책임만은 아닐 것이다. 내가 지금도 군대 이야기를 하기 때문이다. 조금 이상하게 받아들여질 것이다. 군대에서 상처를 입은 사람이, 그리고 그 상처를 극복하려는 사람이, 군대를 잊기보다 계속 기억한다는 것은 이해하기 어려울 수 있다.

분명 나는 군대에서의 기억을 뛰어넘어 본래의 나를 찾고 싶어 한다. 그렇지만 군대라는 존재를 외면하기는 어렵다. 현실에 존재하고, 여전히 문제를 일으키는 이 조직을, 아무리 보고 싶지 않아도 나는 계속해서 볼 수밖에 없다.

그래서 나는 새로운 언어로 군대를 이겨내려고 하는 한편, 군대에 대해서는 그 어떤 전역자들보다도 한결같은 관심을 기울이며, 관련 이슈에서 지금도 의견을 내고 있다. 군대에 대해 생각한다는 것이 괴로운 순간들이 분명 있다. 그래서 다시 우울한 감정에 빠져 삶을 마감하려고 한 적도 많다. 그럼에도 나는 내가 진정 싫어하는, 또한 나에게 고통만 안겨준 저 조직에서 다시는 나 같은 피해자가 나와도 안 되고 그 조직이 또다시 내게 고통을 안겨도 안 된다고 생각한다. 그저 외면만 한다면 상처받은 이들만 늘어나고, 내 상처도 깊어질 뿐이다. 이것이 이 모순된 상황에 대한 설명이 될 수 있으리라고 생각한다.

다만 앞으로의 활동까지 군대와 연계해서 할 생각은 아직 없다. 내가 군인권센터 같은 시민단체에서 일할 거라고 많은 이들이 믿어 의심치 않지만, 나는 그 길을 진지하게 고려해본 적이 없다. 앞으로 내가 무엇을 할지, 무엇을 해야 하는지 아직은 정확하게 모른다. 일단 학생으로 차분하게 공부하며 미래를 탐색할 뿐이다.

그러나 비장의 도구는 하나 있는데, 그것은 바로 여러분이 지금까지 읽어온 이 책이다. 당장 내가 세상에 선보일 수 있는 강력한 무기를 쓰지 않는다는 것은 두고두고 후회할 일이기 때문에 나는 책을 내기로 했다. 이것이 하나의 계기가 되어 더 많은 사람들이 이 나라의 군대를 바꾸는 데 힘을 모았으면 하는 소망을 품고 있다.

실제로 그렇게 될지는 모르겠다. 한국에서 군대 문제는 참으로 강력하고 까다로운 이슈다. 더욱이 관심도 적다. 최근 청와대 국민청원에 올라온 한 사병의 절절한 내부 고발이 청원답변 도달 수에 한참 미달한 채로 종료된 사례를 보고 더더욱 그렇게 생각하게 되었다. 그러나 관련 문제에 단 한 명이라도 더 관련 문제에 관심을 두고 모이면 의미가 있지 않을까. 내가 군대 정신병동에서 읽었던 루쉰의 글에 나온 한 구절을 떠올린다.

"가령 말이지, 창문은 하나도 없고 절대로 부서지지도 않는 철로 만든 방이 있다고 치세. 그리고 말이지, 그 안에는 수많은 사람이 깊이 잠들어 있다고 하세. 이제 곧 다들 질식해 죽겠지. 하지만 혼수상태에서 바로 죽음에 이를 테니까 절대로 죽기 전의 슬픔 따위는 못 느낄 거야. 근데 자네가 지금 큰 소리를 질러서 비교적 정신이 맑은 몇 사람을 깨운다면 말이지, 이 소수의 불행한 사람들은 임종하는 순간의 헤어날 수 없는 고초를 다 받아야 하지 않겠나? 그러고서도 자네, 그 사람들에게 미안한 생각이 없겠나?"

"하지만 기왕에 몇 사람이 깨어났다면, 그 철로 만든 방을 부술 수 있는 희망이 절대로 없다고는 할 수 없지 않겠나?"

루쉰, 『납함』서문 중에서

그렇다. 기왕에 몇 사람이 깨어난다면, 철로 만든 그 방을 부술 수 있는 희망이 절대로 없다고는 할 수 없을 것이다. 비록 아직까지는 군대가 내게 실망만 안겨준다고 해도, 나는 그 철문을 스스로 부술 수 있다는 희망을 품고 앞으로 걸어갈 길을 찾고 있다. 이 글은 그 첫걸음이 될 것이다. 나는 이제 군대라는 길을 다시 걸을 것이다. 하지만 그 길은 병사 이상문이 겪었던 좌절의 길과는 다를 것이며, 또한 반드시 달라야 한다.

그래서 나는 살아가고 있다. 여전히 우울하고 때로는 죽고 싶지만, 일단 살아가고 있다. 내 목표는 군대의 영향권에서 벗어나 본래의 이름으로 기억될 때 모든 일을 마무리 짓는 것이다. 사람들은 여전히 나를 군대라는 단어로 정의하기를 좋아하지만, 내 이름은 군대가 아니다.

군대에서 벗어나 온전한 나를 찾을 때까지 나는 죽을 수 없다. 군대를 온전히 벗어날 때에야 비로소 나는 진정으로 평온한 상태에서 마지막을 맞이할 것이다. 그 마지막을 위해 나는 오늘도 살아가고, 내일도 살아갈 것이다. 내 이름은 군대가 아니라 이상문이었고, 앞으로도 이상문이어야 하니까.

정미소는 개인의 고백을 응원합니다.
"태어나려는 자는 하나의 세계를 깨뜨려야 한다."

내 이름은 군대
우울한 성소수자의 기록

초판 1쇄 2019년 10월 1일

지은이   이상문
펴낸이   김민섭
펴낸곳   도서출판 정미소

출판등록   2018.11.6. 제2018-000297호
주소   서울시 마포구 월드컵로30가길 27 4층 (03970)
이메일   3091201lin@gmail.com

ⓒ이상문, 2019

ISBN 979-11-967694-1-3 03810

이 도서의 국립중앙도서관 출판예정도서목록(CIP)은 서지정보유통지원시스템 홈페이지(http://seoji.nl.go.kr)와 국가자료종합목록시스템(http://www.nl.go.kr/kolisnet)에서 이용하실 수 있습니다. (CIP제어번호 : CIP2019036699)